# Zurück zum Feuer

Umschlaggestaltung: von Zubinski, Frankfurt am Main
Druck: CPI Moravia Books, Pohořelice
ISBN 978-3-99027-058-5

SASKIA HENNIG VON LANGE

# Zurück zum Feuer

Roman

JUNG
UND
JUNG

# 1

Man muss sich dem stellen, und es hilft ja auch nichts, wenn man eine solche Entscheidung, eine Entscheidung, von der einiges abhängt, Dinge und Ereignisse, die das Eigene weit übersteigen, wenn man also eine solche Entscheidung ewig hinauszögert und vor sich herschiebt. Es hilft nichts und führt zu nichts, also reiße ich mich jetzt zusammen, stehe vom Sofa auf, gehe in den Flur, schlüpfe aus den Hausschuhen und hinein in die Straßenschuhe und öffne die Wohnungstür, greife im Hinausgehen noch nach meinem Mantel. In der Manteltasche habe ich die Schlüssel, die Autoschlüssel und die anderen, vor Tagen schon habe ich sie da hineingleiten lassen, und ich weiß noch genau, vor wie vielen Tagen das war. Ich erinnere mich, wie ich in meinem Büro saß, aus dem Fenster schaute, nichts anschaute, und es gibt da auch nicht viel zu sehen, eine Straße, gegenüber ein anderes Gebäude, darin Menschen an Schreibtischen, so wie ich einer bin, und mit einem Mal dachte, dass jetzt eine Entscheidung her muss, dass ich diesen Schlüssel und alles, was damit zu tun hat, nicht weiter ignorieren kann. Das dachte ich vor ein paar Tagen schon, diese Ansprache brauchte es gar nicht, von der ich auch noch nicht wissen konnte, und daran sieht man doch, dass ich Herr der Lage bin. Denn natürlich muss ich wenigstens einen Bericht schreiben, eine Empfehlung aussprechen, egal, wie ungewöhnlich die Situation ist, in der ich mich gerade befinde, und wie ich, während ich das dachte, mit der Rechten die obere Schublade meines Schreibtischs aufzog, auch daran erinnere ich mich. Ich musste nicht einmal hinschauen, so oft habe ich diese Schublade schon aufgezogen, und ich musste auch meine Gedanken nicht abwenden von dem, was ich da draußen, vor meinem Fenster, sah, und auch von dem nicht, was ich dort nicht sah, so vertraut war mir dieser Handgriff. Und deshalb schaute ich noch aus dem Fenster, als ich mit meiner Rechten zwischen den Kugelschreibern und Büroklammern, zwischen allem herumfuhr, was da eben so liegt, in einer solchen Schublade, und was man da nie mehr herausräumt, denn es ist ja so, dass in einer solchen Schublade eher immer noch etwas dazukommt, Gummiringe, Visitenkarten, Heftklammern, und dass man nur selten etwas herausnimmt. Ich wühlte also darin herum, bis ich endlich das kühle Metall zwischen meinen Fingern spürte und den Schlüssel erkannte, an den Erhebungen des Gummirings, der den Hausschlüssel vom Schlüssel zum Gartentor unterscheidbar machen sollte, was gar nicht nötig war, ist der eine doch klein und rau, hat einen Bart mit vielen Zähnen und löchrige Einkerbungen an seiner Oberseite, der andere dagegen ist lang und glatt und elegant und hat einen einfachen Bart.

Diese beiden Schlüssel höre ich in meiner Tasche, während ich mir den Mantel überziehe, und ich höre, wie sie aneinanderschlagen, und ich höre auch den metallenen Ring, der sie miteinander verbindet, wie er gegen meinen Autoschlüssel schlägt, und ich spüre deren Gewicht in der Manteltasche. Meinen eigenen Schlüssel, den zur Wohnung, ziehe ich im Hinausgehen ab und stecke ihn in die Hosentasche. Ich trete aus dem Haus, ich steige in mein Auto, ich lasse den Motor an und denke an den Weg, der vor mir liegt. Denn ich muss einmal quer durch die Stadt und dann aus der Stadt hinaus und auf die Autobahn und dort ein Stück fahren und dann wieder herunter und über die Bundesstraße und schließlich über Landstraßen und Feldwege, bis ich endlich bei dem Haus angekommen sein werde. Ich erinnere mich daran, wie ich diesen Weg zum ersten Mal gefahren bin, im Kopf ein Bild von diesem Haus, das es so schon längst nicht mehr gibt und das es auch bei meinem ersten Besuch nicht mehr gegeben hat. Ein paar Jahre ist das her, und seitdem bin ich nicht mehr dagewesen, das war ja das einzige Mal, dass ich dahin fuhr, mit einem Bild in meinem Kopf, das dort noch immer sitzt. Doch nichts, was dieses Bild ausmachte, ist heute noch da und wird deshalb auch jetzt nicht da sein, wenn ich gleich dort angekommen sein werde, wenn ich mein Auto an der Grundstücksgrenze abgestellt und das Tor geöffnet haben und den langen Weg auf das Haus zugegangen sein werde. Denn das Haus, das gibt es ja noch, das steht da nach wie vor mitten im Wald, so tief drinnen, dass man es von der Straße aus, die mehr ein Weg ist als eine Straße, dass man es also von diesem Weg aus kaum sehen kann und leicht daran vorbeifahren könnte. Und eigentlich war das Bild in meinem Kopf nicht das Bild von einem Haus, sondern das Bild von zwei Menschen, die dort vor diesem Haus standen, denn das Haus, ein Teil dieses Hauses, war, wenn überhaupt, nur der Hintergrund des Bildes, das diese beiden Menschen abgaben und das mir so eindrücklich in Erinnerung ist. So sehr, dass ich, als ich zum ersten Mal hierherkam, fest damit rechnete, dass die beiden dort stehen und mir entgegenblicken würden, mit Augen, die man auf diesem Foto gar nicht erkennen kann und die ich, wahrscheinlich gerade deshalb, umso mehr zu sehen wünschte. Obwohl ich ja wusste, oder wenigstens wissen konnte, dass ich überhaupt nur dahin fuhr, weil keiner dieser beiden noch lebte und nur das Haus noch übrig war.

Ich bin angekommen und parke mein Auto am Grundstücksrand, halb auf der Straße, das macht nichts, denn hier kommt nie jemand vorbei, am Tag nicht und jetzt, in den Abendstunden, schon gar nicht. Ich ziehe den Schlüssel ab, schalte die Scheinwerfer aus, und es ist auf einmal so dunkel, als hätte ich die Augen geschlossen. Ich fahre mir mit der Hand darüber und einmal durchs Gesicht, schließe meine Augen und öffne sie wieder. Es ist immer noch dunkel, keine Straßenlaterne, kein Licht, nichts. Eine Dunkelheit, die es in der Stadt gar nicht gibt, und ohne dass ich je darüber nachgedacht hätte, habe ich angenommen, dass es eine solche Dunkelheit, eine Dunkelheit, die ich mir nicht hätte ausdenken können und die mich deshalb völlig überrascht und einschließt, eigentlich nirgendwo gibt. Draußen ist es dunkel, hier drinnen im Auto ist es dunkel, überall ist es dunkel. Ich selbst bin mitten in dieser Dunkelheit und kann mich nicht sehen darin, kann nur annehmen, dass ich noch hier bin, und kann es spüren, wenn ich die Hand auf meinen Oberschenkel lege. Ich taste mit dieser Hand nach der Innenbeleuchtung, schalte sie ein, suche im Handschuhfach nach einer Taschenlampe, suche danach, obwohl ich ja weiß, dass in diesem Handschuhfach keine Taschenlampe ist. Ich taste noch ein bisschen darin herum, steige schließlich aus, gehe um das Auto. Der Schein aus seinem Inneren beleuchtet nun auch den nassen Waldboden und ein Stück der Straße, ich öffne den Kofferraum, schaue im Verbandskasten, zwischen den Einkaufskörben, unter der Wolldecke, räume alles raus und stelle es neben mich auf die Straße, hebe sogar die Abdeckung des Ersatzreifens an und weiß doch die ganze Zeit schon, dass ich nirgendwo eine Taschenlampe finden werde, weil da keine ist und weil ich auch keine brauche, für meinen Beruf nicht und auch sonst nicht. Wann bin ich schon einmal im Dunkeln, an einem Ort, den ich nicht kenne und an dem es kein Licht gibt, keinen Strom. Und doch lasse ich von dem Gedanken noch nicht ab, da könnte irgendwo, in den Ritzen der Rückbank, im Fußraum, eine Taschenlampe zu finden sein. So sehr wünsche ich es mir, dass ich vor meinem inneren Auge eine solche Taschenlampe sehe und in den Händen spüre, wie ich um ihren kühlen, achteckigen Griff fasse, wie mein Daumen den geriffelten Plastikschalter nach oben schiebt. Und ich weiß doch zugleich, dass ich das alles nur mache, weil ich den Gedanken noch nicht fassen will, dass ich umsonst hergekommen bin, dass ich den ganzen langen Weg hierher umsonst unternommen haben soll, weil ich nicht umkehren und nachhause fahren will, schon gar nicht unverrichteter Dinge. Doch was nutzt es, was soll ich hier ausrichten? Wie soll ich mir im Dunkeln über etwas klar werden, das ich schon im Hellen kaum begreifen konnte: »Es ist nicht nur dieses Haus, Max, es geht um viel mehr, da hängt eine ganze Geschichte dran. Und das wissen Sie. Und natürlich verstehe ich, dass das im Moment schwierig für Sie ist. Unter den Umständen. Aber der Fall ist ja nicht ganz neu, der liegt ja nicht erst seit gestern auf Ihrem Schreibtisch. Und wenn Sie dem nicht gewachsen sind, dann geben Sie ihn eben ab, mir soll das recht sein. Aber, wie auch immer, einen Bericht müssen Sie schon schreiben, und da müssen Sie auch irgendwie plausibel machen, warum sich in den letzten Jahren so gar nichts getan hat. Lassen Sie sich etwas einfallen, Max, das schaffen Sie schon.« Er hat Recht, so kann es nicht weitergehen, das denke ich nicht nur, weil er mein Chef ist, und auch nicht erst, seit er mir diesen Vortrag gehalten hat, denn ich wusste gleich, was er meint, obwohl das beileibe nicht der einzige Fall ist, an dem ich arbeite, wirklich nicht. Und ich wusste ja auch, dass ich diese Sache nicht ewig vor mir herschieben konnte. Nur, warum mir das alles so schwerfiel, das wusste ich nicht, in dem Moment nicht, und das weiß ich auch immer noch nicht, und unter anderem deshalb bin ich hier. Ich mag einfach nicht glauben, dass alles daran scheitern soll, dass hier kein Licht ist und dass ich keine Taschenlampe bei mir habe. Da könnte man fast denken, mein Unterbewusstes tue das mit Absicht: mich mühevoll hierherbringen, um mir dann gleich wieder einen Strich durch die Rechnung zu machen und mir zu zeigen, dass ich hier, dass ich vielleicht sogar im Allgemeinen, in meinem Leben und in denen anderer, gar nichts ausrichten kann.

Doch es bleibt mir ja nichts übrig, ich kann nicht die ganze Nacht hier im Auto sitzen und warten, bis es hell wird. Was würde Inge denken, die gar nicht zuhause war, als ich ging, und das war gut so, denn so konnte sie mich nichts fragen, und ich musste ihr nichts antworten. Denn natürlich hatte ich mit ihr über den Fall gesprochen, das bleibt ja gar nicht aus, wenn man sich so viele Jahre mit einer Sache beschäftigt, und auch sie hatte mich immer wieder gedrängt, endlich etwas zu unternehmen. Gerade deshalb wäre es mir schwergefallen, ihr zu sagen, wo ich hinfuhr, denn ich wollte nicht ihre Hand auf meinem Rücken spüren und dazu ihre wohlmeinenden und aufmunternden Worte hören. Und ich wollte sie dann nicht ansehen müssen und in ihre müden Augen schauen, während sie mich fragt, warum das ausgerechnet heute sein müsse, nach allem, und ob die Sache, nachdem sie so viele Jahre gewartet habe, nicht noch ein paar Wochen oder Tage wenigstens warten könne. Das konnte sie nämlich nicht, aber das hätte ich ihr nicht sagen können, deshalb bin ich einfach aufgebrochen, bevor sie zurückkam. Denn das hier ist meine Sache, ich muss das jetzt erledigen, und ich will schon gar nicht wissen, was sie denkt oder sich ausmalt, wenn ich eine ganze Nacht nicht nachhause komme. Und selbst wenn heute nicht Freitag wäre, könnte ich das machen, denn schließlich ist es etwas Dienstliches, und dringlich ist es obendrein. Doch ich will ja auch gar nicht hier sitzen, eine Nacht lang, und womöglich einschlafen auf dem Autositz und morgen aufwachen, mit einem steifen Nacken oder einem Hexenschuss, das geht schnell in meinem Alter, besonders in dieser Kälte. Ich räume also den ganzen Kram zurück in den Kofferraum und setze mich ins Auto, ich schalte die Scheinwerfer wieder ein, und da kommt mir eine Idee: Ich lasse den Motor an, setze zurück und fahre die Auffahrt hinauf bis kurz vor das Tor. Seltsam, eben habe ich diesen Weg noch gescheut, weil es nicht mein Grundstück ist und nicht meine Auffahrt, weil ich hier ein Besucher bin, der deshalb auch besser am Straßenrand parken sollte. Das dachte ich oder dachte es nicht, empfand es aber so, ohne dass ich mir Rechenschaft darüber ablegte. Doch jetzt ist mir das egal, und ich lasse den Wagen stehen und den Motor laufen und steige wieder aus, hole den Schlüssel zum Tor aus meiner Manteltasche, schließe es auf. Es ist nicht ganz einfach, es klemmt und hakt, ich fuhrwerke eine Weile mit dem Schlüssel im Schloss herum, bis er endlich greift und einrastet und sich drehen lässt, bis ich ein leises Klicken höre. Jetzt kann ich die Klinke hinunterdrücken und das Tor aufstoßen.

Das Licht der Scheinwerfer zeichnet ein rautenförmiges Muster auf den Waldboden. Ich sehe Bäume und Blätter, Sträucher dazwischen und Gräser, mein langer Schatten fällt darüber, dahinter schimmert etwas weiß. Das muss es sein, und doch hat dieses Bild nichts zu tun mit dem Bild in meinem Kopf. Hier gibt es keine Sonnenflecken und kein helles Grün, alles ist dunkel und feucht und undurchdringlich. Auf diesem Bild, da ist schon alles vorbei, da liegt schon alles hinter ihnen, alles, was sie einst ausgemacht hat, alle Kämpfe und Siege, alle Niederlagen liegen da bereits hinter ihnen, bis auf den einen Verlust, den ganz großen, der ist ihnen und insbesondere ihr bereits ins Gesicht geschrieben. Er steht hinter ihr und blickt dem Fotografen entgegen, seine Augen sieht man kaum, zwei dunkle Striche unter den dichten Brauen. Mit der Linken umfasst er locker das Handgelenk seines rechten Arms, er bildet eine Schlinge mit seinen Armen, und in diesen Armen steht sie. Ihre Hände schauen aus den überlangen Ärmeln der Bluse kaum hervor, die Finger mit den rot lackierten Nägeln hält sie offen und doch ineinander verschlungen. Sie spürt ihn hinter sich, wie er sich leicht an sie lehnt, sie muss gar nicht hinschauen, nirgendwo muss sie hinschauen, um zu wissen, dass er hier bei ihr steht. Und jetzt ist dieses Leben fast vorbei, sie sind alt und schon tausendmal fotografiert worden, und doch muss man sich hinstellen, als wäre es zum ersten Mal, sonst will das ja keiner mehr anschauen. Sie spürt diesen Zwiespalt: dass man dieses Leben sehen soll, das hinter ihr, hinter ihnen beiden liegt, dass das sichtbar bleiben soll, bei aller Eitelkeit, und zugleich auch nicht, oder zumindest nicht in allem, denn es gibt ja immer Ecken, die dunkler sind, hässlicher, die man weniger gern zeigt und die die Leute aber doch auch sehen wollen, nicht ganz genau, nur in einer Ahnung, einer Andeutung vielleicht. Und darum geht es, das auszuhalten. Und diese Haltung und wie sie sie bewahrt hat, das sehe ich ihr an auf diesem Bild, das ich gar nicht hier habe, das nur vor meinem inneren Auge aufgetaucht ist, während ich auf das Haus zuging. Und das mich nicht loslässt, weil ich darin etwas gesehen habe, ein besonderes Strahlen, eine Aura, was weiß ich, die es mit mir verbindet, denn ein solches Bild, das kann es ja überall geben, das kann man in jedem privaten Album finden, auch in meinen Fotoalben gibt es solche Bilder: ein Mann, eine Frau, im Hintergrund ein Haus. Und auf diesen Hintergrund gehe ich jetzt zu. Ich erinnere mich, einen Weg dorthin gibt es nicht, oder man sieht ihn nicht mehr, alles ist zugewachsen und überwuchert, der Boden verschwindet unter Schichten und Schichten von Herbstlaub. Ich gehe zurück zu meinem Wagen, ich will so nah wie möglich heranfahren, der Motor läuft ja immer noch, ich steige ein, fahre die Auffahrt hinauf, links und rechts wachsen die Schatten und stürzen in sich zusammen, und vor mir erscheint das kleine Haus. Wie ausgeschnitten steht es da, ein Bastelbogen aus Papier. Ich halte an, stelle den Motor ab und steige aus. Ich weiß noch, dass man einmal um das Haus herum muss und durch einen schmalen Torbogen, um zur Eingangstür zu gelangen. Hier ist ein Weg zu erkennen. Ich gehe auf den Torbogen zu, die Bodenplatten sind nass, mir rutschen die Füße weg. Ich versuche noch, an der Mauer Halt zu finden, da schlage ich schon mit dem Kopf auf den Steinplatten auf, und jetzt liege ich da, eine moosige Feuchte im Nacken, darunter eine Härte. Ich höre ein Summen, das sitzt in meinem Kopf, und nach dem ersten Erschrecken spüre ich auch den Schmerz. Ich schließe kurz die Augen. Ich habe den Eindruck, dass sich jemand über mich beugt. Ich stütze mich an der Hauswand ab, lehne mich mit dem Rücken dagegen, atme ein paar Mal tief ein und aus, merke erst jetzt, wie kalt und nass die Luft hier ist. Diese nasse Luft erfrischt mich, und ich denke, wie seltsam, und denke, dass das nicht selten passiert, dass einen ein und dieselbe Sache niederwirft und aufrichtet. Und während ich das noch denke, gehe ich die paar Schritte bis zu den halbrunden Stufen, die zur Eingangstür führen. Ich gehe langsam und stütze mich an der Wand ab, ich setze mich erstmal hin, die Ellenbogen auf den Knien, den Kopf tief zwischen den Schultern. Etwas tropft auf meine Hand, ich greife mir an den Hinterkopf und ertaste unter meinen Haaren etwas Warmes, Offenes. Das erschreckt mich, und mir wird klar, dass ich hier draußen völlig allein bin und dass niemand weiß, wo ich bin. Wenn jemand anfangen wollte, mich zu suchen, dann wüsste er nicht, wo er das tun sollte. Und ich denke, dass es wichtig wäre, diese Blutung zu stoppen, denn wenn ich das Bewusstsein verlöre und dann wer weiß wie lange hier draußen herumläge, in dieser Kälte und Nässe, da könnte ich mir ja mindestens eine Lungenentzündung zuziehen. Mir fällt der Verbandskasten ein, den ich gerade noch in meinen Händen hatte, den ich wieder in meinen Kofferraum gepackt habe. Ich richte mich etwas mühsam auf und gehe vorsichtig zurück zum Auto, auf das Licht zu. Die Scheinwerfer blenden mich, und ich muss die Hände vor die Augen halten. Was wäre zu sehen, wenn jetzt einer ein Foto von mir machte? Ich muss lächeln bei dem Gedanken, wie ich hier draußen alleine und ein bisschen schief herumstehe, angeleuchtet von den Scheinwerfern, und mir dabei vorkomme wie ein Held. Und das bin ich ja auch, denn ich könnte genauso gut in meine andere Manteltasche greifen und das Handy herausholen und einen Krankenwagen rufen. Ich könnte die ganze Situation erklären, das fiele mir leicht, ich hatte noch nie Schwierigkeiten, einen komplexen Sachverhalt verständlich darzustellen, und deshalb hat mich der Chef wohl auch für diese Aufgabe hier ausgewählt. Aber das tue ich nicht, ich rufe keine Hilfe, ganz im Gegenteil, ich helfe mir selbst. Und jetzt habe ich den Verbandskasten in den Händen und setze mich auf den Fahrersitz, den Kasten auf dem Schoß, und versuche, mein Gesicht im Rückspiegel zu erkennen, und versuche, einen Blick auf die Wunde an meinem Hinterkopf zu werfen, doch das gelingt mir natürlich nicht. Wie ich mein Gesicht so sehe, da erschrecke ich erst, und dann muss ich lachen, das bin ja gar nicht ich, der mir da entgegenschaut. Dieses Lachen gerät mir ziemlich laut, doch das macht nichts, hier hört mich ja keiner. Offenbar bin ich mir mit den blutverschmierten Händen über die Stirn und auch die Wangen hinab gefahren, mein ganzes Gesicht ist rot und braun, Erde klebt daran, ich habe trockene Blätter in den Haaren und Moos. Verrückt sehe ich aus, wie ein Waldschrat, als würde ich seit Jahren hier draußen sein und nicht erst seit zwanzig Minuten. Auch mein Mantel ist dreckig, meine Hände sind es sowieso. Ich frage mich, ob Dreck in die Wunde gekommen ist, das muss man annehmen, bei dem Anblick, den ich biete, und ich denke daran, dass meine letzte Tetanusimpfung schon

Ewigkeiten zurückliegt, Jahrzehnte. Ich frage mich, was eigentlich passiert bei einer Tetanusinfektion, und ich denke an das Wort *Wundstarrkrampf* und denke, dass sich das nicht gut anhört. Doch ich verbinde die Wunde einfach und wische auch nicht mehr daran herum, das führt ja doch zu nichts und macht im Zweifelsfall die Sache nur schlimmer. Und dann gehe ich zurück und einmal durch das Haus. Ich fühle mich eigentlich ganz gut, nachdem ich hier ein wenig gesessen habe, und dann ist das endlich erledigt, und ich fahre zurück in die Stadt und direkt ins Krankenhaus, da können sie die Wunde desinfizieren und mir eine Spritze geben und tun, was man in einem solchen Fall eben zu tun hat. Vielleicht bekomme ich auch noch eine Krankschreibung für die nächste Woche, das wäre doch ganz schön und würde mir Zeit verschaffen, diesen Bericht endlich zu schreiben, mir in Ruhe ein paar Gedanken über das alles zu machen und einen Nutzungsvorschlag zu entwickeln. Denn abgeben will ich diesen Fall natürlich nicht, das kommt gar nicht in Frage, obwohl mir mein Chef das angeboten hat. Umständlich, wie das seine Art ist, hat er gesagt: »Max, wenn Ihre persönliche Situation nicht erlaubt, dass Sie diesen Fall abschließen, dann verstehe ich das gut. Jeder hier versteht das, und keiner nimmt es Ihnen krumm, wenn Sie diesen Fall jetzt abgeben und ein bisschen langsamer machen, in der nächsten Zeit.« An diese Worte muss ich jetzt denken, und ich muss an das Gesicht denken, das mein Chef machen wird, wenn ich ihm erzähle, wie ich mir diese Kopfverletzung zugezogen habe, und ihm dabei meinen vollständigen Bericht auf den Schreibtisch lege.

Vorsichtig gehe ich um das Haus herum und auf die Eingangstür zu. Hier ist es natürlich dunkel. Ich hole den Schlüssel aus der Manteltasche und streiche über das raue Holz, den abgesplitterten Lack, suche nach dem Schloss, da ist es, und der Schlüssel passt, die Tür geht mühelos auf. Ich stehe im schmalen Flur, links ist die kleine Küche, das weiß ich noch, geradeaus das Kaminzimmer. Hier drinnen ist es stockfinster, alle Rollläden sind heruntergelassen. Ich taste mich an der Wand und den Einbauschränken entlang bis zum Küchenfenster, ziehe die Rollläden hinauf, ich muss daran zerren und reißen, wer weiß, wie lange die unten waren, doch jetzt fällt etwas Licht herein. Ich drehe mich um und stoße mit dem Hinterkopf gegen eine offene Schranktür. Ich greife an die Stelle, der Verband ist feucht vom Blut, ich hätte ihn fester wickeln müssen. Mir ist schlecht, und ich denke, dass es bestimmt gut wäre, wenn ich mich eine Weile hinlegen würde. Doch wohin, der Küchenboden ist sicher eiskalt, und hier ist auch gar kein Platz. Die Küche ist winzig, man kann sich gerade einmal um sich selbst drehen, sonst hätte ich mir ja auch nicht den Kopf gestoßen. So ein großer Mann und so eine kleine Küche, den Gedanken hatte ich schon bei meinem ersten Hiersein, und er hat mich so beschäftigt, dass ich noch am selben Abend mit Inge darüber gesprochen habe. »Stell dir das vor, dieser Raum ist winzig, man kann sich auf der einen Seite anlehnen und sich dann am Waschbecken gegenüber die Hände waschen. Das ist absurd, so eine kleine Küche für so einen großen Mann.« Sie hat gelacht: »Die Küche ist nicht für den Mann, denk doch mal nach. Der wird da nie drin gewesen sein, und seine Frau war doch recht klein und zierlich. Die war doch so eine ganz Schmale, Zarte.« Ich höre dieses Lachen noch, und sie hatte ja Recht, selbst bei uns beiden, Jahrzehnte später, war das genauso: ich Dachboden und Keller, sie die Küche. Jetzt denke ich doch ein bisschen an sie und stelle mir vor, was sie wohl sagen wird, wenn ich gleich nachhause komme, völlig verdreckt und verletzt. Ich denke mir, dass sie ein wenig schimpfen wird, aber halb im Scherz, weil sie am Ende froh sein wird, dass ich wieder da bin. Denn sie hat sich Sorgen gemacht, wusste sie doch gar nicht, wo ich hingegangen bin. Sie war ja noch nicht zuhause, als ich vorhin weg bin, und ich habe ihr auch keine Nachricht hinterlassen, ich dachte doch, dass ich spätestens um neun wieder zurück sein würde.

Drinnen ist alles dunkel, wo er nur steckt. Sie öffnet die Wohnungstür und sieht gleich, dass seine Schuhe nicht da sind. Heute ist Freitag, denkt sie, während sie sich die Stiefel abstreift, es ist Freitag, oder? Er ist sicher noch bei der Arbeit. Sie geht im Dunkeln ins Schlafzimmer und zu ihrem Bett, am Kopfende, auf ihrer Seite, hängt der kleine Abreißkalender, und ja, der Donnerstag ist schon abgerissen, er liegt neben ihrer Brille auf dem Nachttisch. Sie setzt sich auf das Bett, es ist also Freitag, und mit dem winzigen Zettel in der Hand erinnert sie sich auch wieder, dass sie heute Morgen den Donnerstag abgerissen hat, und auch daran, was darauf stand, sie liest es noch einmal. *Alles auf Erden lässt sich finden, wenn man nur zu suchen sich nicht verdrießen lässt.* Philemon. Und sie erinnert sich auch an das Gefühl, das sie beim Lesen hatte. Es war natürlich Verzweiflung, aber das kannte sie nun schon gut, nein, es ging darüber hinaus. Sie war zornig, sie war so zornig geworden, dass sie hatte lachen müssen und fluchen. Sie hat den kleinen weißen Zettel zu ihm hinübergeschmissen, der flog natürlich nicht weit, sie hatte ihn aufgeweckt mit ihrem Lachen und gesagt: »Schau dir den Scheiß an. Wo sollen wir ihn denn wohl finden? Da kann ich mein ganzes Leben lang suchen, und ich werde ihn nicht mehr finden.« So ging das jetzt jeden Morgen: Sie wachte auf, nachdem sie kaum geschlafen hatte, wachte auf, und es gab nicht einmal eine Schrecksekunde Gnade, nicht einen winzigen Moment lang dachte sie, Raphael lebt noch, er lebt ja noch, nein, sie wusste sofort, dass ihr Sohn tot war. Aber Max sagte ja nur: »Das Leben geht weiter, schau doch mal hin, es geht weiter. Und ich bin auch noch da, vergiss das nicht, dass ich noch da bin.« Aber jetzt war er das nicht. Sie saß in der dunklen Wohnung und wusste nicht, wo er steckte.

Und jetzt bin ich hier allein, in dieser Küche, die mir nicht gehört, und mir ist wirklich übel. Ich taste mich in den Flur vor und die Wand entlang Richtung Kaminzimmer. Dort steht unter dem Fenster eine Bank, das weiß ich noch, so eine Eckbank mit einem roten, blumigen Bezug, da könnte ich mich doch gut eine Weile hinlegen und etwas ausruhen. Ich muss wieder zu mir kommen, ich muss mich nur ein bisschen ausruhen, denn ich muss ja irgendwie weitermachen, ich kann nicht ewig hier herumschleichen. Ich weiß, dass andere auf meinen Bericht warten und dass daran einiges hängt. Und ich weiß auch, dass sie zuhause auf mich wartet, denn sie ist bestimmt schon nachhause gekommen, und dass ich da wieder hin muss, daran führt kein Weg vorbei. Also gehe ich jetzt ins Kaminzimmer und zu dieser Bank hin und strecke mich da aus und atme durch. Ich stütze mich links und rechts an der Türlaibung ab. Auch hier ist es dunkel, doch durch die Ritzen der Rollläden und auch aus der Küche fällt etwas Licht herein, und meine Augen haben sich mittlerweile an die Dunkelheit gewöhnt, und ich weiß ja, dass ich zum Fenster hin muss, denn darunter steht die Bank, daran erinnere ich mich genau. Und an das rote Muster des Sitzbezugs erinnere ich mich und wie es sich so deutlich unterschied von dem gekalkten Eichenholz, aus dem die Möbel und auch die Wand- und Deckenvertäfelung gemacht sind. Ich gehe auf die Lichtstreifen zu und stoße mich natürlich an dem großen Tisch, der hier auch noch steht und den ich völlig vergessen habe. Ich taste mich an der Tischkante entlang, und wirklich, da ist die Bank. Ich lasse mich darauf fallen, lege mich auf die linke Seite, die Beine angezogen. Ich bin froh, dass es hier so dunkel ist. Diese Dunkelheit erspart mir die Frage, was ich hier eigentlich mache. Ich sehe mich selbst nicht in dieser Dunkelheit, und deshalb sehe ich mich hier auch nicht liegen und frage mich nicht, was für ein Bild ich eigentlich abgebe. Verdreckt und blutverschmiert, in Mantel und Schuhen, die Hände unter dem Kopf, liege ich auf der Eckbank im ehemaligen Wohnhaus von Max Schmeling, in dem schon seit Langem niemand mehr lebt. Und ich denke, dass er bestimmt viel härter im Nehmen gewesen ist, als ich das bin, und dass er sich unter diesen Umständen sicher niemals einfach so hingelegt hätte. Ich erinnere mich an seine Kämpfe, alle Kämpfe, alle Filme, die man finden kann, habe ich mir angeschaut in den letzten Jahren, wieder und wieder, ich weiß gar nicht mehr recht, wie das eigentlich anfing. Mit ein wenig Recherche vielleicht, das gehört ja dazu, und das muss auch so sein, man muss sich doch eine Vorstellung machen können von der Tragweite des Falls, den man gerade bearbeitet. Man kann in eine solche Geschichte nicht völlig ahnungslos hineinstolpern und dann eine Entscheidung treffen, die dem Ganzen überhaupt nicht gerecht wird und die unter Umständen nicht mehr rückgängig zu machen ist. Und ich denke an diesen Mantel, den er immer trug, nach seinen Kämpfen und auch davor, das war so ein Frotteebademantel mit kleinem Muster, den hat er immer angehabt, noch als seine Gegner schon glänzende Satinmäntel trugen, mit ihren Namen bestickt, trug Max Schmeling diesen alten Frotteebademantel. Das habe ich gelesen, und man kann ihn auch sehen, auf Fotos aus dieser Zeit. Er trug ihn vor dem ersten Kampf gegen Joe Louis, und auch danach hatte er ihn wieder an, und er trug ihn noch zwei Jahre später, vor seiner großen Niederlage. Heute würde man denken, dass es lächerlich ist, einen solchen Mantel zu tragen, einen Mantel, der so gar nicht glamourös ist, mit großen Taschen an der Seite und einem Gürtel, der links und rechts herunterbaumelt. Ich frage mich, welche Farben der wohl hatte, dieser Mantel, denn die Bilder von damals, die sind schwarzweiß, und daraus kann man ja kaum etwas schließen. Der Ringsprecher kommentierte zwar jedes Mal die

Farbe der Shorts, die Schmeling bei seinen Kämpfen gegen Louis trug, und daher weiß ich, dass sie lila waren, und ich kann mich natürlich fragen, ob der Mantel darauf abgestimmt war, aber das ist nur eine Vermutung. Wie er aufsteht, diesen Mantel über seinen Schultern, als sein Name angesagt wird, und wie er sich dreht, einmal, zweimal, auf seinem Weg in die Mitte des Boxrings, mit den Handschuhen den Mantel vor der Brust zusammenhaltend, so dass man sie kaum sehen kann, seine Fäuste. Er hebt sie nicht siegesgewiss in die Höhe, wie er das noch bei seinem ersten Kampf gegen Louis getan hat. Und dann setzt er sich wieder hin, die Füße, der ganze Körper unruhig, den Kampf erwartend, den Blick auf seinen Gegner gerichtet. Der geht gar nicht bis zur Mitte, der steht nur kurz auf, dreht sich einmal, den Blick am Boden. Und Schmeling steht da oben im Ring, und auf dem Film sieht man die vielen Leute gar nicht, die ins Stadion gekommen sind, und auch er sieht sie nicht. Beide sind schon völlig auf den Kampf konzentriert, während ihm noch sein Trainer Max Machon unablässig über den Rücken streicht.

Den Bademantel über den Schultern, steht er an dem kleinen Fenster, heute Morgen geht es ihm ganz gut. Er ist allein aufgestanden, hat den Bademantel vom Haken an der Tür genommen, er ist sogar schon im Bad gewesen. Er hat sich dort, im Bad, den Mantel wieder ausgezogen, hat sich noch gedacht, was das alles soll, diese An- und Auszieherei für diese kurzen Wege, ich hätte genauso gut ohne Bademantel hier herübergehen können. Und er hat sich gedacht, dass ihm das früher gar nicht aufgefallen ist, dass er sich da einfach so den Mantel über die Schultern geworfen hat, ohne diesen Handgriff überhaupt zu bemerken. Und da stand er also im Bad, stützte sich mit der einen Hand am Waschbecken ab, während er den anderen Arm mühsam aus dem Bademantelärmel herauslavierte, und er wusste, dass ihm das gleiche auch noch beim Pyjamaoberteil bevorstand und dass er, wenn er sich richtig waschen wollte, auch noch das Unterhemd ausziehen musste. Doch jetzt hatte er erstmal den Bademantel geschafft, und er legte ihn hinter sich auf den Badewannenrand, nicht ohne daran zu denken, dass er sich nachher würde hinunterbeugen müssen, um ihn von dort wieder aufzunehmen, dass er ihn sich auch wieder überziehen musste. Er stützte sich mit beiden Händen am Waschbecken ab und schaute in den Spiegel. Er war lange nicht mehr allein im Bad gewesen, die Krankenschwester war sonst dabei, doch die schlief vielleicht noch, und das war auch gut so. Er kannte dieses Gesicht im Spiegel, und er fand, dass es sich gar nicht so sehr verändert hatte in den letzten Jahren und Jahrzehnten, nur bei genauerem Hinschauen, da sah man natürlich die Falten, und er sah auch, dass sich die Farbe seiner Haut verändert hatte, seit er das letzte Mal in den Spiegel geschaut hatte. Er sah, dass diese Haut gelblich war und irgendwie durchscheinend, und er wusste genau, dass Anny am Ende auch so ausgesehen hatte. Dass ihr Gesicht, das immer klein gewesen war und konturiert, im vollkommenen Gegensatz zu seinem eigenen Gesicht, dass dieses Gesicht noch kleiner geworden war, die Züge noch deutlicher hervorgetreten waren, ja, er dachte, dass Annys Gesicht erst kurz vor ihrem Tod seine endgültige Ausprägung erfahren hatte. Und dass es deswegen gar nicht erstaunlich war, dass ihm sein eigenes Gesicht jetzt auch so vertraut vorkam. Er dachte, dass dieses andere Gesicht schon immer hinter seinem Gesicht gewesen war, und er war froh, dass es endlich zum Vorschein kam. Doch jetzt wollte er sich waschen, dieses Gesicht und seinen Körper, zumindest an den Stellen, wo er allein noch hinkam, wollte er sich waschen. Er riss sich zusammen, ließ den Waschbeckenrand los, zog das Pyjamaoberteil aus und zog sich auch das Unterhemd über den Kopf. Das kann ich noch, und das konnte ich schon immer, in der letzten Runde noch einmal aufstehen, dachte er.

Daran denke ich, wo ich hier so liege, im Untergeschoss, auf der rot bezogenen Eckbank. Dass sie rot ist, sehe ich nicht, aber das weiß ich, denn ich erinnere mich, weil ich vor Jahren hier schon einmal war, zusammen mit meinem Chef und einem Ortsvorsteher, einem Fotografen und was weiß ich, ein paar Journalisten vielleicht. Denn das ging durch die Presse, dass das Haus von Max Schmeling leersteht und dass nun eine Entscheidung getroffen werden soll, was damit in Zukunft geschieht, ob das ein Museum werden soll oder eine Ausbildungsstätte, da gab es ja von Anfang an viele Vorschläge. Damals stand ich mitten in diesem Raum hier, es war Tag, und die Rollläden waren hochgezogen, die Sonne schien herein und auf den fest gewebten Stoff, und da dachte ich, dass der gute Herr Schmeling offenbar eine Affinität hatte zu ungewöhnlichen Mustern, dass sich das eben nicht nur an diesem Bademantel zeigte, an den ich manchmal hatte denken müssen, weil ich mich fragte, ob er eine Referenz darstellte an die Künstlerkreise, in denen er sich damals bewegte. Und jetzt denke ich eben wieder an diesen Mantel und frage mich, ob er den irgendwo aufbewahrt hat, ob es den noch irgendwo gibt, so wie es die Pokale noch gibt. Ich frage mich, ob er auch für diesen Mantel einen besonderen Platz hatte, wie für die Pokale, weshalb man sich die ja auch noch vorstellen kann, in den Einbauschränken. Ich denke, dass es gut sein kann, dass der noch hier ist, der Mantel, dass er vielleicht oben hängt, im Schlafzimmer oder in dem kleinen Zimmer, in dem Schmeling wohl am Schluss gelegen hat, als seine Frau schon längst tot war und er alt. Dieser Raum ist genau über mir, und ich frage mich, ob ich aufstehen und nach oben gehen soll und dort den Flur entlang, am Badezimmer vorbei und am Ankleideraum, ich habe das alles noch genau in Erinnerung, ich kenne die Pläne, und in das kleine Zimmer, denn dort gibt es ja auch noch ein Bett. Das fällt mir jetzt ein, und ich denke, dass ich dort sicher bequemer liegen würde als hier unten und dass es deshalb die Anstrengung lohnen würde, mich durch das Dunkel zu tasten. Und ich denke, dass es mir dort oben leichter fallen würde, über das Ganze hier nachzudenken und zu einem Entschluss zu kommen, und dass mir vielleicht schon die ersten Sätze einfallen würden, mit denen ich meinen Bericht einleiten könnte. Denn ich weiß eigentlich genau, was ich will und was ich für richtig halte, was man mit diesem Haus tun sollte, und das habe ich die ganze Zeit schon gewusst, nämlich nichts. Dass man es einfach lässt, dass man die Tür abschließt und den Schlüssel wegwirft oder vergisst und das Haus einfach so vor sich hin sein lässt, mit allen Dingen, die noch hier drin sind, und mit den ganzen Geschichten, die diesen Dingen innewohnen, dass man daran besser gar nicht rührt. Doch ich weiß noch immer nicht, wie ich das erklären und den zuständigen Stellen plausibel machen soll, denn ich verstehe meine Empfindung diesem Haus gegenüber ja selbst kaum. Also setze ich mich auf, das geht ganz gut, und zögere nicht länger und gehe um den Tisch herum und durch den Flur. Hier scheint ein bisschen Licht herein, von draußen und durch die Küche, und ich biege vor der Eingangstür um die Ecke und gehe die Treppe hinauf. Sie führt nicht gerade nach oben, es gibt einen Absatz dazwischen, hier muss ich mich kurz orientieren, und ein paar Mal trete ich ins Leere, bevor ich die nächste Stufe unter meinen Füßen spüre. Jetzt bin ich oben und muss wieder nur geradeaus, ich spüre den dichten Teppichboden unter meinen Schuhsohlen und erinnere mich, dass er grün ist. Der Flur ist schmal, die Hände links und rechts an den Wänden komme ich voran. Hier ist das Badezimmer und daneben der Ankleideraum, gegenüber die Tür zum Schlafzimmer, und jetzt kommt links das kleine Gästezimmer. Die Tür ist angelehnt, ich stoße sie auf, gehe ein paar Schritte und stoße mit meinem rechten Schienbein gegen das Bett, das unter der Schräge steht und in diesem Zimmer genau zwischen Wand und Wand passt.

Hier liegt es sich besser als unten auf der Bank, und auch wenn es dunkel ist, weiß ich, dass gegenüber, am Fußende, ein kleines Fenster ist, und schon das Wissen um dieses Fenster macht mir die Dunkelheit erträglich. Jetzt schließe ich die Augen, denn der Weg hier herauf und durch den Flur war anstrengend, und deswegen bin ich schließlich nach oben gegangen, um mich auszuruhen und mir ein paar Gedanken zu machen. Dann fällt mir ein, dass es ja noch einen anderen Grund gab, warum ich hier bin, der Bademantel, und dass der Gedanke an diesen Bademantel der Auslöser war, um hier heraufzukommen. Aber jetzt denke ich, dass das noch ein wenig Zeit hat, dass ich mich erst etwas ausruhen sollte und später immer noch danach suchen kann, und ich denke auch, dass es eine seltsame Idee war, wegen des Bademantels hier nach oben zu gehen. Ich weiß nicht einmal mehr, was mich daran überhaupt interessiert hat, aber das ist jetzt auch egal, denn es ist doch recht bequem hier und auch wärmer als unten. Also rolle ich mich auf die Seite und schiebe mir meine rechte Hand unter den Kopf, mit der Linken fühle ich noch einmal nach dem Verband, er ist trocken jetzt. Und da, auf dem Bett, kommt mir das alles plötzlich verrückt vor. Was mache ich hier eigentlich? Ich liege verletzt auf dem Bett von Max Schmeling, niemand weiß, wo ich bin, niemand, ich bin völlig allein, und ich denke, dass das ist, als wäre man tot. Und dass ich diesen Gedanken schon öfter hatte in letzter Zeit, dass ich aber nicht gewagt habe, ihn zu Ende oder wenigstens weiter zu denken. Dass es deshalb eigentlich gar kein Gedanke ist, sondern einfach nur ein Satz, den ich in meinem Kopf bewege oder der sich dort bewegt, der sich dort festgesetzt hat, als ich Raphael in der Unfallchirurgie habe liegen sehen und sofort wusste, dass er tot ist, auch wenn das so unglaublich erschien, weil man außen, an seinem Körper, der ja mittlerweile der Körper eines erwachsenen Mannes war, weil man außen an diesem Körper fast keine Verletzungen sehen konnte, zumindest nichts, was darauf hingedeutet hätte, dass dieser Körper und der Mensch, der darin gesteckt ist, dass der tot ist. Da schon habe ich denken müssen, dass er jetzt völlig allein ist und dass wir das auch sind, und ich habe noch gedacht, dass es ja paradox ist zu denken, dass wir allein sind, und doch wusste ich, dass das stimmt, dass wir, wie wir da Hand in Hand vor unserem toten Sohn gestanden haben, völlig allein waren, so allein, wie man überhaupt nur sein kann, so allein, wie er es eben auch war. Und jetzt denke ich, dass uns das doch verbindet, dieses Alleinsein, gerade jetzt, wo ich hier liege, im Dunkeln, im Nirgendwo, das ja doch ein Ort ist, an dem man sein kann. Ich stelle mir vor, dass Raphael vielleicht auch an einem solchen Ort ist, im Haus seiner Kindheit, das ich gut kenne, aber doch anders, als er es kannte, weil es eben nicht das Haus meiner Kindheit war. Und ich denke, dass es vielleicht auch für sie, für Inge, gar keinen Unterschied macht, dass ich hier bin, dass ich nicht bei ihr bin, oder dass sie diesen Unterschied zumindest nicht als solchen empfindet. Ich denke an sie, und das fällt mir gar nicht schwer, denn ich habe sie lieb.

Sie sitzt noch immer im Dunkeln auf der Bettkante, den Zettel mit dem Kalenderspruch in der Hand. Sie weiß schon, dass Zeit vergangen ist, dass die Zeit vergeht, das weiß sie schon, aber sie hat keine Ahnung, wie viel Zeit vergangen ist, seitdem sie nachhause gekommen ist und festgestellt hat, dass die Wohnung dunkel ist und Max nicht da. Sie denkt, dass er vielleicht einkaufen gegangen ist und dass sie auch noch nicht nachgeschaut hat, ob er ihr eine Nachricht dagelassen hat. Denn sie ist nicht in die Küche gegangen oder ins Wohnzimmer, sie ist im Dunkeln gleich hierher, ins Schlafzimmer, und deshalb denkt sie, dass sie besser wieder aufstehen sollte. Sie kann nicht ewig hier sitzen, auch wenn sie es gern täte, auch wenn es überhaupt keine Rolle mehr spielt, wo sie sitzt und ob es dort dunkel ist oder hell, knipst sie die Nachttischlampe an und sitzt plötzlich in einem Kegel aus warmem Licht und sieht die Schatten in den Ecken des Raums und schaut an sich hinunter. Ich habe meinen Mantel noch an, denkt sie, ich habe ja bloß die Stiefel ausgezogen, aber den Mantel nicht, und so viel Verrücktheit kann sie doch nicht ertragen, dass sie hier sitzt, in Strümpfen und im Mantel, und deshalb steht sie auf, zieht den Mantel aus, geht durch die Wohnung, geht durch alle Räume, und sie macht jede Lampe an, selbst im Badezimmer schaltet sie das Licht ein. Bloß ins Gästezimmer, dahin geht sie nicht, denn das ist das Zimmer von Raphael gewesen, bis er ausgezogen ist und auch noch eine Weile darüber hinaus, bis Max irgendwann gesagt hat: »Schluss jetzt, Raphael ist erwachsen, er braucht kein Kinderzimmer mehr.« Und so haben sie ein Gästezimmer daraus gemacht, ein Zimmer, das immer kalt war und dunkel, denn viele Gäste hatten sie nie, und jetzt steht da ihr alter Kleiderschrank und eine Ausziehcouch, die sie nie auszogen und auf der auch nie jemand saß.

Es pocht hinten in meinem Kopf, es hämmert und pocht, und davon wache ich auf. Es ist immer noch dunkel hier drinnen, und auch durch das Fenster fällt kein Licht herein. Ich habe bestimmt nur kurz geschlafen, das kann gar nicht sein, dass ich länger geschlafen habe, denn es ist doch kalt hier, und ich habe keine Decke, ich liege da in meinem Mantel und friere. In einer solchen Kälte schläft man nicht stundenlang, da nickt man höchstens kurz ein, für ein paar Minuten, aus Erschöpfung oder aus Ratlosigkeit. Doch jetzt bin ich wach, und es spielt keine Rolle, ob ich hier auf diesem kalten Bett geschlafen habe und wie lange. Und komisch, der Gedanke an Raphael ist gleich da, obwohl mir das sonst gut gelingt, ihn wegzuschieben, diesen Gedanken, und auch das Bild von ihm. Dieses Bild von seinem toten Körper und wie er da lag, unter dem Laken, so tot, auf diesem kalten Tisch. Doch jetzt steht es vor mir, dieses Bild, und ich sehe mich auch selbst darin stehen. Ich sehe mich, wie ich ihre Hand loslasse, wie ich meine Hand aus ihrer Hand löse, wie ich sie abschüttle, Inges Hand, und auf diesen Tisch zugehe und auf das, was darauf liegt, in dem ich meinen Sohn erkenne und auch wieder nicht. Und ich sehe mich, wie ich das Laken beiseite ziehe, wie ich mit meiner Rechten das Laken von diesem Körper herunterziehe und mit der gleichen Bewegung meine Linke auf seine Brust lege. Ich erinnere mich an diesen Moment, und ich werde ihn auch nicht mehr vergessen, diesen Moment der Deutlichkeit und des Erschreckens, den Moment, in dem ich wusste, dass er tot ist, dass mein Sohn tot ist und dass sich nichts mehr rührt in ihm und nichts mehr lebt. Und dass es deswegen keinen Sinn haben würde, mich an diese tote Brust zu werfen. Ich stelle mir vor, dass Inge das gesehen haben muss, dieses Innehalten und wie ich mich nicht auf ihn geworfen, wie ich nicht an ihm gezerrt und gerissen habe, wie ich ihn nicht zu mir emporgerissen habe, um ihn an meiner Brust und in meinen Armen zu halten, so wie ich ihn früher gehalten habe. Auch später noch, als er schon erwachsen war, als ich ihm nur noch die Hand auf die Schulter legte, spürte ich in dieser Geste noch die Reste einer Umarmung, die dann zwischen uns nicht mehr möglich war. Und Inge muss gesehen haben, wie mich dieses Nicht-an-mich-Reißen, dass ich diesen toten Körper einfach da habe liegen lassen, innerlich völlig zerrissen hat, und ich denke, dass dieses Innehalten die Ursache dafür ist, dass Inge so erstarrt ist. Weil sie in diesem Moment, am Spiel meiner Nacken- und Schultermuskulatur erkannt hat, dass es für jede Geste zu spät ist. Daran muss ich denken, und es kommt mir ein wenig seltsam vor, dass ich selbst hier so erstarrt liege, und ich denke, dass es so nicht weitergehen kann, und ich denke an Inge und dass sie mittlerweile ganz sicher zuhause ist. Dass sie da sitzt, in der Küche, und auf mich wartet.

Sie ist doch wieder ins Schlafzimmer gegangen, hat sich dort hingesetzt, an dieselbe Stelle, an der sie eben schon saß. Sie schaut an sich hinunter, wo die eigenen Hände in ihrem Schoß liegen. Ich kann nicht für immer hier sitzen bleiben, denkt sie, ich kann nicht für immer hier sitzen auf dieser Bettkante, die mir gar nicht so vorkommt, als wäre das meine Bettkante. Ich fühle mich eher, als wäre ich zu Besuch, denkt sie, als machte ich einen Krankenbesuch bei jemandem, den ich nicht so gut kenne, dessen Schicksal mich aber doch rührt, und dieser Gedanke gefällt ihr, das würde ihr gefallen, wenn sie hier, in diesem Leben, in dieser leeren Wohnung nur zu Besuch wäre. Wenn sie an diesem Bett säße und dieses Bett dadurch ein ihr fremdes Bett würde und sie jemandes Hand hielte, eine Hand, die nicht ihre eigene ist. Wenn sie diese Hand, die Hand eines Kranken, vielleicht eines Todkranken, halten und wieder loslassen könnte, sie mit Vorsicht und Nachdruck zurück auf die Bettdecke legen, ganz wie es ihr gefiele oder wie sie es für angemessen hielte. Ihm die Haare zur Seite striche, einen Kuss auf seine Stirn drückte und dann aufstünde und ginge, sich noch einmal umdrehte und dann leise die Tür hinter sich schlösse. Sie schaut sich um in diesem Zimmer, das sie gut kennt, in dem sie schon seit zwanzig Jahren schläft, seit sie das Haus verkauft haben und in die Stadt gezogen sind, schläft sie schon in diesem Zimmer. Immer auf derselben Seite des Doppelbetts. Abgesehen von den wenigen Nächten, wenn Raphael krank war, als er noch ein Kind war, das krank war und fieberte und an dessen Bett sie saß, die ganze Nacht hindurch. Jetzt sitzt sie an einem anderen Bett, in einem Zimmer, das ihr fremd geworden ist. Hier hängen Bilder von einer Familie, die sie nicht mehr kennt, die es gar nicht gibt. Sie streicht mit der Hand über den kühlen Bezug des Kopfkissens, lässt sie kurz darauf liegen. Stellt sich vor, sie streichelte jemanden, einen Kranken, ein Kind. Ihr Kind. Und sie wünscht sich, dass sie noch nicht so alt wäre, wie sie es ist, oder dass sie älter wäre. Dass irgendetwas anders wäre, als es ist. Weil sie sich selbst nicht mehr sehen kann in diesem Leben, das ihr gar nicht passt, in das sie nicht hineinpasst. Weil sie sich nicht vorstellen kann, dass sie in diesem Leben noch länger bleiben könnte. Sie denkt, dass sie am liebsten fortgehen würde, dass sie gerne irgendwo klingeln würde oder anklopfen und dann einfach eintreten, in dieses andere Leben, und dort bleiben. Jetzt muss sie an Max denken, und sie fragt sich erneut, wo er wohl steckt, und sie denkt, dass sie in die Küche gehen und nachschauen sollte, ob er eine Nachricht für sie hinterlassen hat.

Mir ist so kalt, dass ich nicht mehr liegen bleiben kann, ich muss aufstehen und mich bewegen, sonst friere ich noch ein. Mein Kopf ist besser geworden, das Schlafen hat mir gut getan. Es pocht zwar noch, aber es tut nicht mehr weh. Ich habe mich aufgerichtet, ich sitze auf der Bettkante und weiß, dass mir gegenüber die Einbauschränke sind. Und wo ich schon hier oben bin, denke ich, sollte ich wirklich nachsehen, ob der Bademantel nicht doch darin hängt. Ich stehe auf, auch das geht ganz gut, und halte die Hände ausgestreckt, nicht, dass ich irgendwo anstoße. Der Raum ist klein, jetzt spüre ich schon das lackierte Holz der Einbauschränke, ich fahre mit der Hand darüber und taste nach dem Knauf. Ich umfasse ihn und ziehe daran, die Tür geht leicht auf. Ein trockener Geruch schlägt mir entgegen, ich zögere, meine Hand in diese Dunkelheit hineinzustecken, ich schiebe meinen Körper noch ein bisschen näher an den Schrank, an diesen Geruch heran, und strecke jetzt doch die

Hand aus. Hier hängt tatsächlich etwas. Ich fasse an Kleiderbügel, als griffe ich nach ein paar Schultern, als stünde mir da jemand gegenüber. Ich spüre Glattes und Wolliges, Hemden und Pullover, und das wundert mich, weil ich weiß, dass man Pullover nicht über Kleiderbügel hängen soll, weil sie sonst ihre Form verlieren, dass man sie besser zusammenfaltet. Das weiß ich, seitdem ich ein Kind war. Meine Mutter hat mir das beigebracht, und auch Inge macht das immer so. Es ist schon seltsam, woran man denken muss, wenn man allein in der Dunkelheit steht, denke ich. Ich wundere mich über mich, aber so ist das wohl, wenn man sich in einer ungewöhnlichen Situation befindet, dann wird man eben auch ungewöhnlich. Und sich selbst fremd. Meine linke Hand liegt noch immer auf einer wolligen Kleiderbügelschulter, und mit der rechten halte ich die Tür offen und mich zugleich daran fest, denn im Dunkeln verliert man leicht das Gleichgewicht, insbesondere wenn man eine Kopfverletzung hat. Das Gestrick wird warm unter meiner Hand, und da spüre ich erst wieder, wie kalt mir ist, und ich denke, warum nicht, es ist dunkel, keiner sieht mich, und auch ich kann mich nicht sehen, selbst wenn ich an mir hinunterschaute, könnte ich nichts sehen von mir in dieser Dunkelheit. Mit einem Ruck ziehe ich den Pullover vom Kleiderbügel, der schnellt nach oben und schlägt gegen einen Einlegeboden, das hallt ganz schön in diesem leeren Haus, und ich fahre zusammen. Ich halte mich noch immer an der Schranktür fest, in der anderen Hand habe ich jetzt den Pullover. Ich gehe zurück zum Bett und lasse mich darauf fallen. Ich ziehe mir den Pullover über den Kopf, es ist mir zu kalt, erst den Mantel auszuziehen, dann den Pullover an und den Mantel wieder darüber, und wenn der Pullover wirklich einmal Max Schmeling gehört hat, wovon ich ausgehen muss, dann wird er mir auch mit Mantel darunter passen. Denn ich bin klein und schmal gebaut, und Schmeling war groß und vor allem kräftig, mit breiten Schultern, wie es sich für einen Boxer gehört. Der Pullover fühlt sich gut an, es ist ein dichtes Gestrick, ich streiche mit der Hand darüber, er scheint aus mehreren Fäden gemacht zu sein. Er hat wohl ein Muster. Und einen kleinen Kragen. Es ist eine Art Seemannspullover, und ich merke, wie mir wärmer wird. Denn es gibt eine Kälte, die man gar nicht empfindet, solange man friert, die man erst im Warmwerden spürt. Als würde man durch diese Kälte erst hindurchmüssen.

Und als er vor dem Spiegel stand, da erinnerte er sich, dass er oft vor einem Spiegel gestanden und sein Gesicht untersucht hatte, auch vor diesem hier, nur in der letzten Zeit eben nicht mehr so oft. Weil doch immer die Krankenschwester bei ihm war, und dass man beim Blick in den Spiegel lieber allein ist, das dachte er. Und dass es gut war, dass er sich heute hierhergeschlichen hatte, denn wer weiß, ob er sonst überhaupt noch einmal Gelegenheit gehabt hätte, sich in einem Spiegel zu betrachten. Nun lässt er also das Waschbecken los und beugt sich vor, er dreht den Hahn auf und spritzt sich mit beiden Händen Wasser ins Gesicht. Es läuft ihm am Hals und an den Schultern hinunter, es rinnt den Rücken entlang, und dieses Wasser und wie es an ihm hinunterläuft, das lässt ihn den eigenen Körper spüren. Einen Körper, den er sehr gut kennt, denn mit diesem Körper hat er schon einiges ausgerichtet, auch wenn das schon lange her ist, ein halbes Leben ist das her, erinnert er sich doch noch gut daran. Und diese Erinnerung seines Körpers ist etwas, das ihm auch jetzt noch hilft, denn dieser Körper weiß, wie man sich wäscht und wie man nach dem Handtuch greift und wie man sich wieder anzieht, wie man sich den Mantel über die Schultern legt, und er denkt, dass es doch schön wäre, wäre jemand hier, der das für ihn übernimmt. Er denkt an Max Machon, der immer da gewesen ist, der ihm immer den Mantel über die Schultern gelegt und ihn im richtigen Moment wieder heruntergenommen hat. Er denkt, dass Machon seinen Körper beinahe ebenso gut gekannt hat, wie er selbst ihn kennt. Eigentlich sollte Machon jetzt hier sein, er sollte hier sein und sich um ihn kümmern, ihn zurück in das kleine Zimmer führen, ihm ins Bett helfen. Und dann sollte Machon an seiner Stelle zum Fenster gehen und hinausschauen und ihm erzählen, was er dort draußen sehen kann. Er sollte ihm auch erzählen, woran er sich erinnert, wenn er aus diesem Fenster schaut. Von den Festen sollte er erzählen, die sie hier gefeiert haben, wie sie gemeinsam auf die Jagd gegangen sind und wie sie dann da drüben gestanden haben, die Strecke vor dem schmalen Unterstand ausgelegt, das Gewehr noch über der Schulter, ein Glas in der Hand. Denn bei solchen Gelegenheiten, da hat auch er getrunken, auch wenn er das sonst nie getan hat. Er würde davon erzählen, wie er mich gerettet hat, denkt er, wie er damals beim zweiten Kampf gegen Louis in den

Ring gestiegen ist und das Handtuch geworfen hat, obwohl das gar nicht erlaubt war, und wie er ihm damit das Leben gerettet hat, davon würde er erzählen, denn darüber haben sie beide nie gesprochen. Er bereut, dass er sich nie bei Machon bedankt hat, für eine Tat, die ihm nicht nur das Leben gerettet, sondern auch eine tiefe Demütigung erspart hatte. Machon könnte davon erzählen, wie er am Ring stand und sah, wie Louis' Linke ihn erst an der Schläfe traf und wie dann der Nierenschlag kam, an den er selbst sich kaum erinnert, denn Schmerzen vergisst der Mensch schnell. Er könnte ihm das erzählen, und zwischen den Worten könnten sie ihrer Verbundenheit nachspüren, der freundschaftlichen Nähe, von der sie auch nie gesprochen haben, die aber immer da gewesen ist. Er würde Machon am Fenster stehen sehen, die Hände in den Taschen, er könnte seinen Blick auf Machons feinem Gesicht ruhen lassen, einem Gesicht, das ihm einmal ebenso vertraut war wie das eigene. Und dann würde er den Kopf in die Kissen legen, den Blick zur Decke, er würde die Augen schließen und zuhören, wie Machon ihm vom wichtigsten Kampf seines Lebens erzählte, von einem Kampf, der so schnell vorüber war und schon so lange her, dass er sich selbst kaum an ihn erinnert. Und dann könnte Machon sich zu ihm ans Bett setzen und das Kissen noch einmal aufschütteln und ihm in den Rücken stecken. Machon könnte das tun, er sollte das tun, Machon und nicht irgendeine Schwester, denn Machon war immer für seinen Körper zuständig gewesen. Und jetzt war er das nicht mehr, denn Machon war tot, er war schon lange tot. Während er über das Todesdatum seines Trainers nachdenkt, beugt sich Schmeling leicht nach vorn. Er steht jetzt in der offenen Badezimmertür, und er hört Schritte auf der Treppe. Die Krankenschwester kommt. Er ist alt, bald hundert Jahre alt, er schafft diesen Weg nicht mehr allein. Sie steht jetzt oben am Treppenabsatz, ihm direkt gegenüber, er schaut sie an. Schweig, denkt er, sag nichts, hilf mir einfach, diesen lächerlich kurzen Weg zu bewältigen, durch den Flur und hinein in mein kleines Zimmer. Und sie schweigt, kennt ihn mittlerweile gut. Nimmt ihn am Arm, stützt ihn, führt ihn in sein Zimmer. »Ich bleibe noch kurz am Fenster stehen«, bringt er schließlich hervor. »Gut«, sagt sie, »dann tun sie das eben.« Sie schließt die Tür hinter sich, er hört sie die Treppe hinuntergehen.

Sie steht in der Küche. Sie sieht mit einem Blick, dass da nirgendwo ein Zettel liegt, dass er wohl überhaupt nicht hier drin gewesen ist. Jetzt ist er weg, denkt sie, und der Gedanke erschreckt sie nicht, im Gegenteil, sie empfindet so etwas wie Erleichterung, denn sie weiß sofort, dass er nicht bloß einkaufen gegangen ist oder zu irgendeinem Termin. Er hätte in jedem Fall eine Nachricht dagelassen, er wäre nicht einfach so gegangen. Jetzt ist er also weg, denkt sie. Sie setzt sich an den Küchentisch, legt die Hände vor sich auf die Platte. Die Küche ist klein, der Tisch steht direkt am Fenster. Im Haus gegenüber sind viele Fenster erleuchtet, und auch bei ihr brennt Licht. Von außen macht das keinen Unterschied, ob bei jemandem Licht brennt, der lieber im Dunkeln säße, denkt sie. Das kann man von außen überhaupt nicht feststellen, ob da einer unter der Küchenlampe sitzt, der lieber im Dunkeln säße, der eigentlich am liebsten nirgendwo mehr säße. Das denkt sie, und sie schaut nach draußen dabei und sieht, dass in einigen Fenstern schon Weihnachtsdekorationen hängen. Das wird es bei ihnen in diesem Jahr nicht geben, das wird es überhaupt nicht mehr geben, denkt sie, und das ist auch gut so. Diese Weihnachtsschmückerei war ihr schon immer ein Graus, und sie weiß, dass auch Max das nicht mag. Sie haben das nur für Raphael gemacht, immer am ersten Adventwochenende, jedes Jahr, haben sie die große Kiste vom Speicher geholt, in den letzten Jahren hat Raphael das übernommen, auch wenn Max protestierte. Raphael ist auf den Trockenboden gegangen, mit dem kleinen Schlüssel in der Hand, und in ihr Dachbodenabteil und hat die Kiste offenbar immer sofort gefunden, denn er war schon nach ein paar Minuten wieder da. Anders als Max, der oft erst nach Stunden aus dem vollgepackten Speicher kam. Und dann haben sie die Holzsterne herausgenommen und auch die Papiersterne, die sie im Januar Jahr für Jahr wieder sorgsam in immer dieselben Umschläge gesteckt haben, seit dem ersten Weihnachten hier, in der neuen Wohnung. Sie denkt auch jetzt noch, dass das die neue Wohnung ist. Wenn sie im Kaufhaus etwas sieht, eine Lampe, eine Tischdecke, dann denkt sie noch heute: Das wäre doch etwas für die neue Wohnung. Sie haben dann alle drei hier am Küchentisch gesessen und Fäden entwirrt. Immer gab es auch irgendwas zu kleben, und während Raphael und sie durch die Wohnung gingen und die Sterne auf die Fenster verteilten, jedes Jahr dieselben Sterne an dieselben Fenster, saß Max in der

Küche und baute die Pyramide auf. Sie sieht ihn da sitzen, das Gesicht nah an den winzigen hölzernen Figuren, der Rücken ein bisschen krumm. Sie sieht, wie er sie aus dem Seidenpapier wickelt und jede einzelne genau prüft, ob nicht ein Flügel abgefallen ist, ob noch alle Beine und Arme, ob die winzigen Hände noch dran sind, bevor er sie mit seinen eigenen ruhigen Händen eine nach der anderen auf die drei Etagen der Pyramide verteilt. Unten die Rehe und Schafe und Spanbäume, darüber die heilige Familie und oben die Engel mit ihren Posaunen. Sie sieht ihn vor sich, völlig konzentriert, und jetzt sieht sie sich selbst, wie sie an ihm vorbeigeht und im Vorbeigehen über seinen Rücken streicht, von oben nach unten, und wie sie dann unten ein paar Mal klopft, noch einmal mit der Hand nach oben fährt und sie auf seiner Schulter kurz liegen lässt, das sieht sie. Und wie er sich aufrichtet, unter ihrer Hand, das sieht sie auch.

Der Pullover ist warm, und ich fühle mich wohl darin. Ich habe den Kragen hochgeschlagen, stehe breitbeinig da, die Arme hängen locker herunter, und denke an ein paar Fotos, die ich von Schmeling in solchen Posen gesehen habe. Und ich denke daran, dass solche Posen nie etwas für mich gewesen sind, dass ich immer fand, dass solche das Männliche übertreibenden oder doch hervorkehrenden Posen Ausdruck einer Schwäche sind, und es ist mir immer natürlicher erschienen, mich irgendwo anzulehnen, in eine leichte Schräglage zu gehen, eine Schulter an der Wand und die Arme vor der Brust verschränkt, das Spielbein über dem Standbein gekreuzt. Besonders wenn einer ein Foto von mir machen wollte, dann habe ich mich gerne irgendwo angelehnt, habe die Arme verschränkt oder die Hände in die Hosentaschen gesteckt. Oder ich habe mich zu einem anderen gestellt, habe mich nah an Inge gestellt, Raphael zwischen uns. Ich habe meine Arme um ihn geschlungen, meinen Kopf nach vorne gedrängt, so als wollte ich unbedingt fotografiert werden. Habe eine Grimasse gezogen. Es gibt nicht ein Foto von mir, wo ich einfach so dastehe, frei in einem Raum oder vor einer Landschaft, und in die Kamera schaue. Und jetzt denke ich, dass das wohl andere Gründe hat, dass es nicht eine Frage der Haltung oder Einstellung war. Schon als Kind war mir dieses Kameraauge unangenehm, und es ist mir nie gelungen, diesen Blick zurückzugeben, der eigentlich gar kein Blick ist. Denn was einen da anschaut, wenn man vor einer Kamera steht, das kann man ja nicht anschauen. Das entzieht sich und hält sich versteckt, und das sieht man später auf dem Foto nicht. Und ich erinnere mich an dieses Gefühl beim Fotografiertwerden und kann es auch jetzt wieder in mir wachrufen. Dieses Gefühl, allein dazustehen und mit leeren Händen. Und dass da etwas von mir erwartet wird, was ich unmöglich erfüllen kann. Es ist nicht nur ein Unbehagen, es geht darüber hinaus, eine vorweggenommene Zurechtweisung, die feststellt, dass ich in die Form nicht passe, die ich darstellen soll. Wie ich da an der Schulbank stehe. Wer hat dieses Foto gemacht? Ich weiß es nicht. Und wo ich an dieses Bild denke, kommt es mir vor, als würde es mein damaliges Selbst, ein Selbst, von dem ich nichts mehr weiß, vollkommen eindeutig abbilden. In der Art, wie meine Hand nicht nach meinem Jackensaum fasst, sondern nur locker davor hängt, und wie der andere Arm, der Ellenbogen, auf der Schulbank aufliegt, die halboffene Hand auf der Höhe meines Kinderbauchs, die kurzen, rechts etwas abstehenden Haare, in alldem kann ich etwas erkennen, das mir nicht fremd ist. Der Blick ernst, sich der ganzen Tragweite dieses Bildes bewusst. Es ist überhaupt das einzige Mal, dass ich offen in eine Kamera geschaut habe. Selbst auf den Hochzeitsbildern ziehe ich eine Grimasse, die ein Außenstehender zwar nicht als solche erkennen kann, aber ich weiß es noch. Und Inge natürlich auch. Ich erinnere mich an dieses Spannungsgefühl in meinem Gesicht, an das leichte Zucken meiner Mundwinkel und wie mir die Wangen so straff unter den Augen saßen. Wie ich mir immerzu mit den Händen durchs Gesicht gefahren bin. Doch auf diesem Kinderbild, da kann ich mich selbst anschauen, anders als ich das in einem Spiegel könnte, und deshalb habe ich es immer bei mir. Es steckt in der Sichthülle in meinem Portemonnaie. Wie andere ein Bild von ihrem Kind mit sich herumtragen, so trage ich das Bild des Kindes mit mir herum, das ich selbst einmal war. Und jetzt ziehe ich doch den Pullover hinauf und greife in die Innentasche meines Mantels, hole das Portemonnaie heraus, klappe es auf. Dieser Handgriff ist mir vertraut: Ich schlage das Portemonnaie auf und gebe ihm dabei mit den Fingern meiner rechten Hand einen Schubs, so dass das Kartenfach nach vorne klappt und den Blick auf das kleine Foto mit dem gezackten Rand freigibt. Ich spüre das Gewicht dieses Kartenfachs, als es nach vorne klappt, und weiß plötzlich, dass ich dieses Gewicht jedes Mal spüre, wenn ich mein Portemonnaie öffne, und dass es mir nur nicht immer auffällt, weil ich sonst schon mit den Augen bei meinem Bild bin, meinen Kinderblick erwartend, und deshalb nie darauf achte, wie sich das Portemonnaie in meiner Hand entfaltet. Und jetzt stehe ich hier, das offene Portemonnaie in meinen Händen, in diesem nach wie vor vollkommen dunklen Raum. Ich kann nichts sehen, das Bild nicht, das Portemonnaie nicht, ich weiß nur, dass es da ist, dass ich es in Händen halte, weil ich sein Gewicht spüren kann. Ich habe das Gefühl, dass ich doppelt verschwunden bin, wie ich hier stehe. In diesem Pullover, in dieser Dunkelheit, in diesem fremden Haus. Ein Bild in meinen Händen, auf dem ich etwas von mir erkenne und auch wieder nicht. Bin ich das überhaupt? Ist das nicht ein anderer, mein Banknachbar, eine Verwechslung. Wenn ich mich auf späteren Fotos sehe, als Jugendlichen oder Erwachsenen, so habe ich zwar auch den Eindruck, dass es ein anderer ist, der da steht, aber doch erkenne ich mich, meine Züge, irgendwie in diesem anderen. Bei diesem Kinderfoto ist das nicht der Fall. Das bin ich gar nicht, und deshalb trage ich es ja mit mir herum, als Beweis und Erinnerung. Es war mir auch egal, dass Inge sich darüber immer lustig gemacht hat. Und neulich, da hielt sie es in ihren Händen, und dann schaute sie mich an und sagte, dass das ja ganz praktisch sei, ein solcher Narzissmus, und dass der einen sogar vor der Frage bewahre, was man mit dem Bild seines Sohnes tun solle, wenn der plötzlich tot sei. Denn wenn man immer nur das eigene Bild mit sich herumtrage, dann biete selbst der Tod des eigenen Sohnes keinen Anlass, daran etwas zu ändern. Das könne man dann bis zum eigenen Tod völlig unberührt mit sich herumtragen. So ähnlich hat sie das gesagt. Und da war keine Gehässigkeit in ihrer Stimme und auch kein Zorn. Es war eine Feststellung, die vor allem gezeigt hat, wie fremd wir voreinander stehen und wie fremd wir uns selbst auch sind. Und sie traf damit genau das, was ich in diesem Kinderbild von mir sehe und was ich vor mir selbst zum Ausdruck bringe, indem ich es bei mir trage. Das denke ich, während ich das Portemonnaie wieder zuklappe und zurück in meine Manteltasche stecke und den Pullover über dem Mantel glatt ziehe und noch ein paar Mal darüberstreiche. Und jetzt denke ich wieder an dieses Bild von Schmeling und an die Pose, die er darauf einnimmt und die nichts mit der Haltung zu tun hat, die ich gerade eingenommen habe, auch wenn ich genauso dastehe. Und ich denke, dass ich aus diesem Grund auch nichts wissen kann über Schmeling, denn er hat niemanden hineingelassen in diesen privaten Raum, der nur da existiert, wo man kein Bild ist und auch nicht darüber nachdenkt, ob man eines abgibt und wie. In welche Pose man sich wirft. So ein privater Raum verschwindet in dem Moment, in dem man ihn verlässt, in dem man hinausgeht in die Öffentlichkeit. Oder er verschwindet nicht, aber schließt sich hinter einem. Ich weiß nicht, ob es ein einzelner Mensch schafft, einen solchen privaten Raum um sich herum aufzubauen, ob es nicht einen zweiten braucht, zwischen dem und einem selbst sich dann ein solcher privater Raum aufspannen und entfalten kann. Und der den dann auch bezeugt, diesen Raum, und einem bestätigt, dass es ihn gibt und dass man selbst sich darin befindet. Denn wo ich hier so allein bin, niemand seinen Blick auf mich richtet, ja, nicht einmal Inge wüsste, wo sie überhaupt hinschauen sollte, um mich zu sehen, da kommt es mir vor, als wäre ich gar nicht da. Das habe ich schon ein paar Mal gedacht, seit ich hier bin, dass ich mich, in diesem Haus, im Dunkeln, so fühle, als gäbe es mich nicht, als hätte ich mich mir selbst nur ausgedacht.

Jetzt steht er an dem kleinen Fenster und schaut hinaus. Die Krankenschwester ist nach unten gegangen, sie hat sogar die Tür hinter sich zugezogen, er hört sie trotzdem in der Küche werkeln. Er denkt, dass es schön wäre, sich Anny da unten vorzustellen, sich vorzustellen, dass Anny es wäre, die gleich nach oben käme, eine Tasse Tee in den Händen. Er denkt, dass er sich das leicht ausmalen könnte, dass er nicht alt wäre und Anny nicht tot. Dass sie beide noch jung wären und gerade erst in dieses Haus eingezogen, dass er bloß ein bisschen krank wäre, eine leichte Magenverstimmung, nichts Ernstes, wegen der er aber in dieser Nacht lieber im Gästezimmer geschlafen hätte, um Anny nicht zu stören. Und dass sie gleich zur Tür hereinkäme, um ihm seine Rücksichtnahme zu danken, mit einer Tasse Tee und ihrer Gesellschaft. Sie würde also hereinkommen und den Tee auf der Ablage am Kopfende des Bettes abstellen, und sie würde neben ihn treten und ihm mit ihrer kühlen Hand über den Rücken fahren und seinen Arm hinunter, und dann würde sie nach seiner Hand fassen und sie drücken. Sie würden hier stehen, und Anny würde seinen Blick mit ihm teilen. Über die Terrasse und den kleinen Unterstand mit dem Kamin hinweg schaut er in den Wald hinein. Doch hinter dem Wald, da weiß er den Friedhof, und da liegt Anny. Sie steht nicht hier neben ihm, sie liegt tot auf dem Friedhof, und da wird auch er bald liegen. Doch jetzt noch nicht, jetzt steht er hier und hält sich am Fenstergriff fest und spürt das wärmer werdende Metall unter seiner Hand. Er denkt an früher, an die Zeit, als er Anny kennenlernte, als er noch boxte, und das wundert ihn selbst, denn die meiste Zeit seines Lebens hat er nicht geboxt, die meiste Zeit seines Lebens hat er hier verbracht, in diesem Haus. Mit Anny. Und dann noch diese langen Jahre ohne sie. Aber trotzdem war das Boxen, auch wenn er eher zufällig dazu gekommen ist, immer etwas, das ihn ausgemacht hat, woran er erkannt wurde und worin er sich auch selbst erkannt hat. Das denkt er jetzt. Und dass er beim Boxen, während eines Kampfes, auf eine Art in der Welt war, die er sich kaum mehr vorstellen kann. Dass dieses Auf-einen-anderen-Einschlagen und dass der auf einen einschlägt etwas damit zu tun hat, dass man in dieser Welt ist, dass man da ist und das auch spüren kann. Und dass das Geschrei und das Toben der Zuschauer, die man nicht sieht, weil man sich ganz auf seinen Gegner konzentriert, das man aber hört und das einen umgibt, dass dieses Geschrei auch dazu beigetragen hat, dass er sich damals anwesend gefühlt hat in der Welt. Und er denkt, dass es seltsam ist, dass er noch da ist, hier in diesem kleinen Haus, wo sonst nur noch die Krankenschwester ist, die aber eigentlich gar nicht hierher gehört. Dass er im Gästezimmer seines eigenen Hauses steht und aus dem Fenster schaut. Dass er hier ist, obwohl niemand ihn sieht. Er denkt, dass er seine härtesten Kämpfe doch immer mit sich selbst ausgefochten hat. Damals im Wald, in Friedrichsruh, als er sich wieder in Form bringen wollte für sein Comeback nach dem Krieg, nachdem er die ganzen Jahre nicht im Ring gestanden hatte. Da war er auch in den Wald gegangen und hatte dort trainiert und war gerannt, durch diesen einsamen Wald. Da hat er sich fit gemacht für Kämpfe, von denen er wusste, dass er sie verlieren würde. Er erinnert sich genau, und er weiß auch, warum er das damals getan hat: für dieses Leben, dafür, dass er jetzt hier stehen kann, am Fenster seines eigenen Hauses, und in den Wald schauen, der ihm ebenfalls gehört.

Es klingelt, das ist mein Handy, das wird Inge sein. Ich will mit der Rechten in die Tasche fahren, doch ich habe diesen Pullover noch an, und natürlich verheddere ich mich mit den Fingern in der Wolle. Wie kann man denn so groß sein, dass ein normaler Mann versinkt in einem solchen Pullover, das ist ja lächerlich. Es klingelt und klingelt, und ich reiße mir jetzt den Pullover vom Leib, das tut am Hinterkopf weh, aber das ist mir egal. Was soll das denn, das ganze Gejammer, und was um alles in der Welt mache ich eigentlich hier. Denn das wird Inge mich gleich fragen, ich höre sie schon. Wo bist du denn, wird sie sagen, und wenn ich es ihr gesagt haben werde, dann wird sie einen Moment still sein. Nicht weil sie sich wundert, sondern weil ich spüren und wissen soll, dass sie sich wundert. Und dann wird sie sagen: Was um alles in der Welt machst du denn da? Und was soll ich darauf antworten. Es klingelt noch immer, und jetzt habe ich das Handy in der Hand. Ich sehe das Display leuchten, ich habe ja doch ein Licht hier, doch ich sollte sparsam damit umgehen, denn wer weiß, ob ich es nicht noch einmal brauche. Und selbst wenn ich das Ladekabel bei mir hätte, Strom gibt es hier nicht. Ich schaue auf das Display, in der Tat, *Inge* steht da. Und jetzt will ich gar nicht mehr mit ihr sprechen und wollte es eigentlich die ganze Zeit schon nicht, und das ganze Theater, das ich veranstaltet habe, mit dem Pullover und dem Handy, wie ich mich beeilt und geärgert habe, das habe ich nur für mich veranstaltet. In der Hoffnung, dass ich es nicht rechtzeitig schaffen würde, dass Inge schon aufgelegt haben würde, bevor ich das Handy aus der Tasche gepfriemelt und ihren Anruf angenommen hätte, und dass mir das einen kleinen Aufschub gäbe. Ohne dass ich mich dafür entschieden hätte, ohne dass ich das Handy in der Tasche gelassen und es einfach hätte klingeln lassen, bis es von selbst aufhört. Bis Inge aufgibt. Denn dass ich bald mit ihr sprechen muss, dass ich sie anrufen muss und mich erklären, das ist mir völlig klar, und da führt auch nichts dran vorbei. Nur noch nicht jetzt. Ich brauche noch einen Moment.

Er geht nicht ran, und irgendwie ist sie froh deswegen, so wie sie auch froh war, als sie eben auf dem Küchentisch keine Nachricht von ihm gefunden hat. Sie steht im Flur, den Telefonhörer noch in der Hand. Sie hört seine Stimme auf der Mailbox, doch was soll sie sagen. Sie legt den Hörer auf und sieht sich selbst vor dem Telefontischchen stehen, das zwar auch einen Sitz hat, auf dem sie aber nie sitzt. Sie steht beim Telefonieren, läuft auf und ab, so weit, wie es die Telefonschnur erlaubt. Und jetzt steht sie da und sieht sich im Spiegel. Sie ist gar nicht mehr jung, sie ist auch nicht alt. Sie weiß nicht, was sie noch anfangen soll mit ihrem Leben. Letzte Woche hat sie sich die Haare abschneiden lassen, Haare, die sie, seit sie denken kann, in einem schweren Zopf auf dem Rücken getragen hat. Sie ist zum ersten Mal beim Friseur gewesen. Als sie Kind war, hat die Mutter ihr die Haare geschnitten, und später hat sie das selbst gemacht, so wie sie auch Raphael die Haare geschnitten hat. Nur Max, der ist immer zum Friseur gegangen, und bei diesem Friseur ist sie auch gewesen. Sie saß da auf einem Stuhl mit kunstledernem Bezug, sie schwitzte unter dem Polyesterumhang und sah im Spiegel eine junge Frau nach ihrem Zopf greifen. Sie wog ihn in der Hand. »Sind Sie sicher«, fragte sie, »wollen Sie den Zopf nicht wenigstens aufheben?« Nein, das wollte sie nicht, deswegen war sie ja da, weil sie diese Haare loswerden wollte. Was für eine unsinnige Idee, den abgeschnittenen Zopf dann mit nachhause zu nehmen. »Sie können die Haare auch verkaufen«, sagte die junge Friseurin, »da werden Perücken draus gemacht, die sind sehr gefragt.« – »Nein«, sagte sie, »ich will, dass Sie die Haare wegschmeißen.« Und jetzt sind sie kurz, es sind blonde Strähnchen darin, und sie erkennt sich nicht wieder. Aber das stört sie nicht, denn das hatte sie so gewollt. Sie wollte eine andere werden. Wollte diesen mütterlichen Zopf nicht mehr, denn auch ihre Mutter hatte immer einen solchen Zopf, bis zu ihrem Tod hatte sie die Haare lang auf ihrem Rücken getragen, doch sie selbst ist ja keine Mutter mehr. Sie hat zwar ein Kind geboren, doch das gibt es nicht mehr, auch wenn sie immer an ihn denken muss, gibt es Raphael nicht mehr. Als Raphael noch klein war, hat er oft mit diesem Zopf gespielt, hat ihn gelöst, ihr die Haare auf dem Rücken ausgebreitet und sie dann gekämmt. Hat ihr Frisuren gemacht. »Wie eine Prinzessin schaust du aus.« Doch das ist vorbei, das ist schon lange vorbei. Sie ist jetzt eine Frau mit einem Kurzhaarschnitt, und wenn sie in der Innenstadt an einer Schaufensterscheibe vorbeiläuft, erkennt sie sich zwischen den anderen Frauen nicht. Und sie erkennt sich auch nicht, wie sie hier in ihrem eigenen Flur steht. Was geht nur in Max vor? Sie weiß es nicht und will es auch nicht wissen. Er wird schon zurückkommen, da macht sie sich keine Sorgen, Max ist nicht der Mann, der eines Freitagabends einfach aufbricht in ein anderes Leben. Er würde wiederkommen, heute Nacht, spätestens morgen früh, und vielleicht würde sie nie erfahren, wo er diese Stunden verbracht hat. Und das war gut so, denn das öffnete einen Riss zwischen ihnen beiden, den sie mit etwas anderem füllen konnten. Oder den sie einfach größer werden lassen konnte, so lange, bis gar nichts mehr zu retten war. Und dann wäre sie frei, dann könnte sie gehen.

Es ist 20.12 Uhr, das sehe ich auf dem Display. Ich will mit ihr reden, und ich werde auch wieder nachhause zurückkehren, das ist völlig klar, und alles andere wäre verrückt. Denn was soll ich in diesem Haus, das mir nicht gehört, mitten in einem Wald, der mir auch nicht gehört. Ohne Wasser, ohne Strom. In dieser Kälte. Ich brauche bloß eine kurze Pause, ein paar Stunden, bis mein Kopf wieder in Ordnung ist und ich mich sicher genug fühle, mit dem Auto in die Stadt zurückzufahren. Und das hier, das muss erledigt werden, das hat Inge auch immer gesagt, dass ich diese Sache endlich zu einem Abschluss bringen muss, und daran werde ich sie erinnern, wenn ich sie gleich anrufe und ihr alles erzähle. Denn wenn ich mich jetzt ins Auto setzen und zurückfahren würde, das wäre viel zu gefährlich. Besser man bleibt ruhig und vernünftig und wartet ab, das schadet ja keinem. Und spätestens morgen bin ich wieder zuhause. Genau, ich fahre gleich los, wenn es hell wird, kaufe ein paar Brötchen unterwegs, und dann setzen wir uns zusammen in die Küche, und ich erzähle Inge von dieser verrückten Nacht. Wir lachen darüber, und, vielleicht, während wir lachen, wie wir es lange nicht getan haben, während wir also darüber lachen, wie ich im Haus von Max Schmeling herumirre, treffen sich unsere Blicke. Dann lege ich meine Hand auf ihren Unterarm, und sie zieht ihn nicht weg.

Er steht noch immer am Fenster, er schafft es nicht mehr zurück ins Bett. Er könnte nach der Schwester rufen, doch das will er nicht, nachdem er sie gerade fortgeschickt hat, und sie wird sicher sowieso gleich kommen, um nach ihm zu schauen. Also bleibt er noch ein bisschen stehen. Was er alles getan hat in diesem Haus und wer alles hier war, und jetzt ist niemand mehr da, und es wird auch keiner mehr kommen. Denn sein Leben ist zu Ende, das weiß er, selbst wenn er noch ein oder zwei Jahre weiterlebte, selbst wenn es noch fünf wären, ist doch sein Leben schon vorbei. Denn er kann nichts mehr tun. Er kann in seinem Bett liegen, und wenn es gut läuft, an einem guten Tag, dann kann er eine Weile hier stehen und aus dem Fenster schauen. Aber unten war er schon lange nicht mehr, seit Wochen hat er das Obergeschoss nicht mehr verlassen, und alles, was er brauchte, hat ihm die Schwester gebracht. In den Wald gehen wird er nicht mehr, und er wird nicht mehr auf einen Hochsitz steigen, das Gewehr über der Schulter. Er wird auch nicht mehr zurückkehren von einer solchen Jagd, das aufgeklappte Gewehr vor sich, die Hand lässig darauf, den Geruch von Schießpulver und Blut in der Nase. Dieses Gewehr, das ist ja unter dem Bett, im Bettkasten liegt es, zwischen den Wolldecken, und die Munition ist auch da. Der Gedanke beruhigt ihn, aber er wird auch das hier sauber zu Ende bringen, er wird es aushalten. Er wird nicht das Handtuch werfen, so wie das Machon damals getan hat, denn hier geht es nur um ihn, und niemand als er selbst trägt die Verantwortung dafür, wie er das hier zu Ende bringt. Es gehört dazu, und es gehört zu dem, wie er die Welt sieht, in der er ein paar Spuren hinterlassen hat, deren Teil er ist. Und ein nicht unbedeutender, wie er jetzt denkt, auch wenn das für ihn in diesem Moment keine Rolle mehr spielt, so hat er doch den Lauf der Dinge auf die eine oder andere Weise beeinflusst. Es gibt Bücher über ihn, die stehen alle unten im Wintergarten. Bücher, die er selbst, und auch solche, die andere geschrieben haben. Und immer noch kommen Leute hierher, zumindest bis vor Kurzem, Journalisten, die ihn etwas fragen wollen, die einen Artikel oder ein Buch über ihn schreiben wollen, obwohl es doch schon so viele gibt. Er ist nicht eitel, aber das gefällt ihm doch. Gerne würde er nochmal nach unten gehen und sich vor das Regal stellen, mit der Hand über die Buchrücken fahren. Er könnte noch etwas aufschreiben, wenn er es nur an seinen Schreibtisch schaffen würde, dann könnte er aufschreiben, was er so denkt, kurz vor seinem Tod, und wie er sein Leben bewertet, was er vielleicht anders machen würde. Und das könnte doch auch für andere interessant sein, denn er hat ja ein Leben geführt, das nicht frei von Einflüssen war, solchen, die er ausgeübt hat, und solchen, denen er ausgesetzt war. Es ist seltsam, dass das vorbei sein soll, dass der einzige Mensch, mit dem er sich noch auseinandersetzen kann, er selbst ist. Und die Krankenschwester, deren Schritte er auf der Treppe hört.

Was soll sie tun, die Polizei anrufen? Er ist gerade einmal zwölf Stunden fort. Sie hat ihn heute Morgen wie immer verabschiedet, wie immer ist er aus dem Haus gegangen, und sie ist dageblieben, weil sie freitags erst zur dritten Stunde Unterricht hat. Sie weiß noch, heute hat sie eine Weile in der offenen Wohnungstür gestanden und ihm nachgeschaut, sie hat in das Treppenhaus geschaut und sich gefragt, wie sie den Tag schaffen soll. Wie es ihr gelingen soll, sich vom Türrahmen zu lösen und in die leere Wohnung zurückzugehen, sich dort anzuziehen und etwas zu essen. Wie soll sie ihre Tasche packen, was soll sie dort überhaupt hineintun, in diese Tasche, wie soll sie den Weg zur Schule zurücklegen und dann dort den Kollegen ins Gesicht sehen, wie soll sie den gut gemeinten Worten, wie den Schülern standhalten. Doch es half ja nichts, und das Leben geht weiter. Sie war vier Wochen nicht in der Schule gewesen, und jetzt war es eben an der Zeit, das dachte sie. Und sie hat es auch geschafft, sie hat sich von diesem Türrahmen gelöst, sie ist in der Schule gewesen, hat ihren Unterricht gehalten und mit den Kollegen gesprochen. Ist mit dem Fahrrad zurückgefahren, hat sogar noch etwas eingekauft und ist dann in die leere Wohnung gekommen. Und auch das war noch nicht ungewöhnlich, in der letzten Zeit arbeitete Max manchmal länger, besonders an den Freitagen, als wollte er so wenig wie möglich vom Wochenende haben. Und sie verstand das, die Wochenenden waren eine Tortur. Max war gleich wieder ins Büro gegangen, am ersten Tag nach der Beerdigung, und hatte genau das gesagt: »Es hilft ja nichts, Inge«, hatte er gesagt, »das Leben geht weiter. Da fragt uns keiner, wie wir das finden.« Das sagte er auch heute Morgen, zum Abschied, als er schon in der Tür stand, hat er sich noch einmal umgedreht, die Hand nach ihr ausgestreckt und sie wieder sinken lassen. Er wusste schon, dass sie in diesem Moment eine Berührung nicht ertragen hätte, und während er die Hand in der Manteltasche vergrub, sagte er: »Es hilft ja nichts, Inge, das Leben geht weiter. Da fragt uns keiner, wie wir das finden.« Das ist noch gar nicht lang her, dass er das gesagt hat und dass er fortgegangen ist. Und es ist anzunehmen, dass er auch heute im Büro gewesen ist, sonst hätte sich jemand erkundigt nach ihm. Aber es ist keine Nachricht auf dem Anrufbeantworter, was sollte sie der Polizei also sagen. Dass ihr Mann offenbar zu spät von der Arbeit nachhause kommen wird, dass er es vorzieht, dort, im Büro, zu bleiben. Sie sieht schon die Gesichter der Beamten vor sich und denkt, was für einen abgedroschenen Satz ich hier denke, und sie denkt auch noch, dass dieser Satz Ausdruck des abgedroschenen Lebens ist, das sie führt. Was für ein abgedroschenes Leben ich führe. Sie würde erzählen, dass er auch nicht an sein Handy gegangen ist, und ja, müsste sie sagen, sie habe es nur einmal versucht. Sie hat also noch die ganze Nacht vor sich, frühestens morgen Mittag würde sie jemanden informieren müssen, und wahrscheinlich war Max bis dahin längst wieder zuhause. Sie geht ins Wohnzimmer und setzt sich an ihren Sekretär. Sie legt die Hände vor sich auf die kunstlederne Schreibtischunterlage. Die kleine goldene Uhr steht da, und Inge denkt, dass sie hier bleiben könnte, dass sie die ganze Nacht hier sitzen könnte, im Blick die Zeit, die vergeht, die aber nicht mehr ihre Zeit ist.

Er hört sie in der Küche, und da will er auch noch einmal hin, nach unten. In den Wintergarten, in sein Kaminzimmer. Da hat er oft gesessen, allein oder mit Anny. Da hat er auch seine Gäste empfangen, Freunde, mit denen er am großen Eichentisch gesessen und Skat gespielt hat. Und auch die offiziellen Besucher, die ja immer noch kamen, denn er war eine öffentliche Person, und die war er auch noch, als er sich schon längst in dieses Häuschen zurückgezogen hatte. Und wenn er wollte, könnte er das immer noch sein, eine öffentliche Person, aber das will er nicht. Das ist vorbei, denkt er. Und unten, in den Einbauschränken rechts und links des Kamins, sind seine Pokale, die würde er gern noch einmal in die Hände nehmen. Die

Schranktüren öffnen und einen Blick werfen auf diese Überreste seiner Karriere, die schon so lange vorbei war, dass er selbst manchmal, wenn er allein war, und in den Jahren nach Annys Tod war er das oft, die Pokale auf den Tisch stellte, um sie herum ging und sich schließlich fragte, was sie eigentlich bezeugten. Wozu er sie noch aufbewahrte, wo doch die einzige Zeugin seines Lebens nun nicht mehr hier war und er sie nicht mehr fragen konnte, wie dies und das eigentlich genau gewesen war und sich aus ihrer Sicht dargestellt hatte und nicht aus der Sicht irgendeines Biografen oder einer Filmkamera. Obwohl Anny sich nie einen Kampf angeschaut hat, nur manchmal hat sie einen am Radio verfolgt, so auch den einen großen in Amerika. Im Wohnzimmer der Goebbels hat sie gesessen, und davon gab es auch dieses Foto, das wurde ja oft genug abgedruckt: Anny im Sessel, Magda Goebbels mütterlich hinter ihr. Anny hält den Kopf nah am Radioempfänger, die Fäuste unter dem Kinn geballt, die Augen in die Ferne gerichtet, den Mund offen, und ihr gegenüber Joseph Goebbels, die rechte Hand auf dem Apparat, eine Einheit mit dem Gerät bildend, fast als wäre er selbst dieses Gerät, als übermittelte er die Botschaft von jenseits des Ozeans. Es war ja auch Goebbels, der ihm als einer der Ersten seine Glückwünsche zum gewonnenen Kampf telegrafierte, daran erinnert er sich noch. Auch dass er darauf stolz war, doch an das will er nicht mehr denken. Das war vorbei, und er ist ja auch nicht mit auf diesem Bild, denn er ist in New York gewesen und hat gekämpft, von ihm gibt es in diesem Bild keine einzige Spur. Die drei hätten sich sonst was im Radio anhören können, und deshalb denkt er jetzt nicht mehr daran. Er denkt an die Pokale und dass sie etwas bezeugten, nach dem er nicht einmal Anny fragen konnte, nach dem er niemanden mehr fragen konnte. Denn es war ja schon alles vorbei, und es kam auch nicht wieder, wenn man daran dachte. Dieses Leben blieb verschwunden.

Gleich rufe ich sie an, ich muss mir nur noch die richtigen Worte zurechtlegen, Worte, die eindeutig sind und überzeugend. Denn ich weiß schon, dass ich in eine seltsame Situation geraten bin und dass es nicht leicht sein wird, Inge das zu erklären. Aber ich weiß auch, je länger ich warte, desto schwieriger wird eine solche Erklärung, und ich will die Sache nicht dramatisieren, nicht dass sie auf die Idee kommt, einen Krankenwagen loszuschicken, womöglich sogar selbst mit hierherzukommen. Denn so schlimm ist es gar nicht, und ich fühle mich schon wieder ganz gut. Eine halbe Stunde noch, und dann kann ich sicher losfahren und bin gegen zehn zuhause, das ist gar keine ungewöhnliche Zeit, das ist ja nicht mitten in der Nacht oder in den frühen Morgenstunden. Um zehn kann man nachhause kommen, ohne viel erklären zu müssen. Und ich müsste dann auch gar nicht von meinem Ausflug hierher erzählen, es würde vielleicht reichen, dass ich von der vielen Arbeit spreche, die auf meinem Schreibtisch war, und von einem kleinen Unfall. Das ist nicht unglaubwürdig, bei diesem Novemberwetter, da passiert es leicht einmal, dass man auf den regennassen Treppenstufen vor dem Amt ausrutscht und hinfällt. Sich den Kopf dabei aufschlägt. Und es ist nur zu verständlich, dass man dann noch einmal kurz zurückgeht und sich notdürftig versorgt, bevor man den Weg nachhause antritt. Nein, das ist ganz und gar nicht unglaubwürdig, das könnte wirklich so geschehen sein, und so werde ich es ihr auch erzählen. Und dann komme ich am Montag wieder, bei Tageslicht und mit einer Taschenlampe, zur Sicherheit, falls es länger dauert oder ich in den Keller muss. Ich schreibe einen Bericht und schließe diese Sache endlich ab. Also brauche ich Inge gar nicht anzurufen.

Sie schiebt die Tür auf, das hört er daran, wie das Türblatt über den Teppichboden schleift. »Hier kommt Ihr Tee«, sagt sie, »wollen Sie sich jetzt nicht doch ein bisschen hinlegen?« Er ist ihr dankbar für diese Frage. Ja, denkt er, wenn ich nur wüsste, wie ich mich von diesem Fenstergriff lösen und die paar Schritte rüber ins Bett schaffen soll, dann würde ich mich gerne ein bisschen hinlegen. »Wenn Sie meinen«, sagt er nur. Sie hat die Tasse schon am Betthaupt abgestellt, greift ihm unter den linken Arm, fasst mit ihrer anderen Hand seine rechte Schulter und führt ihn sicher zum Bett. Er lässt sich vorsichtig darauf sinken, sie schüttelt noch einmal die Kissen auf, hilft ihm mit seinen Beinen. Deckt ihn zu. Ich bin ein Baby, denkt er, ich kann gar nichts mehr tun. Dieser riesige Körper ist mir zu rein gar nichts mehr nutze. Was ist es schon wert, dass ich heute allein im Bad war, dass ich so lange am Fenster gestanden habe, morgen werde ich das nicht können. Morgen werde ich mich ausruhen müssen davon. Er wird wütend. »Schon gut«, fährt er sie an, »ich bin doch kein Baby. Ich brauch Sie nicht mehr. Gehen Sie.« Sie nickt. Das regt ihn noch mehr auf. Soll sie ihm doch sagen, wie unmöglich er sich benimmt, das hält er schon aus. Aber sie, sie nickt nur, dreht sich um, deutet im Hinausgehen auf die Klingel neben seinem Bett: »Sie melden sich, wenn Sie etwas brauchen, Herr Schmeling.« Herr Schmeling, der hat wichtige Menschen gekannt, der Herr Schmeling, denkt er, Menschen, an deren Macht er teilhatte, ohne dass er danach gefragt oder sich darum bemüht hätte. Ohne dass er nach irgendwem hätte klingeln müssen. Denn so war es, denkt er, diese Leute sind ja auf ihn zugekommen. Immer sind die Leute zu ihm gekommen und wollten dies und das oder haben dies und das angeboten. Es war nicht so, dass er die Nähe dieser Leute gesucht hätte, ja nicht einmal, dass sie ihm besonders angenehm gewesen wären. Viele Dinge sind einfach so geschehen, denkt er, ganz ohne mein Zutun. Um vieles habe ich gekämpft, denkt er, aber manches ist auch auf mich zugekommen. Ich habe es geschehen lassen, und ich habe dafür bezahlt. Es ist nicht immer alles so glatt gelaufen in meinem Leben, wie es den Anschein hat. Und das hat er auch betont, in allen seinen Büchern steht das, dass ihm die Dinge nicht in den Schoß gefallen sind, selbst wenn sein Leben immer wieder seltsame, glückliche Wendungen genommen hat. Und jetzt denkt er, dass er das noch einmal auf eine andere Weise zum Ausdruck bringen müsste. Diese Beteuerungen kommen ihm schal vor, oberflächlich. Er denkt, dass er das noch einmal anders sagen müsste, deutlicher, eindringlicher.

Mir ist kalt. Ich habe den Pullover wieder übergezogen, aber trotzdem wird mir immer kälter. Ich sollte mich auf den Weg machen. Ja, ich fahre nachhause, was soll ich hier denn noch. Ich komme am Montag wieder, und dann bringe ich das zu Ende. Und weil ich mich jetzt entschieden habe zu gehen und auch nicht mehr zaghaft hier herumtappen will, benutze ich mein Handy als Taschenlampe. Ich brauche es für nichts anderes mehr, ich werde niemanden mehr anrufen, Inge nicht und keinen Krankenwagen und auch sonst niemanden. Ich halte es über meinen Kopf und leuchte mir damit selbst den Weg, durch den Flur, die Treppe hinunter. Das ist mühsam, weil das Handy nach ein paar Sekunden in den Standby-Modus umschaltet und ich immer wieder drücken muss, um Licht zu haben, und ich will doch noch einmal in das Kaminzimmer. Ich gehe den Flur hinunter, schaue auch noch einmal in die Küche und leuchte mir die ganze Zeit mit dem Handy. Man sieht ja nicht sehr weit im Lichtkreis eines Displays, man sieht sich selbst, die eigenen Hände und Arme, den Körper, wie er bläulich schimmert, und noch etwas darüber hinaus. Ich stehe mitten im Kaminzimmer, halte das Gerät am ausgestreckten Arm und drehe mich langsam um mich selbst. In meinem Rücken, links und rechts neben der Tür, weiß ich die Einbauschränke für die Pokale. Ich kann nicht widerstehen, ich gehe langsam näher heran und klappe die Türen auf. Nichts. Ich taste die rotgestrichenen Innenwände ab, vielleicht gibt es eine versteckte Tür, einen doppelten Boden, schon wieder geht das Licht aus. Während ich den Knopf drücke, rutscht mir das Gerät aus den Fingern. Ich höre ein dumpfes Poltern und taste dem hinterher. Da ist ein Spalt, und mir fällt ein, dass es hier einen Mechanismus gab, mit dem Schmeling dieses Podest nach vorne ziehen konnte, heraus aus dem Schrank, um seine Pokale besser präsentieren zu können. Und da hinein ist das Handy gerutscht. Ich versuche mich zu erinnern, wie die Sache funktioniert hat. Gab es da nicht einen Knopf oder einen Griff? Ich gehe in die Hocke und taste in dem leeren Schrank herum, unter meinen Händen nur die Glätte des lackierten Holzes. Ich knie mich hin, versuche unterhalb des Podestes etwas zu finden. Mein Kopf fängt an zu dröhnen. Ich richte mich vorsichtig auf. Schluss jetzt, ich habe keine Lust mehr auf dieses Herumgehampel, ich fahre nachhause. Ich kann mir das alles am Montag anschauen, ich kann mein Handy auch am Montag noch finden.

Letztlich hat er nur das gesagt, was die Leute von ihm hören wollten, oder das, wovon er annahm, dass sie es von jemandem wie ihm hören wollten. Er hat Sätze gesagt, die ihm selbst fremd waren. Vorgefertigte Worte, hinter denen er versteckte, was ihn eigentlich antrieb: die Sehnsucht nach einer ursprünglichen Erfahrung, die er im Kampf suchte. Und auch dieser Satz hier, denkt er, beschreibt nicht diese Sehnsucht und das Ungehörige, das in ihr steckt. Ich habe mich eingerichtet in dieser fremden Sprache, denkt er. Und sie ist auch nicht völlig fremd, aber doch so, dass er schon beim Sprechen eine deutliche Distanz zwischen sich und diesen Sätzen empfunden hat. Das ging ihm nicht nur so, wenn er in Amerika war und dort Worte in ein Mikrofon sagte, die ihm jemand anders zurechtgelegt und mit ihm geübt hatte, in einer Sprache, die er kaum verstand. Er hat sich diese fremde Sprache angezogen, das denkt er jetzt, und die Idee, ein solcher Anzugträger zu sein, die hat ihm schon gefallen, und doch hat er sich darin nicht wohlgefühlt und auch nicht gefunden, was er gesucht hat. Wohlgefühlt hat er sich im Kampf und auf der Jagd. Wenn er draußen war, wenn er außer sich war. Und hier, zuhause mit Anny, da hat er sich auch wohlgefühlt. Oder nicht wohlgefühlt, denkt er, sondern diese Distanz nicht mehr gefühlt. Da war ich bei mir, und es gab keinen Unterschied zwischen meinem Körper und meinem Denken und meinem Wollen, und da war nichts, was ich in eine Balance bringen musste. Er sitzt im Gästebett seines Hauses, während er das denkt, und er denkt auch noch, dass er oftmals ein Bild abgegeben hat, in das er gar nicht passte.

Ich stehe an der Haustür, ich ziehe die Tür auf und trete in die Dunkelheit. Die Scheinwerfer sind aus. Ich weiß es gleich, die Batterie ist leer, ich hätte den Motor laufen lassen sollen, aber das wollte ich nicht, ich wollte keinen Lärm machen und kein Aufsehen erregen, falls hier doch irgendjemand vorbeikäme. Und deshalb war es im Kaminzimmer auch so dunkel. Ich ärgere mich, und obwohl ich es besser weiß, gehe ich zum Auto, setze mich da hinein. Der Schlüssel ist in meiner Hosentasche, es ist nicht ganz leicht, ihn da herauszubekommen, doch jetzt habe ich ihn. Ich stecke ihn ins Zündschloss und weiß, was ich gleich hören werde. Ein jämmerliches Würgen, da ist es schon. Was mache ich hier eigentlich? Was war das für eine Schnapsidee, hierherzukommen? Ich schlage mit den flachen Händen auf das Lenkrad, immer wieder, ich schreie und fluche. Ich weiß, was ich hier für eine lächerliche Figur abgebe. Ich schlage immer weiter auf das Lenkrad ein, ich umfasse es und reiße und zerre daran. Ich sehe mir selbst beim Wüten zu, jetzt schlage ich mit der Stirn gegen das Lenkrad. Das tut weh. Der Zorn ist verflogen. Ich lasse meinen Kopf zwischen den Armen auf dem Lenkrad liegen. Ich spüre die kratzige Wolle des Pullovers im Nacken. Ich bin außer Atem, ich schwitze. Was ist nur in mich gefahren? Als ich Raphael da habe liegen sehen, in diesem kalten Raum, nackt unter einer Decke, die ihn gar nicht wärmen konnte, da habe ich auch einen solchen Zorn in mir gespürt, und ich habe gespürt, wie ich mich auf ihn hätte werfen können, wie ich an ihm hätte zerren und reißen können, so wie ich gerade an diesem Lenkrad gerissen habe, wie ich ihn hätte anschreien können. Wie ich hätte schreien können und schreien. Ich tat es nicht. Ich blieb einfach stehen, einen Schritt von Inge entfernt stand ich vor meinem toten Sohn und war mit nichts anderem beschäftigt, als meinen Zorn hinunterzuschlucken. Und an diesem Zorn schlucke ich noch immer.

Da steht das Einschulungsfoto von Raphael, aufgenommen vor ihrem neu gebauten Haus. Es war noch nicht verputzt, und eine provisorische Treppe führte hinauf zum Eingang. Auf halber Höhe dieser Treppe steht Raphael, die Schultüte in der Hand. Es hat sie immer gestört, dieses unfertige Haus in Raphaels Rücken, und doch hat sie das Bild aufbewahrt, hat es sogar in einen Rahmen gegeben und auf ihren Schreibtisch gestellt, im Wohnzimmer, wo jeder es sehen konnte. Und natürlich kamen dann die Fragen. Wo steht Raphael denn da, was ist das denn für ein Haus? Eures? Die Familie fragte natürlich nicht, die kannte die Geschichte. Aber die anderen, die fragten. Arbeitskollegen von Max, die er dann und wann auf ein Bier oder zum Kartenspielen nachhause einlud. Oder die anderen Mütter, die hier saßen und Kaffee tranken, während die Kinder spielten. Sie variierte die Geschichte. Sie hatten sich übernommen, hatten geglaubt, sie würde bald auch wieder eine Anstellung finden, und ja, die gab es dann auch. Das Referendariat hatte sie noch vor Raphaels Geburt beendet, und so kam das Angebot, an dieser Schule als Vertretungslehrerin anzufangen. Sie freuten sich, aber es erwies sich als schwierig. Die Fahrerei in die Stadt und Raphael. Der Haushalt. Schließlich schaffte sie das nicht mehr, es war einfach ein bisschen zu viel für sie. Sie musste mit der Arbeit aufhören, und dann reichte das Geld eben nicht. So haben sie das Haus verkauft, bevor sich das Ganze zu einer Katastrophe entwickelte und sind zurück in die Stadt gezogen. Das war eine vernünftige Entscheidung, die einzig denkbare. Aber natürlich war das trotzdem nicht leicht, für sie alle nicht, aber insbesondere Raphael hat darunter gelitten. Das war eine schwierige Phase, auch weil Max so viel arbeitete und immer später nachhause kam. Und schließlich auch an den Wochenenden ins Büro fuhr. Ja, sie war die meiste Zeit alleine mit Raphael. Und seltsam, bald ging es ihr besser, und sie konnte wieder arbeiten. Sie freute sich darüber, natürlich, und sie dachte, dass auch Max sich freuen würde, dass er stolz auf sie wäre, dass sie die Kurve noch einmal gekriegt hatte. Doch das war er nicht, zumindest zeigte er es nicht, und sie sprachen auch nicht darüber. Sie sitzt an ihrem Schreibtisch, das Einschulungsfoto von Raphael in der Hand, und denkt, dass sie nun alles verloren hat, dieses Haus und ihr Kind, und sie denkt, dass es besser wäre, manches überhaupt nicht gehabt zu haben. Kein Haus. Keinen Mann. Kein Kind. Dass sie daran aber nichts ändern könne, dass sie das alles gehabt hatte, auch wenn sie es lieber nicht gehabt hätte. Und sie denkt auch, dass es an der Zeit wäre, etwas zu verändern, dass sie nicht ewig hier sitzen kann und dass heute vielleicht ein guter Zeitpunkt wäre. Das denkt sie, und dann geht sie in die Küche und zieht die große Kiste unter der Spüle hervor, die eigentlich für das Altpapier gedacht ist, und sie leert sie aus, schüttet das ganze Papier, die Zeitungen und Eierkartons und Pizzaschachteln auf den Küchenfußboden und geht mit der Kiste in der Hand durch die Wohnung, durch alle Räume, nimmt die Fotos von den Wänden und legt sie nach und nach dort hinein.

Das ist wohl der Preis für eine solche Erfahrung, denkt er, dass man nicht in jedes Bild passt, das man abgibt, und dass man sich selbst, wie man einmal war, eher woanders suchen muss. In den Dingen. Und er fragt sich, ob man so ein unverstelltes Gefühl noch finden kann in diesen Dingen, die er hier in seinem Haus hat, ob sich ein Rest seiner Empfindungen darin gehalten hat, das fragt er sich. Er würde gerne noch einmal nach unten gehen, sich seine Pokale anschauen, mit der Hand über die Buchrücken streichen und über das rissige Leder der Boxhandschuhe, die da auch noch hängen. Es sind die Handschuhe, die er bei seinem zweiten Kampf gegen Louis getragen hat, die Handschuhe seiner Niederlage, aber das hat er nie jemandem erzählt. Nicht einmal Anny wusste das. Jeder, der kam und dem er diese Handschuhe zeigte, nahm selbstverständlich an, dass dies die Handschuhe waren, mit denen er sich den Weltmeistertitel erkämpft hat. Und er widersprach nicht, er nickte dazu: Stimmt, so ist es. Er hätte selbst nicht recht erklären können, warum er ausgerechnet diese Handschuhe an die Wand neben seinem Schreibtisch gehängt hatte. Einem Schreibtisch, an dem er nie saß. Seine Arbeit für Coca-Cola, die erledigte er im Büro, die nahm er nicht mit nachhause. Und seine Bücher, die hatte ja nicht eigentlich er geschrieben. Zumindest nicht er allein und nicht mit seinen Händen an einer Schreibmaschine oder mit einem Stift auf Papier. Da war immer jemand gekommen, den er nicht unbedingt eingeladen hatte, ein Schreiber, und hatte ein Diktiergerät bei sich. Und dann saßen sie entweder unten, im Wintergarten, oder sie gingen durch den Garten. Den einen oder anderen hat er auch mit auf die Jagd genommen, aber für die meisten von ihnen ist das nichts gewesen. Die gehörten einer anderen Generation an, einem anderen Menschenschlag. Denn auch wenn sie sich gern mit ihm schmückten und dem, was sie im Boxsport zu sehen glaubten, an Männlichkeit, ja, sogar an Gewalt, so waren doch die meisten von diesen Schreiberlingen recht zart besaitet und wurden spätestens auf dem Hochsitz nervös. Und das nicht nur wegen der endlosen Warterei und der Stille, die einen dabei umgab. Und auch nicht nur wegen dem Gewehr in seinen Händen.

Was mache ich nur, was soll ich denn jetzt machen? Ich muss das Handy da wieder herausholen, ich muss jemanden anrufen, sonst komme ich nie mehr von hier weg. Sonst kann ich hier versauern. Ich muss Inge anrufen, ja, es wäre wohl das Beste, Inge anzurufen. Auch wenn sie nicht verstehen würde, was ich hier mache, und ich es nicht erklären könnte, würde sie mir helfen. Sie wüsste bestimmt jemanden, eine Arbeitskollegin, irgendeine Freundin, die ihr ein Auto leihen würde, und damit könnte sie dann hierherkommen, wir würden die Batterien aneinanderschließen, und so würden wir das Auto sicher wieder in Schwung bringen. Und wer weiß, vielleicht gäbe es einen Moment, in dem wir beide würden lachen können, in dem wir uns aneinanderlehnen und lachen würden, wie wir das früher getan haben. Ich würde meinen Arm um ihre Schultern legen und meine Stirn an ihre Schläfe, für einen Moment würden wir nah beieinander stehen. Dann würden wir hintereinander her nachhause fahren, und an den Ampeln würden wir uns zuwinken. Sie würde das Auto zurückbringen und auf dem Rückweg eine Pizza holen oder etwas vom Chinesen. Das haben wir lange nicht mehr gemacht. Wir würden im Wohnzimmer sitzen, die Füße auf dem Couchtisch, die Schachteln mit dem Essen auf dem Schoß, und ich würde ihr erzählen, was ich dort gemacht habe, in dem Haus von Max Schmeling. Warum ich da hingefahren bin. Ich wüsste das dann und könnte es in Worte fassen. Und nicht nur das, ich würde auch erzählen, was ich gedacht habe und was ich jetzt denke. Vielleicht könnten wir sogar ein bisschen über Raphael reden. Aber ohne Handy wird das nichts. Ohne mein Handy sitze ich hier so lange fest, bis Inge auf die Idee kommt, nach mir zu suchen. Ich muss also noch einmal zurück in das verdammte Haus und dieses Telefon irgendwie aus dem Schrank herausbekommen.

Sie steht schon wieder im Flur, sie hat den zweiten Karton mit Bildern gefüllt, sie stellt ihn auf den anderen. Sie geht durch die Wohnung, die Wände sind leer, kein einziges Foto hängt da mehr, man sieht nur noch die hellen Flecken auf der Textiltapete. Genauso eine Tapete hatten sie auch in ihrem Haus, ein Karomuster aus dünnen hell- und dunkelbraunen Fäden zog sich über alle Wände. Max wollte auch in der neuen Wohnung solche Tapeten haben, und sie hat dem offenbar zugestimmt und nicht nach seinen Gründen gefragt. Es ist ihr egal gewesen. So wie sie sich zu dieser Zeit überhaupt für sehr wenig interessiert hat. Doch die Tapeten haben sie verfolgt und die Erinnerung an das verlorene Haus in ihr wachgehalten, die sowieso die ganze Zeit da war. Sie steht noch immer vor dieser Tapete, die etwas sichtbar hält, einen Verlust nämlich, den sie gerne zum Verschwinden gebracht hätte. Sie schlägt auf die helle Stelle, an der eben noch ein Bild von Raphael hing. Ein Schmerz zuckt durch ihren Arm. Und sie sieht Raphael auf dem Motorrad, im Hintergrund Felsen, weit unten das Meer. Raphael, ein Grinsen im sonnengebräunten Gesicht und Haare, die wild um seinen Kopf wehen. Sie brauchte diese Fotos gar nicht, und es nutzt auch nichts, sie abzuhängen, das alles ist ja eingebrannt in ihre Erinnerung. Sie kann diese Bilder gar nicht loswerden, und auch die leichte Unruhe, mit der sie dieses eine Bild immer angeschaut hat, empfindet sie jetzt wieder. Denn dieses Foto, das spricht von Wagemut und von Gefahr. Und plötzlich muss sie lachen. Es ist nicht die Sorge selbst, die sie jetzt spürt, es ist nur die Erinnerung daran, der schwache Abdruck eines Gefühls. Sie muss lachen, sie lacht über diese Sorge, die überhaupt keine Bedeutung mehr hat, denn Raphael ist längst tot, und die Sorge ist völlig umsonst gewesen. Und während sie lacht, beginnt sie mit den Fingernägeln an der Tapete herumzukratzen. Bedächtig zieht sie die Fäden herunter, einen nach dem anderen, sie schiebt die Fingernägel unter die Kanten, sie reißt große Fetzen der Tapete von der Wand, sie reißt und reißt und kann gar nicht mehr aufhören damit. Zu reißen und zu rupfen, weite Teile der Wand sind schon zu sehen, Tapetenfetzen liegen auf dem Boden. Sie zerreißt die Fetzen und lacht und lacht dabei.

Ich steige aus, den Schlüssel lasse ich stecken, und auch die Tür bleibt offen. Dieses Auto kann keiner mehr klauen. Wer auch, hier ist niemand außer mir. Ich gehe zurück zum Haus, diesmal bin ich vorsichtig, ich taste mich an der Wand entlang. Seltsam. Mir kommt trotz der Dunkelheit alles ganz vertraut vor, als wäre ich schon lange hier. Ich gehe die zwei Stufen hinauf und schließe die Haustür auf. Ich trete in den Flur. Ich brauche mich gar nicht mehr zu orientieren, stütze mich auch nur ein bisschen an der Wand ab. Jetzt bin ich schon im Kaminzimmer. Rechts, hinter der offenen Tür, steht der Wandschrank, darin liegt mein Handy. Ich gehe systematisch vor, etwas anderes bleibt mir in der Dunkelheit nicht übrig. Ich knie mich vor den offenen Einbauschrank und taste mit beiden Händen die Innenseiten ab. Hier ist nur glattes Holz. Keine Vertiefung, keine Klappe, hinter der etwas verborgen sein könnte, kein Knopf oder Hebel. Ich beuge mich weit nach unten und nehme keine Rücksicht auf das Pochen in meinem Kopf, das sich natürlich verstärkt. Ich taste an der Fußleiste entlang, auch hier nichts. Dieser Scheißknopf kann überall sein, denke ich, der kann an der gegenüberliegenden Wand sein oder was weiß ich, über dem Kamin, hinter einem Vorhang. Wie kann ich wissen, was sich Schmeling gedacht hat, wie er sich die Präsentation seiner Pokale ausgemalt hat. Wo er stehen wollte, während er auf welchen Knopf drückt. Ich habe keine Ahnung, ich weiß nicht, wie der Typ getickt hat. Ich habe alles über ihn gelesen und habe mir alle Fotos angeschaut und alle Kämpfe und kann mir doch nicht vorstellen, wie er sich die Präsentation seiner Pokale in seinem eigenen Wohnzimmer gedacht hat. Mir ist nur plötzlich klar, dass er wohl nicht am Fußboden gekniet haben wollen wird, während er Besuchern oder Journalisten die Früchte seiner Kämpfe zeigte. Dass daher der Knopf sich irgendwo anders im Raum befinden muss, und damit ist auch klar, dass ich im Dunkeln keine Chance habe, ihn zu finden. Ich muss warten, bis es Morgen wird, vorher brauche ich mich nicht abzumühen. Ich setze mich auf den Boden und lehne mich gegen die holzvertäfelte Wand. Das bedeutet natürlich auch, dass Inge sich Sorgen machen wird, dass ich die Geschichte mit dem Unfall im Büro oder vor dem Büro nicht werde aufrechterhalten können. Denn im

Büro gibt es unzählige Telefone, da spielt es gar keine Rolle, ob ich meines verloren hätte oder vergessen, ob der Akku leer gewesen wäre, da sind auch andere Menschen, ich bin nicht der Einzige, der ab und an Überstunden macht. Und der Pförtner und die Nachtwache sind ja auch noch da. Das würde Inge mir niemals abnehmen, dass ich da über Nacht keine Möglichkeit gefunden hätte, sie anzurufen. Aber darüber kann ich morgen nachdenken, es ändert rein gar nichts, wenn ich mir jetzt schon den Kopf zerbreche. Ich muss meine Gedanken beisammenhalten, ich muss mich auf die Nacht einstellen. Ich muss schlafen, und ich sollte nicht erfrieren dabei. Aber oben, im Schrank, aus dem ich den Pullover habe, wird sich bestimmt noch etwas finden. Was soll's, ich gehe also wieder hinauf.

Vielleicht sollte er es noch einmal probieren. Vielleicht sollte er ein paar Dinge aufschreiben, Gedanken, Gefühle. Das wird sicher nicht einfach. Ob man so spät im Leben überhaupt noch damit anfangen kann, er weiß es nicht. Er hat nie ein Tagebuch oder dergleichen geführt und auch nur wenig korrespondiert. Diese Sachen hat Anny erledigt. Wie soll er da Worte finden für Eindrücke und Empfindungen, die zum Teil Jahrzehnte zurückliegen. Das kann nichts werden, denkt er. Und so bin ich auch nicht, wahrscheinlich würde ich einfach steckenbleiben in diesen Floskeln und Phrasen, die mir andere in den Mund gelegt haben. Da, bitte, denkt er, schon wieder. Was ist das nur für eine seltsame Idee. Und doch spürt er das starke Bedürfnis, etwas aufzuschreiben, und dem möchte er nachgeben. Er hat nicht mehr viel Zeit, und wieso diese wenige Zeit nicht mit etwas zubringen, was er gerne tun würde. Und er hat sich ja schon oft in Neues gestürzt und Dinge ausprobiert, von denen er keine Ahnung hatte, die ihm fremd waren. Die Nerze, der Tabakanbau, Coca-Cola. Und hat Erfolg gehabt damit. Warum also sollte das diesmal nicht funktionieren. Er formuliert im Kopf ein paar Sätze. Das wird nichts, denkt er, das kann und kann nichts werden. Das sind doch immer nur die Worte anderer, die da durch meinen Kopf spazieren. Er muss das irgendwie anders angehen. Es waren ja zuerst die Dinge, an die er hat denken müssen. Die Dinge, die sich hier in seinem Haus angehäuft haben und die Zeugnis seines Lebens sind. Und auch wieder nicht, denn nur er kann die Spuren erkennen, die sein Leben an diesen Dingen hinterlassen hat, nur er kann ihre Sprache verstehen. Wenn er tot ist, wird es niemanden mehr geben, der diese Sprache entziffern kann. Und es wird sich wohl auch keiner die Mühe machen, denn da kommt ja niemand nach. Wenn er tot ist, dann wird vielleicht noch die Krankenschwester eine Weile hier in diesem Haus leben, denn das hat er so verfügt, in seinem Testament. Nur, ob sie das will, das weiß er natürlich nicht, denn er hat nicht mit ihr darüber gesprochen. Eine solche Frage, ein solches Angebot wäre zu Lebzeiten zu intim, das soll sie in seinem Testament lesen, wenn er gestorben ist. Er weiß nicht einmal, ob sie sich überhaupt wohlfühlt hier in dieser Einsamkeit, ob es irgendetwas gibt, das sie an diesen Ort bindet, das über das Berufliche hinausgeht. Aber wie auch immer, selbst wenn sie bliebe, wüsste sie nichts über das alles hier. Die

Idee beginnt ihm zu gefallen, warum nicht, denkt er, warum nicht ein Verzeichnis der Dinge anlegen, die er besitzt und die ihm etwas bedeuten. Wenn er schon niemanden hat, der hier an seinem Bett sitzt und seine Hand hält. Keinen Sohn, keine Tochter, niemanden, dem er noch etwas erzählen kann, bei dem er sich noch für etwas entschuldigen kann, eine lang zurückliegende Kränkung. Das ist schon was, denkt er, am Ende seines Lebens so völlig allein zu sein. So allein, dass man nicht einmal mehr mit den eigenen Verfehlungen konfrontiert wird. So allein, dass einem das eigene Leben vorkommt, als hätte es gar nicht stattgefunden, als hätte sich jemand dieses Leben nur ausgedacht, um ein paar Bücher damit zu füllen. Dem muss er etwas entgegensetzen. Etwas Eigenes. Worte, Gedanken. Diese Gedanken hier. Viel Zeit bleibt ihm dafür nicht mehr, und einen Versuch ist es wert. Er klingelt also nach der Schwester.

Auch dieser Weg ist mir jetzt schon vertrauter. Ich gehe den Flur hinunter und nach links, die Treppe nach oben. Ich gehe geradewegs in das Gästezimmer und auf den Schrank zu. Die Schranktür steht noch offen, daran habe ich nicht gedacht, ich habe sie selbst offen gelassen. Ich laufe dagegen, das tut gar nicht weh, sie gibt nach und fällt zu, aber ich spüre schon wieder den Zorn in mir aufsteigen. Immerzu stoße ich mich irgendwo. Was ist das nur für eine unerträglich verrückte Situation. Besser, ich setze mich kurz hin und denke nach, bevor ich mich auf Expedition in diesen Schrank begebe. Ich muss grinsen. Ich grinse und kann gar nicht mehr aufhören damit. Ich taste vorsichtig hinter mich, fühle nach dem Bett, es fehlte noch, dass ich mich daneben setze. Ich taste mich vorwärts, wedle durch die Luft, stoße mit den Füßen gegen das Bett. Es klingt hohl. Ein Bettkasten, denke ich, und jetzt steht mir auch dieses Bett wieder vor Augen, eingeklemmt zwischen den Wänden des kleinen Zimmers. Ein Einbaubett, denke ich, mit einem Bettkasten darunter. Und was bewahrt man auf in einem Bettkasten? Decken. Ich atme durch, ich weiß, dass das nicht einfach sein wird, aber ich will nicht, dass mein Zorn mir wieder einen Strich durch die Rechnung macht. Ich werde mich also beherrschen und in aller Ruhe versuchen, diesen Bettkasten zu öffnen, denn ich bin mir sicher, dass ich darin eine Decke finden werde, wenigstens eine Wolldecke, eventuell ein Federbett. Ich sehe mich schon hier liegen, unter einer warmen Decke, ich sehe, wie ich mir diese Decke über den Kopf ziehe. Der Gedanke ist verrückt, denn niemand könnte mich hier im Dunkeln liegen sehen, ich selbst schon gar nicht, aber er treibt mich trotzdem an. Ich knie mich hin, vielleicht ist der Kasten nur unters Bett geschoben. Ich ziehe daran, nein, natürlich nicht, der sitzt fest, wie könnte es anders sein. Ich spüre die Wut aufsteigen. Bleib ruhig, denke ich, das schaffst du, gleich liegst du hier im Bett und schläfst, und morgen früh, da holst du dein Handy. Wenn du ins Kaminzimmer kommst, wirst du auf den ersten Blick sehen, wie dieser Mechanismus zu betätigen ist, und dann rufst du Inge an, und Inge wird dich holen. Das denke ich, und dieser Gedanke an Inge, der beruhigt mich. Ich taste also am Bettrand entlang, nach einer Schlaufe, einem Griff, irgendetwas, an dem man den Lattenrost und die Matratze nach oben ziehen kann. Nichts. Natürlich. Ich atme ein und aus. Ich stelle mich wieder hin, beuge mich über das Bett, ziehe und zerre am Bettrand, und ja, er gibt nach. Die ganze Chose schwingt nach oben und reißt mich mit, ich habe nicht rechtzeitig losgelassen. Ich stolpere nach vorne, bleibe mit dem Schienbein am Bettrand hängen und stürze in den Bettkasten. Ich lande weich. Da liegen tatsächlich ein paar Decken. Ich rege mich gar nicht mehr auf, ich bleibe ganz ruhig, bemerke sogar, dass sich dieses Grinsen wieder in mein Gesicht schleicht. Ich könnte auch einfach hier liegen bleiben, denke ich grinsend, und heute Nacht im Bettkasten schlafen. Ich könnte sogar die Klappe über mir zuziehen, das wäre auch schon egal. Nein, denke ich, ein bisschen Haltung muss man bewahren, selbst in einer solchen Situation. Ich krieche also aus dem Kasten wieder heraus, raffe das Bettzeug zusammen, das ist seltsam schwer, es scheint sich irgendwo verhakt zu haben, ich ziehe fester, und es löst sich, und irgendetwas fällt polternd und klappernd in den leeren Bettkasten. Was war das, ich lasse das Bettzeug fallen und taste mich noch einmal nach vorne. Ich fasse nach etwas Kaltem, Glattem, ein Metallrohr. Wozu hatte Schmeling ein Metallrohr unter seinem Bett? Ich ziehe es zu mir heran und rutsche dabei etwas nach vorne. Das ist ein Gewehr. Das ist ein Gewehr, und was da so geklappert hat, das war sicher die Munition. Ich taste herum, und tatsächlich, ich spüre die Patronen unter meinen Händen, ich zucke zurück. Die Patronen sind kühl und schmal und ziemlich lang, länger, als ich mir das vorgestellt hätte. Aber was weiß ich schon über Gewehre und deren Munition. Ich setze mich hin. Ich sitze im Bettkasten im Gästezimmer des ehemaligen Wohnhauses von Max Schmeling und halte ein Gewehr auf meinen Knien.

Die kleine Glocke liegt schwer in seiner Hand, das Läuten dröhnt in seinen Ohren. Er hat sie noch nicht oft benutzt, und wohl auch deshalb dauert es nicht lange, bis die Schwester in der Tür steht, mit einem Ausdruck von Sorge auf ihrem Gesicht. »Entschuldigen Sie«, sagt er, und er meint vieles damit: seine schlechte Laune am Vormittag und dass er sie jetzt offenbar beunruhigt hat. Auch dass er sie überhaupt braucht, dass er nicht mehr alleine zurechtkommt. »Hätten Sie etwas zu schreiben für mich?«, fragt er und ärgert sich im selben Moment über diese Formulierung: Als wäre er ein Gast, als läge er in einem Hotelbett oder säße am Tisch eines Restaurants und hätte den Kellner herbeigewinkt, so hört sich das an. Deshalb setzt er nach: »Ich müsste mal eben etwas aufschreiben.« Das macht es nicht besser, und er merkt, wie er ungehalten wird, wie die schlechte Laune zurückkommt. Er versucht, darüber hinwegzusehen, dagegen anzugehen, er will nicht das Bild eines griesgrämigen Alten abgeben. Gerade jetzt nicht. »Also«, sagt er, »ich bräuchte mal einen Zettel und einen Stift. Und eine Unterlage, auf der ich schreiben kann. Bitte.« Sie nickt. »Sonst noch etwas?« – »Nein«, sagt er, »danke. Das war es schon.« Sie geht und ist nach wenigen Minuten wieder da. Mit einer Zeitschrift und einem Notizblock, in der anderen Hand hält sie einen Kugelschreiber. »Ich hoffe, das geht so«, sagt sie, »ich habe nichts anderes gefunden.« Er ist nicht zufrieden, doch er will sich das nicht anmerken lassen. »Ja«, brummt er deshalb, »das wird schon gehen. Und wo Sie gerade hier sind, bringen Sie mir doch einen Kaffee.« Das klingt schon wieder unfreundlich in seinen Ohren, was ist nur mit ihm los. »Einen Kaffee?« – »Ja«, blafft er, »Sie wissen doch, was das ist, oder? Ich möchte einen Kaffee mit Sahne und zwei Stück Zucker.« Sie schaut ihn an. »Das werden Sie doch schaffen, oder?« – »Ja«, entgegnet sie, »ich schaff das wohl.« Und es liegt gar kein Zorn in ihrem Blick, nicht einmal Ungeduld. Eher eine leichte Amüsiertheit. »Bin gleich wieder da«, setzt sie nach und zieht die Tür hinter sich zu. Jetzt sitzt er da, mit dem Block auf den Knien, dem Stift in der Hand. Was ist nur los mit ihm, warum gelingt ihm kein einziges Gespräch mit dieser Krankenschwester? Warum ist er gereizt und von allem genervt? Auch von sich selbst ist er genervt, von sich selbst am allermeisten. Er starrt auf den Block, auf den Kugelschreiber in seiner Hand. Was hat er sich dabei nur gedacht. Aber irgendetwas muss er schreiben, allein schon, damit die Schwester nicht denkt, er hätte sich das alles aus einer bloßen Laune heraus bestellt. Oder um sie zu ärgern.

Sie weiß schon, dass sie hier etwas Ungewöhnliches tut, etwas, das sie noch nie getan hat, aber sie kann einfach nicht aufhören damit. Sie lacht und lacht und läuft durch die Wohnung und reißt die Tapeten von den Wänden. Zieht lange Streifen hinter sich her, winzige Schnipsel bedecken ihren Pullover und den Rock, überall haften die hellen und dunklen Fäden. Sie reißt und reißt, das Geräusch tut ihr gut, und wo sie nicht weiterkommt, weil ein Schrank davorsteht oder ein Regal, da lässt sie die Fetzen einfach von der Wand hängen. Der Gedanke amüsiert sie, dass es nicht mehr die Fotos sind, die ihre hellen Schatten hinterlassen, sondern die Möbel, die sie nicht mehr verrückt haben, seit sie hier eingezogen sind. Die schon immer hier stehen, außer im Kinderzimmer natürlich. Doch das rührt sie nicht an, denn das tut ihr gar nicht mehr weh. Das ist ein Raum, mit dem sie nichts mehr zu tun hat und der sie völlig kalt lässt, dieses Gästezimmer ohne Gäste. Und auch das ist ungewöhnlich, denn wenn sie etwas einmal angefangen hat, dann bringt sie es üblicherweise zu Ende. Aber heute nicht, das fühlt sich gut an, und weiter denkt sie nicht darüber nach. Und natürlich lacht sie nicht nur, sie weint auch, aber auch darüber denkt sie nicht nach, denn das ist ja klar, dass man weinen muss in einer solchen Situation. Aber sie hat einfach keine Lust mehr auf dieses Herumsitzen und Herumschleichen in der eigenen Wohnung, in den eigenen Gedanken. Und man sieht ja auch, dass das zu rein gar nichts führt. Das Einzige, was hilft, weil es offenbar eine Veränderung herbeiführt, ist ein solches überbordendes Handeln. Ein Handeln, das nur sich selbst folgt. Und dem sie hinterherläuft, und in diesem Hinterherlaufen, da denkt sie irgendwie doch, denkt sie, und das lässt sich wohl nicht vermeiden, dass man denkt, denkt sie, aber es ist ein anderes Denken, eines, das nach vorne gerichtet ist und dem Tun ihrer Hände, den Bewegungen ihres Körpers entspringt. Es ist ein körperliches Denken, das sie ausfüllt und dem sie hinterherläuft. Vielleicht nennt man das, was da in ihr vorgeht, gar nicht Denken, vielleicht nennt man das Empfinden. Ja, das ist ein Empfinden, und es ist ein Wahrnehmen dieses Empfindens.

Ich spüre ein Ziehen im Nacken und einen leichten Druck auf meiner Stirn. Ich bin eingeschlafen, jetzt bin ich doch tatsächlich im Bettkasten eingeschlafen, das Gewehr auf den Knien, die Stirn am Abzug. Schluss jetzt, jetzt geht es ins Bett, denke ich, und ich denke, wie oft ich diesen Satz zu Raphael gesagt habe, wenn er völlig übermüdet durchs Wohnzimmer tobte, über die Sessel sprang und dabei Grimassen schnitt, erfundene Lieder sang, von Schlachtengeheul unterbrochen. Ich erinnere mich, wie ich mich selbst kaum verstehen konnte, weshalb es undenkbar war, dass Raphael mich hätte hören können. Und natürlich, er reagierte nicht und tobte immer weiter. Inge war in der Küche und räumte auf, denn so war unsere Arbeitsteilung: nachmittags sie, abends ich. Und schon diese eine Stunde am Abend brachte mich vollkommen zur Verzweiflung. Raphael war unbändig. Mein unbändiger Sohn Raphael. Und wenn ich daran denke, was ich selten tue, was ich eigentlich nie tue, wenn ich an ihn denke und ihn vor mir sehe, wild und verschwitzt, mit roten Backen, völlig aufgegangen in seinem Tun, dann verstehe ich meine Wut und Verzweiflung von damals nicht. Aber ich weiß, dass es so war, dass ich mich in dieser einen Stunde zwischen Abendessen und Schlafen vollkommen verzweifelt fühlte. Hilflos und wütend, und jetzt weiß ich, woran mich meine momentane Wut erinnert: an das Gefühl, das ich lange Jahre, eigentlich immer, meinem Sohn gegenüber empfunden habe. Eine Wut, die ich nur selten gezeigt habe, die aber doch immer in mir war. Die noch heute in mir ist. Auch jetzt bin ich wütend auf ihn, wütend, dass er tot ist und mir damit jede Chance genommen hat, noch einmal mit ihm zu sprechen. Mich ihm zu erklären oder ihn zu verstehen. Ich denke, dass es wohl besser gewesen wäre, die Wut einmal herauszulassen, dass diese Wut der Wut von Raphael gar nicht so unähnlich gewesen ist. Und dass die Wut offenbar etwas war, das Raphael angetrieben hat. Dass ihn angetrieben hat und mich hat stehen lassen. Dass ich das damals aber genau andersherum empfunden habe, dass ich dachte, diese Wut würde Raphael im Weg stehen und dass er sie deshalb loswerden müsste, um ein glückliches Leben führen zu können. Um überhaupt ein Leben zu führen. Jetzt erkenne ich meinen Irrtum, doch jetzt ist es zu spät. Denn ich habe keinen Sohn mehr, keinen wütenden und keinen glücklichen, nicht einmal einen traurigen, einfach gar keinen. Da, wo Raphael war, da ist jetzt nichts mehr. Mein Kind ist tot. Mein Kind ist tot. Mein Kind ist tot. Der Gedanke wird zu einem Gesang in mir. Ich schaukle vor und zurück, das Gewehr in meinen Armen, und jetzt fällt mir auch das wieder ein: wie ich Raphael dann in den Armen hielt, wie seine Wut oft urplötzlich umschlug in Verzweiflung, in eine Verzweiflung, an die meine Hilflosigkeit niemals heranreichte, und wie ich ihn dann in meinen Armen hielt, wie er zu mir gekrochen kam, das Gesicht in meinem Schoß, wie ich die Arme über ihn hielt und ihn wiegte, wie mein ganzer Körper in dieses Schaukeln kam, wie ich über seinen Rücken strich dabei, über diesen kleinen Rücken, wie ich jeden Wirbel unter meiner Hand spürte und das Zucken, das durch diesen winzigen Körper ging in einer Verzweiflung, die mir selbst unbekannt war, die ich aber jetzt verstehe. Und ich höre sein Heulen, das Heulen eines kleinen Tieres, und ich weiß, dass es aus mir kommt.

Es ist vorbei. Sie sitzt im Flur, mit dem Rücken zur Wohnungstür, und schaut sich die Verwüstung an. Überall liegen Tapetenreste herum, ziehen sich Fäden, die Wände sind kahl. Sie wundert sich nicht, das musste irgendwann passieren, und etwas in der Art wäre vielleicht auch passiert, wenn Raphael nicht gestorben wäre. Nicht in dem Ausmaß, das sicher nicht, aber sie hätte doch irgendwann etwas verändern müssen hier. Und sie denkt, dass es schade ist, dass Raphael das nicht sehen kann. Das hätte ihm gefallen. Er hätte sich zu ihr gesetzt und hätte ihr seine große Hand aufs Knie gelegt und es getätschelt. »Gut gemacht, Mama«, hätte er gesagt, und dann hätten sie beide gelacht. Er hätte den Kopf auf ihre Schulter gelegt, und sie hätte ihn an sich gezogen, sie wäre mit der Hand durch seine Haare gefahren und hätte gerochen, wie er riecht. An seinem Geruch hätte sie ihn jederzeit erkannt. Alle Mütter erkannten ihre Kinder an deren Gerüchen, das war nichts Besonderes, das weiß sie. Und doch, für sie schon, für sie ist das etwas Besonderes. Denn es gibt dieses Kind nicht mehr, und nie mehr wird sie an ihm riechen können. Genug, denkt sie, es reicht. Jetzt stehe ich auf und hole einen Müllbeutel und dann räume ich hier auf. Kurz stellt sie sich vor, was für ein Gesicht Max wohl machen würde, wenn er das hier sehen könnte. Was er sagen würde. Es fiele ihm sicher nichts ein. »Inge«, hört sie ihn sagen, »was hast du denn da gemacht?« Denn Max muss immer alles verstehen, er muss für alles eine Erklärung finden. Gab es die nicht, hatte die Angelegenheit keinen Wert für ihn. Sie befand sich dann außerhalb dessen, was Max zuließ. Und was er nicht zuließ, was er nicht verstehen konnte, das gab es nicht, so einfach war das. So einfach war Max. Aber jetzt ist Schluss mit diesem ewigen Erklären und Verstehen, sie hat damit Schluss gemacht, und es gibt kein Zurück mehr. Und Max soll selber sehen, was er davon hält. Und wenn er das nicht ertragen kann, dann macht sie eben allein weiter, das ist ihr auch egal. Aber aufräumen muss sie trotzdem. Sie geht in die Küche und holt die Rolle mit den großen Müllbeuteln, die wird sie brauchen. Denn sie weiß jetzt, was zu tun ist.

Viele Dinge sehe ich noch vor mir, aber vieles habe ich auch vergessen. Man geht an den Dingen vorbei, Tag für Tag, und schaut sie gar nicht mehr richtig an. Und man weiß ja auch nicht, dass man gerade heute zum letzten Mal an alldem vorbeigeht, weil man es am nächsten Tag nicht mehr schaffen wird, weil man oben bleibt im Bett, weil man sich irgendwie schwach fühlt und denkt, ach, heute lieber nicht, heute bleibe ich einfach mal liegen. Die Schwester ist ja da, wozu habe ich sie denn eingestellt, jetzt kann sie tun, wofür ich sie bezahle, und mir bringen, was ich brauche. Und das ist das Gute am Leben, denkt er, dass man nicht weiß, ab heute werde ich nie mehr die Treppe hinuntergehen, diese Treppe, die man schon tausendmal gegangen ist. Dass man diese Treppe das letzte Mal hinaufgegangen ist und dass man herunter nur noch mit den Füßen voran kommen wird. Schon wieder so eine Floskel, denkt er, das ist ja schlimm, das hört gar nicht auf, mein Kopf ist eine Floskelmaschine. Und er greift nach dem Stift und dem Papier, zieht die Knie an, um die Unterlage darauf abzulegen, das fällt ihm nicht ganz leicht, aber es muss sein. Er erinnert sich, wie er als Kind oder Jugendlicher so manchmal im Bett gesessen hat, ein Kissen im Rücken, eine Zeitschrift auf den Knien, eine Sportzeitschrift, was sonst, und wie er sich ein Leben ausmalte, von dem er gar nichts wissen konnte. Und trotzdem hat das Leben, das er geführt hat, in manchem seinen Kinderträumen entsprochen. Er hat berühmte Menschen kennengelernt, er hat große Autos gefahren und in großen Häusern gelebt. Er ist in Amerika gewesen, mit dem Zeppelin, und nicht nur einmal. Er hat Geschichte geschrieben, und man kann sie nachlesen, diese Geschichte. In den meisten Punkten jedoch hat sich sein Leben von dem unterschieden, was er sich als Kind ausgemalt hat. An jemanden wie Anny hatte er nie gedacht. Aber wie hätte er sich auch so jemanden vorstellen sollen. Und er denkt, dass das letztlich gleichgültig ist, ob er sich geirrt hat als Kind oder nicht, denn dieses Leben ist so oder so vorbei, und Anny ist schon lange tot, und jetzt liegt er selbst hier in seinem Sterbebett. Denn das hofft er, deshalb hat er auch die Schwester eingestellt, dass er hier zuhause sterben wird, dass er in dem Haus sterben wird, in dem er so lange gelebt hat und in dem auch Anny gestorben ist. Und er denkt, dass das Leben seltsame Wege geht und dass es eine direkte Verbindung gibt zwischen dem zwölfjährigen Max mit der Sportzeitschrift auf den Knien und ihm, wie er hier sitzt. Und das ist doch ein guter Anfang, denkt er, einen solchen Gedanken kann man doch aufschreiben. Denn diese Verbindung wird mit ihm verschwinden, und es gibt auch niemanden, der an seiner Stelle diesen Weg weitergehen könnte. Und niemanden, dem er davon erzählen könnte. Er setzt den Stift auf das Papier, er versucht sich an den Gedanken zu erinnern, er merkt, dass er schon fast fort ist, dieser Gedanke, dass er sich ihm entzieht, obwohl er ihm gerade noch völlig klar und eindeutig erschienen ist. So klar, dass er wie ein Bild vor ihm stand. *Das Leben geht seltsame Wege*, schreibt er.

Es ist vorbei, ich richte mich auf. Ich fühle mich schwach, aber es geht. Ich klappe die Matratze herunter, das Gewehr habe ich noch immer in der Hand. Ich lege es auf das Bett und hole die Decken. Kurz denke ich daran, mich auszuziehen, aber ich verwerfe den Gedanken. Ich lege mich hin und ziehe mir die Decke über den Kopf, so wie ich es mir vorhin ausgemalt habe. Es riecht alles ein bisschen muffig, aber das spielt im Augenblick keine Rolle. Ich fühle mich gut, ausgeglichen. Ich bin müde. Ich rolle mich auf die Seite, greife nach dem Gewehr, ziehe es an mich heran, ja, ich schmiege mich an das Gewehr. Das war ein langer Tag, denke ich, und jetzt wird geschlafen. Im Einschlafen denke ich noch, dass ich auch diesen Satz oft zu Raphael gesagt habe, jeden Abend habe ich diesen Satz gesagt, und ich frage mich, was er wohl denken würde, wenn er mich hier liegen sähe: in Mantel und Pullover im Bett von Max Schmeling, einen Verband um den Kopf, Blutspuren und Dreck im Gesicht und an den Händen, ein Gewehr in den Armen.

## 2

Da ist etwas Hartes, ein Druck auf meiner Schläfe, ich bewege den Kopf hin und her, das ist kein Kissen, worauf ich liege. Ich schiebe meine Hand da hin, das ist nicht mein Kopf, wonach ich greife, und es ist auch nicht meine eingeschlafene Hand, die da liegt und mir gegen den Schädel drückt, knochig und fremd, so taub, dass ich sie nicht erkenne. Nein, nicht meine eigene Hand liegt mir unangenehm unter Schläfe und Wange, und nicht mein Arm drückt mir gegen den Kehlkopf, so fest, dass mir das Atmen schwerfällt, und das kann auch gar nicht sein, denn mit dieser Hand taste ich doch gerade herum unter meinem Kopf und taste nach dem, was da liegt. Und jetzt umfasse ich es. Und als sich meine Finger um das glatte Metall schließen, fällt es mir wieder ein: Ich liege im Bett von Max Schmeling, den Kopf auf einem Gewehrlauf, die Brust auf dem Schaft, in Schuhen und Mantel. Ich drehe mich um unter der schweren Decke. Es ist Tag. Plötzlich ist der Tag da, ich erkenne ihn an den Lichtstreifen, die durch die geschlossenen Läden dringen und ein unscharfes Bild zeichnen auf dem Teppichboden und auch auf der Decke, unter der ich immer noch liege. Auf meinem Handrücken. Ich bewege meine Hand unter diesen Lichtflecken, als könnte ich sie auf diese Art wegwischen. Ich war wie verschwunden, verschluckt von diesem Haus, von diesem Bett, von mir selbst. Unter der schweren Decke. Ich schiebe sie zur Seite und schwinge die Beine aus dem Bett. Es poltert. Das war das Gewehr. Ich greife danach und hänge es mir über, wozu soll ich es hier herumliegen lassen. Und außerdem fühlt sich das gut an: das Gewicht eines Gewehrs über der Schulter und wie sich der Riemen vor der Brust spannt, an der Stelle, wo ich gerade selbst noch auf diesem Gewehr lag. Ich trete zum Fenster und öffne es. Die Klappläden sind zu, ich will sie aufstoßen. Ich will das Licht hereinlassen. Will mit tiefen Zügen Morgenluft atmen, eine Weile hier stehen und hinausschauen, und dann will ich nach unten gehen und mein Handy holen. Inge anrufen. Ich löse den Riegel, das ist nicht ganz leicht, seit Jahren hat das niemand mehr getan, und drücke gegen den hölzernen Laden. Doch er rührt sich nicht, da ist ein Widerstand. Ich drücke noch einmal dagegen, jetzt fester. Der Laden gibt ein bisschen nach, aber öffnen lässt er sich immer noch nicht. Ich werfe mich mit beiden Händen, mit meinem ganzen Gewicht dagegen. Es knarzt, etwas reißt und löst sich. Ich kann den Laden ein Stück aufschieben und sehe, was da im Weg war: Pflanzen. Irgendeine Kletterpflanze ist hier das Haus hinaufgewachsen und über das Fenster. Ich erinnere mich an das Bild von diesem zugewachsenen Haus, vor Jahren ist das schon so gewesen, als ich das letzte Mal hier war, und ich denke, dass der Wein oder was auch immer das ist, seitdem natürlich weiter gewachsen ist, und dass er wahrscheinlich schon das ganze Haus bedeckt. Und dass ich das nur nicht sehen konnte, als ich gestern ankam. Denn da war es dunkel, und jetzt ist es hell. Ich sollte rausgehen und mir das ansehen. Genau, das mache ich. Ich schaue mir dieses Haus einmal von außen an. Ich gehe in den Flur und die Treppe hinunter. Es ist dämmrig, aber nicht mehr dunkel. Ich kann alles erkennen: den grünen Teppichboden, die rosafarbene Tapete, das weißgestrichene Treppengeländer, den Steinboden unten, die braune Holztür. Ich trete vor das Haus. Es ist kalt und diesig, aber die Sonne scheint. Hier steht ja auch mein Auto, mit offener Tür. Ich gehe daran vorbei, streiche im Vorbeigehen über die Motorhaube, klopfe mit der flachen Hand ein, zwei Mal darauf, und gehe um das Haus herum. Ich stehe vor der Terrasse und schaue nach oben, zu dem kleinen Fenster hin. Da lag ich eben noch, da habe ich eine traumlose Nacht verbracht. Wirklich, das ganze Haus ist zugewachsen. Der Fensterladen hat ein Loch gerissen in dieses dichte Grün. Bis zum Dach hinauf und ich glaube sogar in den Schornstein hinein ist der Wein gewachsen. Ein Netz, eine Wand, voll mit vertrockneten Reben. Hier gibt es nichts mehr zu ernten. Das meiste haben sich wohl die Vögel geholt. Es sieht schön aus, dieses so völlig eingewachsene Haus, auf dem Dach liegen fette Bündel von Moos. Aber dem Haus, seiner Substanz, hat das sicher nicht gut getan. Das muss ich in meinen Bericht aufnehmen, denke ich. Und ich denke auch, dass ich daran nicht ganz unschuldig bin und dass das Haus sicher ganz anders aussähe, wenn ich meine Arbeit etwas schneller erledigt und den Bericht und meine Vorschläge etwas früher eingereicht hätte. Gut, dass ich jetzt hier bin, dass ich die Sache angehe. Ich sollte gleich damit anfangen. Genau. Ich mache meinen Rundgang jetzt, wo ich sowieso schon draußen bin, und dann gehe ich einmal durch das Haus. Bei dieser Gelegenheit kann ich auch mein Handy holen. Und dann rufe ich Inge an. Und bis sie da ist, inspiziere ich den Keller und den Dachboden. Dann kann ich morgen den Bericht schreiben und ihn, wie geplant, dem Chef am Montag auf den Schreibtisch legen. Der wird Augen machen. Der hat sicherlich gar nicht mehr damit gerechnet, dass ich die Angelegenheit überhaupt noch angehe, ganz zu schweigen davon, dass ich sie an einem einzigen Wochenende auch zu Ende bringe. Ich brauche nur irgendetwas zum Schreiben, einen Stift, einen Block. Das wird sich im Auto wohl finden lassen. Wenn es schon keine Taschenlampe da gibt, so doch wenigstens einen Zettel und einen Stift. Ich gehe zum Auto zurück, setze mich auf den Beifahrersitz, ziehe das Handschuhfach auf, und ja, da liegt ein Notizblock und auch ein Bleistift ist da. Ich freue mich, ich schreibe lieber mit Bleistift als mit Kugelschreiber. Eine alberne Freude: Das ist mein Auto, wer sonst als ich hätte den Bleistift da hineintun sollen. Wie auch immer: Eine Freude ist eine Freude. Ich lege mir den Block auf die Knie und fange an zu schreiben.

Sie streckt nicht die Hand aus, sie streicht nicht, noch halb im Schlaf, über das leere Kissen neben sich, ein Kissen, auf dem sie jetzt Max' Kopf ertasten müsste, sein weiches Haar, seine Haut, die Schulter, die unter der Decke hervorschaut. Denn Max ist nicht da, und dieses Kissen gibt es nicht mehr und auch nicht die Decke, unter der er hier neben ihr liegen könnte, oder es gibt sie noch, aber sie stecken in einem fest verknoteten Müllsack, der im Flur neben der Wohnungstür steht, zwischen anderen schwarzen Säcken. Und sie liegt auch nicht in ihrem Ehebett, sie liegt auf dem schmalen Sofa im Gästezimmer. Auf der Seite, die Hand unter den Kopf geschoben. Sie ist die ganze Nacht lang durch die Wohnung gegangen und hat alles aus den Schränken geholt: Kleider und Bücher, Geschirr, Töpfe, Tischdecken, Spiele. Die Fotoalben. Schluss damit, hat sie gedacht, Schluss mit dem Aufbewahren und Erinnern. Sie ist von Schrank zu Schrank, von Regal zu Regal gegangen, hat die Türen geöffnet und alles herausgeholt. Es in die Müllsäcke gepackt. Das tut gut, hat sie gedacht, so eine körperliche Arbeit. Schließlich hat sie sich einen Weg ins Gästezimmer gebahnt, hat die Säcke nach links und rechts geschoben, die Tür einen Spalt geöffnet und sich dort hineingezwängt. Sie hat sich nicht ausgezogen, nicht einmal die Hausschuhe abgestreift, hat sich auf die Couch gelegt und ist sofort eingeschlafen. Und jetzt ist sie wach. Sie schlägt die Augen auf. Hier, im Gästezimmer, ist alles noch wie immer, hier gab es nichts, was sie hätte wegräumen müssen. Durch die Milchglasscheibe der Zimmertür sieht sie die Konturen der schwarzen Säcke. Sie dreht sich auf den Rücken. Das muss alles noch heute hier raus. Noch bevor Max zurückkommt. Denn dass er wiederkommt, da ist sie sich mittlerweile sicher. Hätte er einen Unfall gehabt oder wäre ihm sonst etwas passiert, hätte sich längst jemand bei ihr gemeldet. Hätte angerufen oder, im schlimmeren Fall, vor der Tür gestanden. So war es bei Raphael ja auch gewesen. Da kamen zwei Beamte von der Polizei, ein Mann und eine Frau. Sie hat die Tür geöffnet und, als sie die Polizistin gesehen hat, gleich gewusst, dass etwas Schlimmes passiert sein musste, etwas, das ihnen unmöglich zwei Männer mitteilen konnten. Sie hat zu weinen begonnen, noch bevor einer der beiden irgendetwas hatte sagen können, hat sie zu weinen begonnen und nach Max gerufen, der schon da war, der in der offenen Wohnzimmertür gestanden hatte und dann bei ihr. Der neben ihr stand und seine Hand auf ihre Schultern legte, während sie weinte und weinte und seinen Namen sagte, »Max«, sagte sie, »Max«, und schluchzte dazwischen, und dann wieder, »Max, o Max!« Und das versteht sie jetzt nicht mehr, warum sie Max gesagt hat, warum sie nach Max rief, während sie doch eigentlich Raphael hätte rufen sollen, Raphael und immer wieder Raphael, den Namen ihres toten Sohnes. Den Namen, den sie für ihn ausgewählt hatte. Max war dagegen gewesen. »Raphael, wer soll das denn sein?«, hatte er gefragt, »So ein modischer Schnickschnack!«, hatte er gerufen. »Weißt du überhaupt, was das heißt? Gott heilt, heißt das. Und wie klingt das denn, als wäre bei uns irgendetwas nicht in Ordnung, als gäbe es etwas zu heilen hier! Und überhaupt: Seit wann bist du denn religiös?« Er konnte sich nicht beruhigen über diesen Namen, und das sah ihm so gar nicht ähnlich. Aber ich bin hart geblieben, denkt sie, ich habe geschwiegen und gewartet, und nachdem die Geburt vorbei war, die schwierig gewesen war, ja, lebensbedrohlich, für uns beide, nachdem das alles vorbei war und er in meinen Armen lag und Max an meinem Bett saß, da sagte ich ihm, dass ich unser Kind Raphael nennen wolle. Und Max widersprach nicht. »Gut«, sagte er schließlich, »dann heißt er eben Raphael.« Und das hätte ich rufen sollen, »Raphael, Raphael!«, und mich auf die Knie werfen und den Kopf auf den Boden schlagen, wieder und wieder, denkt sie, während sie sich aufrichtet. So sah man es auch in Filmen, und das nahm man doch an, dass man in so einer Situation den Namen desjenigen rufen würde, den man liebte, den man geliebt hatte und der jetzt tot war, und nicht irgendeinen anderen Namen, zumal den einer Person, die mit hängenden Armen neben einem stand, die am Leben war und einem doch nicht helfen konnte.

*Das Leben geht seltsame Wege,* schreibt er, *und kein Mensch kann diesen Wegen folgen.* Und verstehen kann sie auch keiner, das schreibt er schon nicht mehr, das denkt er nur noch. Und auch diesem Gedanken kann er nicht mehr folgen. Welche Wege bin ich eigentlich gegangen, in meinem Leben, fragt er sich, und hat die Hand mit dem Stift längst sinken lassen. Und wenn ich das jetzt von seinem Ende aus betrachte, dieses Leben, war das dann ein einziger Weg, den ich gegangen bin, oder waren es mehrere. Gibt es das überhaupt, mehrere Wege, fragt er sich, und wenn es die gibt, wie soll man dann den Übergang von einem in den anderen Weg beschreiben. Wenn es keine Kreuzung ist. Oder wenn man erst im Rückblick erkennt, dass es eine Kreuzung war, wenn man das im Gehen gar nicht bemerkt hat, wenn man, im Gegenteil, den Eindruck hatte, dass man eigentlich immer weiter gegangen wäre, geradeaus, immer in dieselbe Richtung. Doch so war es ja offenbar nicht, offenbar hat es Kreuzungen gegeben und Abzweigungen, Umwege, der ganze Vorrat an Floskeln, denkt er jetzt, und der wurde auch ausgeschöpft, um mein Leben zu beschreiben, denkt er, und er denkt zugleich, dass er ja genau das nicht mehr haben will, dass er genau so nicht mehr denken will. Und ja, jetzt fällt es ihm wieder ein: Er wollte über die Dinge nachdenken, die Dinge wollte er beschreiben und sich nicht länger aufhalten mit der Sprache und ihren Fallstricken. Er reißt den Zettel vom Block, knüllt ihn zusammen. Womit anfangen?

*Einfamilienhaus in der Hamburger Nordheide, Hollenstedt, Max-Schmeling-Weg 1,* schreibe ich ganz oben auf den Block, darunter, in Klammern: *ehemaliges Wohnhaus von Max Schmeling und Anny Ondra.* Das unterstreiche ich zweimal. *Das Haus steht seit dem Tod von Max Schmeling im Februar 2005 leer. Die Krankenschwester (den Namen muss ich noch recherchieren), die ihn bis zu seinem Tod pflegte, hat – entgegen seinem testamentarisch niedergelegten Wunsch – dort nicht mehr gelebt.* Sie ist noch am Todestag Schmelings aus dem Haus ausgezogen. Daran erinnere ich mich noch, so wie ich mich überhaupt an fast alles erinnern kann, was ich über Schmeling gelesen habe. *Im Laufe dieser beinahe zehn Jahre hat die Substanz des Hauses erheblich gelitten,* schreibe ich weiter. *Wege und Zugänge sind eingewachsen, das Haus selbst ist mit wildem Wein überwachsen, der,* ich gehe jetzt einmal um das Haus herum, *bis in den Schornstein geklettert ist. Es ist zu prüfen, ob das Schäden am Putz und insbesondere am Mauer-*

*werk hinterlassen hat.* Ich schreibe jetzt, indem ich den Block an die Hauswand drücke, gegen die Weinranken. Auch deshalb schreibe ich lieber mit einem Bleistift, mit einem Kugelschreiber kann man in so ungewöhnlichen Haltungen und Situationen, in die ich als Sachbearbeiter manchmal gerate, gar nicht schreiben. *Die Gehwegplatten sind mit Moos und Flechten bewachsen – Unfallgefahr!* Das ist ja ganz einfach, denke ich, während ich weiter schreibe, das hätte ich schon längst machen können. *Der Unterstand ist zugewachsen und offenbar teils von Tieren bevölkert – wie überhaupt der Zaun an der einen oder anderen Stelle nicht mehr dicht ist.* Wenn ich mein Handy geholt haben werde, werde ich noch ein paar Fotos machen, und dann kann ich bis Montag ohne Probleme diesen Bericht beenden. Ich werfe einen Blick in den niedrigen Schuppen, der ist voller Gerümpel, Pappkartons und Plastiksäcke, ein Barhocker, Holzabfälle, ein Wäscheständer, ganz hinten liegt ein Haufen Decken, und ich habe den Eindruck, dass sich hier einmal jemand einquartiert hat. Es ist wirklich an der Zeit, dass gehandelt wird, denke ich, jeder kann sich hier Zutritt verschaffen. Zugleich frage ich mich, wer das gewesen sein könnte, wer kommt denn schon hierher, wer kommt hier zufällig vorbei und ist dann genau hier zu müde oder zu schwach, um weiterzugehen, und richtet sich dann ein Lager ein, um ein oder zwei Nächte in dieser Einöde zu verbringen. Ein Fan, denke ich, vielleicht war es ein Fan. Aber gibt es solche Fans überhaupt noch, von Schmeling, meine ich, denn seine Boxkarriere liegt schon so lange zurück, ein Schmeling-Fan müsste ja selbst schon alt sein oder tot, denke ich. Da läuft ja keiner mehr herum, mit einem Foto in der Hand, das er sich gerne signieren lassen würde, und, was weiß ich, einem Wimpel, einem Paar alter Boxhandschuhe. Kommt hierher und merkt erst dann, dass Schmeling schon tot ist, und richtet sich in diesem Schuppen ein. Und bleibt hier einfach und wartet, bis Schmeling irgendwann doch um die Ecke spaziert. Nein, das kann ich nicht glauben, denke ich, so verrückt wäre niemand, und ich denke, dass das aber auch egal ist, dass ich gerade dabei bin, den Faden zu verlieren. Ich drücke meinen Block an die Schuppentür und schreibe: *Der kleine Schuppen rechts der Garage ist voller Gerümpel, hier müsste ausgeräumt werden, und die Sachen müssten gesichtet werden. Manches ist da vielleicht noch interessant.* So, das reicht. Ich mache die Schuppentür zu, und dann gehe ich ins Haus und hole mein Handy und rufe Inge an. Und dann sorge ich dafür, dass die Dinge wieder in ihren gewohnten Bahnen laufen. Ich will den Block in die Manteltasche stecken, aber ich habe immer noch diesen Pullover an. Ich schaue an mir hinunter, er ist grau, sehe ich jetzt, mit einem kleinen dunkelgrünen Muster, wie Pfeilspitzen oder Blätter. Das sieht ganz hübsch aus, finde ich, ich streiche darüber. Das ist sicher Merinowolle. Ich werde ihn noch eine Weile anbehalten, denke ich, wozu soll ich frieren, wenn ich es auch warm haben kann.

Womit fange ich an, womit soll ich nur anfangen, denkt er, den Stift noch immer in der Hand, den Block im Schoß. Er beugt sich darüber, *Meine Sachen,* schreibt er, *Nr. 1,* er schreibt es in seiner klaren, leicht schrägen Handschrift. Das ist die Handschrift eines Schülers, denkt er jetzt, und er erinnert sich an seine Schulzeit und denkt, dass das eine schöne Zeit war, auch wenn sie nicht leicht war, auch wenn er immer hungrig gewesen ist, wenn er immer herumgelaufen ist mit diesem brennenden Loch in seinem Magen. Er denkt daran, wie er Suppe gekocht hat, für sie alle, aus drei Kartoffeln oder einer Steckrübe, wie er alles so klein wie möglich geschnitten und wie er diese Suppe immer mehr gestreckt und verlängert hat, Wasser dazugab und Saccharin, und rührte und rührte, bis ihm die Arme lahm wurden. Wer hat ihm das eigentlich beigebracht, das Kochen? Er weiß es nicht mehr, weiß nur noch, dass er es konnte, dass er es getan hat. Und wie er an dieses Essen denkt, da fragt er sich, wo eigentlich sein Kaffee bleibt, denn das ist doch schon eine Ewigkeit her, dass er die Schwester darum gebeten hat. Die müsste längst wieder zurück sein mit dem Kaffee. Er greift nach der Glocke, da fällt sein Blick wieder auf den Block in seinem Schoß. *Meine Sachen*, steht da, *Nr. 1.* Ach ja, da war er stehengeblieben, also, womit soll er anfangen? Soll er die Boxhandschuhe nehmen? Oder etwas ganz anderes, etwas Persönlicheres, denn die Boxhandschuhe spiegeln nur wider, was sowieso von ihm wahrgenommen wurde. Und damit wollte er Schluss machen, er wollte ja den anderen Teil der Geschichte erzählen. Also etwas anderes, etwas, das eine andere Seite seiner Persönlichkeit zeigt. Die Tür geht auf, die Schwester kommt herein. »Können Sie nicht anklopfen«, blafft er, »was wollen Sie denn schon wieder?« Die Schwester schaut ihn an, ruhig, verständnisvoll, das hält ja niemand aus, denkt er, so viel Verständnis und Mitgefühl. »Sie haben geklingelt.« Jetzt fällt es ihm wieder ein, der Kaffee. »Ich wollte bloß wissen, wo mein Kaffee bleibt, das kann ja so lange nicht dauern.« – »Den habe ich doch schon gebracht«, sagt sie, »den haben Sie doch längst getrunken.« Sie deutet mit einem Nicken auf die leere Tasse neben seinem Bett. Ja, da steht eine Tasse, wie konnte ihm das nur passieren. Er müsste doch noch einen Rest von Kaffeegeschmack in seinem Mund haben, das kann doch gar nicht sein. »Das kann doch gar nicht sein, daran würde ich mich doch erinnern, wenn ich gerade einen Kaffee getrunken hätte.« – »Soll ich Ihnen noch einen bringen?« Er denkt nach. Wo ist nur dieser Geschmack hingekommen, wo ist der Kaffee hingekommen, wer hat ihn an seiner Stelle getrunken? Anny hat immer gern Kaffee getrunken, auch wenn sie sich sonst sehr bewusst und gesund ernährt und auf ihre Linie geachtet hat, besonders das. Und ich habe auch immer darauf geachtet, was ich zu mir nehme, habe meinen Körper stets in Schuss gehalten, denkt er. Aber Anny, die ist in diesen Dingen viel konsequenter gewesen, obwohl ich doch der Sportler war. Eine Tasse Kaffee ab und an, das muss schon sein, und so haben sie jeden Morgen und auch jeden Nachmittag ihren Kaffee getrunken. Sie haben unten im Wintergarten gesessen, jeder in seinem Sessel, und Kaffee getrunken. Haben nach draußen geschaut, in den Wald, in die Dämmerung. Haben geschwiegen oder über den Tag geredet, den vergangenen oder den, der kommen würde. »Was ist, wollen Sie noch einen Kaffee?« Er nickt. »Ein Kaffee, das wäre schön.«

Sie geht ins Bad, da liegt noch ihre Zahnbürste und auch die von Max hat sie dagelassen. Sie dreht den Hahn auf und spritzt sich das kalte Wasser ins Gesicht, trinkt aus der hohlen Hand. Der Mensch braucht gar nicht viel, denkt sie, jedenfalls nichts von den Dingen, die sie bis gestern hier um sich hatte, die immer noch da sind, in den Säcken im Flur, die sie aber bald los sein wird. Sie muss sie aus der Wohnung bringen, bevor Max zurück ist und alles wieder auspackt. Denn das würde er tun. Er würde nichts fragen und sich nicht wundern und sich auch nicht beunruhigen lassen oder ihr seine Beunruhigung zumindest nicht zeigen. Angesichts dieser Müllsäcke, angesichts der leeren Schränke und Regale, angesichts der Tapetenreste an den Wänden würde er annehmen, dass es hier, bei ihr, sowieso nichts zu verstehen gibt, denn dass es unvernünftig ist, alles, was man im Laufe eines Lebens zusammengetragen hat, in einer Nacht zu entsorgen, das liegt ja auf der Hand. Es ist völlig offensichtlich, dass das verrückt ist, einer Laune entsprungen, einem Spleen, und deshalb muss man das auch nicht mehr kommentieren, würde Max sicher denken, und deshalb würde er sie auch nicht fragen danach, sondern würde ihr vielleicht seine Hand auf die Schulter legen oder ihr kurz über die Wange streichen und sagen: »Was hast du denn da schon wieder gemacht, Ingelchen.« So nannte er sie immer, Ingelchen, nicht Engelchen, am Anfang hatte ihr das gefallen. »Na komm«, würde er sagen, »das räumen wir jetzt aber ganz schnell wieder auf, was?« So hatte er auch mit Raphael gesprochen, so hatte er immer mit Raphael gesprochen, als er ein

Kind war und auch später noch hatte er so mit ihm gesprochen. Ein Sprechen, das den Angesprochenen gar nicht wahrnahm, das an ihm vorbeisprach und über ihn hinweg und das Max immer dann benutzte, wenn er sich unsicher fühlte oder überfordert. Das war im Umgang mit ihr selten, mit Raphael war das jedoch ein Dauerzustand. Immer redete er mit ihm, als wäre er gar nicht da. Als wären sie beide nicht da: er selbst nicht und Raphael auch nicht. Er würde ihr also das Gesicht tätscheln, dann würde er sie stehen lassen und in aller Ruhe die Müllsäcke wieder auspacken und alles zurück an seinen Platz räumen, und wenn er damit fertig wäre, würde er womöglich auch noch die Säcke falten und sie glattstreichen und einen nach dem anderen einrollen, zu einer festen Rolle, und diese Rolle würde er dann wieder unter die Spüle legen, wo sie bis gestern Abend gelegen hat. Und dann würde er zu ihr in den Flur zurückgehen, wo sie immer noch stand oder vielleicht saß mittlerweile, ja, sie würde dort im Flur am Boden sitzen, den Rücken an der nackten Wand, ein Fetzchen Tapete zwischen den Fingern, denn so lange würde sie nicht stehen können, wie es dauerte, dass Max alles auspackte und zurück an seinen Platz räumte. Er würde sich neben sie hocken, die Hände zwischen den Knien gefaltet, und dann würde er sich umschauen und bedächtig nicken und sagen: »Ja, du hast ja recht, diese Tapeten müssen weg, das mussten sie schon lange.« Und dabei würde er ihr das Tapetenrestchen aus den Händen nehmen. »Wir fahren morgen, oder nein, morgen ist Sonntag, weißt du was, wir fahren gleich noch in den Baumarkt und suchen etwas Neues aus. Raufaser ist doch gut, was meinst du? Das kann man überstreichen, den Flur vielleicht gelb, so ein helles Gelb, das magst du doch, ja? Und das Bad in einem zarten Blau oder fliederfarben, was hältst du davon? Und, wie wäre es, vielleicht kaufen wir auch gleich noch ein paar neue Gardinen, was meinst du, das würde der Wohnung doch eine völlig neue Erscheinung geben.« So würde er reden und reden, er wäre schon längst wieder aufgestanden und hätte auch sie hochgezogen und hätte die Mäntel von der Garderobe geholt und ihr ihren Mantel über die Schultern gehängt, und noch während er sie vor sich her durch den Flur und zur Wohnungstür hinausschob, würde er reden und reden und reden und nicht das Geringste sagen dabei. Dem muss sie zuvorkommen. Sie trinkt noch ein paar Schlucke aus dem Wasserhahn, und dann geht sie zurück in den Flur. Sie nimmt in jede Hand einen Müllsack, schleppt sie nach unten, in den Hinterhof, und stellt sie dort neben den Mülltonnen ab. Und geht wieder nach oben und holt die nächsten beiden Säcke und immer so weiter. Sie schwitzt und schleppt, und öfter einmal denkt sie, ich kann nicht mehr, ich muss mich kurz ausruhen, nur eine Sekunde, aber sie hört nicht auf. Schließlich schmeißt sie die Säcke einfach die Treppe hinunter, kickt sie vor sich her. Sie macht keine Pause, bis sie den ganzen Kram aus der Wohnung hat, dann stellt sie sich oben ans Schlafzimmerfenster und schaut hinunter. Schaut auf den schwarzen Berg neben den Mülltonnen. Sie ist zufrieden. Jetzt muss sie bloß noch die Möbel loswerden.

Ich muss eingeschlafen sein, denkt er, es riecht nach Kaffee. Neben ihm am Bett steht eine Tasse, und da ist auch sein Block, und der Stift liegt quer darüber. Ob sie das gelesen hat, die Schwester, ob sie gelesen hat, was er da hingeschrieben hat? Er kann sich kaum noch erinnern. Er will sich das gleich durchlesen, doch erst will er den Kaffee trinken. Bei Hitler, da gab es immer leckeren Kaffee, auch wenn Hitler selbst lieber Tee getrunken hat, daran erinnert er sich, und Kuchen dazu. Er hat ja immer sehr gern Kuchen gegessen, und er denkt jetzt, dass der Hitler doch irgendwie ein seltsamer Mensch gewesen ist, einer, der Tee getrunken hat und Kuchen gegessen, der sich interessiert hat für das Boxen und sich auch auskannte damit. Mit dem man an einer runden Kaffeetafel sitzen und sich über das Boxen unterhalten konnte. Aber andererseits, die ganze Welt hat sich damals für das Boxen interessiert, wieso dann nicht auch jemand wie Hitler. Der die Sache mit dem Boxen aber doch falsch verstanden hat, denkt er, denn das Boxen, das ist ja kein Krieg, das ist zwar ein Kampf, aber nicht so einer, wie Hitler sich das vorgestellt hat. Denn ein Boxkampf, den kann man nur durchstehen, wenn man sich den Gegner als gleichrangig vorstellt. Denn was ist das sonst, fragt er sich, ja, was wäre das, ein Kampf gegen einen Unterlegenen oder einen, den man als minderwertig betrachtet, ja, was soll das denn sein. Das ist schon seltsam, denkt er, dass so einer Tee trinkt, oder war es doch Kaffee, er erinnert sich nicht mehr genau. Aber das spielt auch keine Rolle mehr, was Hitler lieber mochte, Tee oder Kaffee, denkt er, was soll's. Dass so einer Kuchen mag. An die Sache mit dem Kuchen erinnert er sich genau. Gugelhupf, das war es. Hitler mochte Gugelhupf und freute sich daran, dass Anny dieses Wort noch kannte und benutzte, dass sie *Gugelhupf* sagte und nicht *Napfkuchen*. Ich hätte jetzt auch gerne ein Stück Kuchen, denkt er, und mir ist es egal, ob die Schwester Gugelhupf bringt oder Napfkuchen oder etwas ganz anderes, denkt er und greift wieder nach der Klingel. Ich esse jetzt ein Stück Kuchen, und dann fange ich an zu schreiben.

Ich gehe ins Haus zurück. Eine seltsame Stimmung herrscht hier, das Licht scheint nur spärlich durch die Ranken und Blätter vor den Fenstern, im Flur ist es dämmrig, obwohl ich ja gestern noch alle Rollläden hochgezogen habe. Ich gehe direkt ins Kaminzimmer, es ist so düster hier, dass ich automatisch nach dem Lichtschalter taste, und in dem Moment wird mir klar: Ich kann den Mechanismus gar nicht auslösen, denn selbst wenn ich den Knopf finde oder den Schalter, braucht der Strom, den es hier nicht gibt. Warum habe ich daran nicht gestern schon gedacht. Nun gut, dann muss ich eben versuchen, das Handy da irgendwie so herauszuholen, das ist ja nur eine hölzerne Konstruktion, eine Art umgekehrte Schublade, das wird sich doch auch von Hand öffnen lassen. Zur Not muss ich sie eben aufbrechen, da hilft alles nichts, und es wird sich schon was finden, womit ich das tun kann, im Schuppen oder im Keller. Ich knie mich noch einmal vor den offenen Schrank und untersuche die Vorrichtung genau. Von außen lässt sich nichts erkennen. Da ist kein Haken, kein Griff. Nichts. Nur das glatte, rot lackierte Holz und dieser

Spalt hinten, in den mein Handy gerutscht ist. Meine Fingerspitzen passen kaum da rein, auch das Handy kann nur gerade so durchgerutscht sein, ich ziehe und zerre daran, aber es tut sich nichts. So ein Scheiß, denke ich, so ein verfluchter Mist. Ich stehe auf und trete gegen den Kasten, einmal, noch einmal. Das bringt natürlich gar nichts, ich muss mir ein Werkzeug besorgen, sonst komme ich hier nicht weiter. Ich gehe wieder nach draußen und zurück zum Schuppen, da wird sich doch etwas finden, vielleicht nicht direkt ein Brecheisen, aber doch etwas in der Art. Ich ziehe nun beide Türflügel auf, damit das Morgenlicht hereinfallen kann. Was für ein Chaos, denke ich, wer das wohl angerichtet hat, aber ich darf mich nicht verlieren in solchen Gedanken, ich muss planvoll vorgehen. Ich mache ein paar Schritte hinein in den Schuppen, er ist niedrig, selbst ich muss mich bücken. Wie ist Schmeling wohl hier reingekommen, frage ich mich, auf den Knien? Und sehr weit komme ich auch nicht, alles ist voll. Ich schiebe die Sachen mit den Füßen beiseite, stütze mich mit der rechten Hand an der unverputzten Mauer ab. Das sind so viele Sachen, man kann das mit dem Auge gar nicht voneinander trennen. Ich beuge mich weiter vor und hebe einen Wäschekorb an, über dem quer ein zusammengerollter Teppich liegt, etwas anderes fällt zu Boden, ich höre ein metallisches Klirren, egal, ich hebe den Wäschekorb noch ein bisschen höher, darunter liegt etwas. Das sieht gut aus, ein Kaminbesteck, damit muss sich doch etwas ausrichten lassen. Ich nehme meine Hand von der Mauer, um den Wäschekorb zu mir zu ziehen. Er ist schwerer als gedacht, ich verliere das Gleichgewicht, ich komme ins Straucheln. Den Korb wie ein Schutzschild in beiden Händen stürze ich nach vorne, mitten in das ganze Gerümpel hinein.

Er schaut sich um, hier ist nichts, was eine Bedeutung für ihn hat, hier ist eigentlich überhaupt nichts. Der Raum ist winzig. Die Türen der Einbauschränke sind geschlossen, sein Blick gleitet an ihrer glatten, grauen Oberfläche ab. Auch das Bett ist grau gestrichen und die Laibungen des Fensters, der Teppichboden ist graublau, die Bettwäsche weiß, vor dem Fenster hängt eine weiße Gardine. Das ist ein Krankenzimmer, denkt er, ein Totenzimmer. Das ist gar kein Raum, in dem jemand leben soll. Und erinnern kann man sich hier auch nicht, denn es ist rein gar nichts da, was den Blick, was die Gedanken zu halten in der Lage ist, hier, in diesem kleinen Raum, kann man nur abschweifen und sich verlieren, denkt er, und dass das so nicht weitergehen kann, dass er ein paar Dinge bei sich haben will, jetzt, wo auch ihm klar geworden ist, dass er diesen Raum nicht mehr verlassen wird, dass er hier sterben wird. Das ist ihm jetzt völlig klar, und es ist nicht mehr nur ein Gedanke, das ist ein Wissen, das ihn ganz einschließt, in dem er aufgehoben ist. In dem Wissen darum, dass das Leben endlich ist und dass er an diesem Ende angekommen ist. Nein, das ist ein Gefühl, eine Empfindung. Ich bin ganz durcheinander, denkt er, und er spürt, wie schwer es ihm fällt, aus dem Schlaf wieder zurückzufinden in diesen kleinen Raum. Er hält sich beide Hände an die Ohren, er hört sein Blut rauschen und weiß, dass das nicht mehr lange so sein wird. Der Gedanke ist ja nicht zum

Aushalten, und es ist verrückt, und es ist eine Quälerei, dass der Mensch so konstruiert ist, dass er diesen Gedanken überhaupt denken kann. Dass er sich mit der Hand durchs Gesicht fahren kann, während er denkt, dass diese Hand bald weiß und schwarz und steif sein wird und rein gar nichts mehr wird halten können und über nichts streichen, nicht über die Bettdecke und nicht über das eigene Gesicht. Nicht über die warme Haut eines lebendigen Menschen. Und es macht ihn zornig, dass das so ist, er schlägt kraftlos auf die Bettdecke, er schlägt sich die Fäuste gegen die Stirn, und zugleich weiß er um die Vergeblichkeit dieses Zorns und dass er einen Kampf kämpft, den er nur verlieren kann, und dass es auch nicht darum geht, irgendetwas, einen Gedanken, eine Erzählung, zu Ende zu bringen. Denn ein solches Ende, ein Ende zum richtigen Zeitpunkt, das gibt es ja gar nicht. Es geht bloß darum, dass ich dieses Leben aushalte, so lange, bis es dann vorbei ist. Und dazu muss ich es loslassen, denkt er. Aber erst will ich noch ein Stück Kuchen essen, und dann werde ich ein bisschen was aufschreiben, und dann sehen wir weiter. Er klingelt, und in dem Moment geht schon die Tür auf.

Sie steht in der offenen Tür und schaut den Flur hinunter. Sie hat es tatsächlich geschafft. Die Wohnung ist leer, nun muss sie bloß noch die Möbel loswerden. Doch der Sperrmüll, der kommt nur einmal im Monat, denkt sie, so lange kann ich unter keinen Umständen warten. So lange wird Max wohl nicht fortbleiben, ich will das Zeug jetzt loswerden, heute. Da fällt ihr ein, dass solche wohltätigen Vereine, von der Kirche oder der Stadt, dass die doch Möbelspenden entgegennehmen, und die holen die Möbel sogar ab, war das nicht so? Da müsste man einmal anrufen, denkt sie, aber das Telefonbuch ist weg, das ist natürlich auch in einen der Müllsäcke gewandert. Egal, dann gehe ich eben in eine Telefonzelle, unten, an der Ecke, da ist doch eine, da wird es doch auch ein Telefonbuch geben. Sie zieht den Mantel über, nimmt Schal und Mütze und nimmt auch den Schlüssel. Sie läuft die Treppe hinunter, sie fühlt sich frei und irgendwie jung. Und sie darf nicht zögern jetzt. Ich darf nicht aufhören, denkt sie, denn sie merkt schon, dass sie es gerade ein bisschen übertreibt und dass man das wirklich nicht mehr richtig erklären kann, was sie hier tut, und dass es nicht an Max läge, wenn er das nicht verstünde. Sie denkt, dass das niemand verstehen kann, ja, dass sie es selbst auch nicht versteht, aber genau deshalb weitermachen muss und nicht auf halbem Weg aufhören darf. Dass sie diesen Weg zu Ende gehen muss und dass das die einzige Möglichkeit ist herauszufinden, wohin er sie führt, dieser Weg. Und jetzt steht sie schon in der Telefonzelle, und wo sie hier unten ist, fällt ihr ein, dass sie auch im Internet hätte schauen können, der Computer steht im Gästezimmer auf dem kleinen Schreibtisch. Max hätte sofort daran gedacht, Max wäre vermutlich überhaupt nicht auf die Idee gekommen, im Telefonbuch nachzuschauen. Der wäre gleich ins Gästezimmer gegangen, hätte den Computer eingeschaltet und dann ein wenig gemurrt und geschimpft, dass der so langsam sei, das Gerät in seinem Büro sei hundertmal schneller. Und das war auch der Grund, warum Max immer so lange im Büro blieb, warum er die Arbeit nicht mit nachhause nahm, an diesem Gerät konnte ja niemand arbeiten. Doch jetzt ist sie schon in der Telefonzelle, und da hängt tatsächlich ein Telefonbuch, und Max würde es sicherlich egal sein, ob sie die Entrümpler via Internet oder im Telefonbuch gefunden hatte, das war nicht der Punkt. Sie blättert darin herum, weiß nicht recht, wonach sie sucht. Da, *Wohnungsauflösungen*, da gibt es mehrere Einträge, das muss es sein. Sie wählt die erste Nummer, eine Handynummer: »Guten Tag«, sagt sie, »ein Notfall, können Sie noch heute eine Wohnung ausräumen?« – »Hm, hm«, sagt der andere, »heute ist Samstag, Wochenende, wir sind eigentlich ausgebucht.« – »Es ist wirklich dringend, die Wohnung muss heute noch leer werden.« – »Wie groß ist die denn?« – »Drei Zimmer, Küche, Bad, es handelt sich bloß noch um die Möbel.« – »Kostet aber extra, Wochenendaufschlag. Sie verstehen?« – »Ja, natürlich, kein Problem. Wann sind Sie da?« Sie hängt ein, sie hat noch ein paar Stunden, bis die Möbelpacker kommen. Sie steht unschlüssig herum. Jetzt gehe ich erst einmal frühstücken. Hier gibt es doch ein Café, da bekommt man sicher etwas zu essen. Das hat sie schon lange nicht mehr gemacht, das hat sie eigentlich noch nie gemacht. Allein in einem Café zu frühstücken. Das war ihr immer verschwenderisch vorgekommen. Aber jetzt kommt ihr der Gedanke gerade recht. Ich bin in der Stimmung für ein bisschen Verschwendung, denkt sie.

Was ist das überhaupt alles, das kann doch nicht wahr sein, wer hortet denn so viel Zeug, und warum hat das niemand weggeräumt? Fühlt sich denn hier keiner zuständig? Ich liege bäuchlings mitten in dem Gerümpel und könnte gerade liegen bleiben. Mir reicht es, mir steht es bis oben. Der Gewehrkolben drückt mir in den Bauch, und an irgendetwas habe ich mir die Hand aufgerissen. Ich blute. Schon wieder. Ich stütze mich auf, ohne die verletzte Hand zu sehr zu belasten, immer wieder rutscht das Zeug unter mir weg, ich muss mich zusammenreißen, ich darf die Nerven nicht verlieren. So, jetzt sitze ich, na also, geht doch. Die Hand blutet ganz schön, das muss ich verbinden. Ich stehe auf, und im Aufstehen ziehe ich noch den Schürhaken aus dem Gerümpel. Das soll nicht umsonst gewesen sein. Ich nehme ihn mit, drehe mir das Gewehr auf den Rücken, so dass der Riemen quer über meinen Oberkörper läuft, ja, so ist es besser, die blutende Hand halte ich unter dem Riemen gegen meine Brust. Jetzt bin ich schon am Auto, den Schürhaken lehne ich dagegen, er fällt natürlich um, das gibt einen Kratzer, ich brauche gar nicht nachzusehen, das konnte man hören. Ich setze mich auf den Beifahrersitz, die Füße nach draußen, anders geht es wegen des Gewehrs nicht, den Verbandskasten auf den Knien, so habe ich schon einmal gesessen. Aber ich rege mich nicht auf. Ich rege mich gar nicht auf. Über nichts rege ich mich mehr auf, ich bin vollkommen ruhig. Die Ruhe in Person. Ich rege mich nicht mehr auf. Über den Kratzer am Auto nicht und auch nicht über meine verletzte Hand. Ich verbinde die einfach, das geht schon, da ist ja eine Kompresse, ich lege sie auf die Wunde und wickle den Verband darum. Zwei Päckchen sind noch da, viel sollte nicht mehr passieren. Ich muss grinsen. Und jetzt habe ich Hunger. Bevor ich hier noch irgendetwas unternehme, brauche ich was zu essen. Ich habe seit gestern nichts mehr gegessen. Gestern Mittag saß ich in der Kantine. Es gab Lachs und Kartoffeln. Salat dazu. Freitag eben. Mir gegenüber saß der Chef, und auf seinem Tablett lag das gleiche. Normalerweise esse ich nicht mit dem Chef, normalerweise esse ich allein, besonders freitags. Da wollen alle schnell nachhause, ins Wochenende, und sparen sich deshalb die Mittagspause. Ich saß schon da, wollte gerade den ersten Schluck Bier nehmen, ein Leichtbier, das kann man sich freitags schon einmal erlauben, als der Chef vor mir stand, in der Hand ein Tablett. »Ist hier noch frei?«, fragte er. Bescheuerte Frage, dachte ich, klar ist hier noch frei, bist du blind. Also: »Ja.« Und er setzte sich und fing gleich wieder von dem leidigen Thema an. »Max«, fragte er, »wie geht es Ihnen?« – »Was soll ich sagen, mein Sohn ist tot.« – »Ja. Ja, ich weiß. Deshalb frage ich ja. Ich, wir alle denken, dass Sie sich momentan zu viel zumuten. Dass Sie mal eine Pause brauchen. Dass ist doch nicht gesund, so nahtlos weiterzuarbeiten.« Er schob sich eine Gabel voll Fisch und Kartoffeln in den Mund. *Nahtlos*, ein seltsames Wort, dachte ich, was soll denn hier nahtlos sein, hier ist gar nichts nahtlos, was bitte soll hier nahtlos sein? Aber das sagte ich natürlich nicht. Ich nickte, sagte: »Keine Sorge, ich schaff das schon.« – »Ja, und das weiß ich zu schätzen. Das wissen wir alle zu schätzen«, sagte der Chef, noch eine Gabel mit Kartoffeln und Lachs, »diese Beherrschung, dieser Arbeitswille. Aber irgendwann ist Schluss, Max. Muss Schluss sein.« Etwas Soße tropfte auf seinen Teller. Noch ein Bissen. »Ab Montag machen Sie langsamer. Und der Schmeling, den geben Sie jetzt ab, den übernimmt jemand anders.« Noch mehr Kartoffeln und Lachs. Noch mehr Soße. »Punkt. Aus. Ende der Diskussion.« Damit schob er sich den letzten Bissen in den Mund, stand auf und ließ mich sitzen. Mein Teller war immer noch voll, wie hatte er das bloß geschafft? Und jetzt ist mein Bauch leer. Ich habe Hunger, ich brauche auf der Stelle etwas zu essen. Aber was und woher? Wer weiß, denke ich, vielleicht sind noch ein paar Konserven im Keller. Wer so viel Zeug aufhebt, der hat auch was zu essen im Haus.

Was habe ich denn, was habe ich denn schon hier, das mir etwas bedeutet? Womit soll ich bloß beginnen, denkt er. Er schaut sich in seinem Zimmer um, sein Blick bleibt an der Schwester hängen. Die Schwester steht in der Tür, in der Hand ein Tablett, darauf die Thermoskanne. Was will die denn jetzt hier, wie viel Kaffee soll ich denn noch trinken? Und was soll ich mit der Thermoskanne anfangen, was soll ich denn schreiben über die. Soll ich schreiben, dass Anny und ich immer unseren Kaffee daraus getrunken haben. Dass Anny sehr stolz war auf die Kanne, denn sie passt unter die Kaffeemaschine, man kann den Kaffee direkt hineinlaufen lassen und muss ihn nicht erst umfüllen. Und sie hat ein Zwiebelmuster, sie passt zu unserem Service. Man kann sie auf den Tisch stellen und sie fällt da nicht weiter auf. Und jetzt kommt die Schwester mit dieser Kanne daher. Was will sie denn? »Was wollen Sie denn, und was um Himmels willen soll die Kanne hier oben?« – »Sie haben doch Kaffee bestellt.« Ja, ja, der Kaffee, aber was ist mit dem Kuchen. Er wollte doch Kuchen essen, wo ist der denn? Sie hatte doch zwei Hände, die Schwester, sie würde es doch wohl schaffen, die Kaffeekanne und ein Stück Kuchen hier heraufzubringen. »Und der Kuchen, was ist mit dem?« – »Der kommt gleich.« Sie lässt sich nicht aus der Ruhe bringen, dafür wird sie schließlich bezahlt, denkt sie, und nicht zu schlecht. Dass sie diesem alten Mann seine Wünsche erfüllt, sofern sie das kann, dass sie bei ihm ist. Ihn pflegt und ihn begleitet auf diesem letzten Weg, das macht sie nicht zum ersten Mal. Sie kennt sich aus mit dem Sterben. Sie gießt ihm den Kaffee in die Tasse, gießt Sahne dazu, gibt einen Löffel Zucker hinein. Dreht sich um. »Ich bin gleich wieder bei Ihnen. Ich hole jetzt den Kuchen.«

Sie bestellt Frühstück. Kaffee, Croissant, Butter dazu und Marmelade von der Theke. Sie sitzt direkt am Fenster. Sie hat sich eine Zeitung geholt, sie fühlt sich gut. Nur langsam macht sie sich Sorgen um Max, und das ist auch normal, denkt sie, wenn man so lange zusammen ist. Wenn die Entrümpler weg sind, heute Abend, denkt sie, dann rufe ich ihn nochmal an. Und wenn er dann nicht ans Telefon geht, dann informiere ich die Polizei. Das muss ich schon machen, denkt sie, ich kann ihn ja nicht einfach so verschwinden lassen, ohne mich darum zu kümmern. Auch wenn ich es nicht zu verantworten habe. Und sie denkt, zum ersten Mal, dass es offenbar doch Gemeinsamkeiten gibt zwischen Max und Raphael. Denn Raphael, der ist auch immer einfach so verschwunden. War weg für ein paar Tage oder Wochen. Meldete sich dann von irgendwoher. Das Telefon klingelte, eine Postkarte kam: *Mama, mach dir keine Sorgen, ich bin am Ende der Welt. Wir sehen uns Weihnachten.* Oder so ähnlich. Das fing schon an, als er ein Kind war. Dass er nicht wie die anderen Kinder aus dem Viertel mittags, gleich nach Schulende, nachhause kam. Sie weiß es noch genau, sie stand am Fenster, wie immer, wenn es auf halb eins zuging, und dann sah sie den kleinen Pulk Kinder, wie er um die Ecke bog. Und sie fand Raphael nicht gleich unter ihnen. Und sie dachte noch, warte, bleib ruhig, wenn sie auf der Höhe des Bäckers sind, wenn sie über den Zebrastreifen sind, dann kannst du sie unterscheiden, dann wirst du Raphael erkennen. Aber nein, sie kamen näher und näher, und da war kein Raphael. Sie lief die Treppe hinunter, in Hausschuhen, ohne Mantel, lief den Kindern entgegen. »Raphael, wo ist Raphael?« Die Kinder zuckten die Schultern, schüttelten die Köpfe, und sie lief schon weiter, lief auf die Schule zu, die gar nicht weit weg war, zwei Straßen weiter nur, und sie schaute in alle Hinterhöfe und Geschäfte, zwischen die parkenden Autos, und immerzu rief sie »Raphael, Raphael, wo steckst du?« Und als sie schließlich auf dem leeren Schulhof ankam, da lief sie weiter und lief in das Gebäude hinein, die Treppe hinauf und in Raphaels Klassenzimmer. Da saß noch die Lehrerin an ihrem Pult, und Inge schrie ihr schon von der Tür aus entgegen: »Raphael ist weg, wo ist er nur?« Und die Lehrerin stand auf und nahm sie bei den Schultern und führte sie zu einem Tisch, zu einem winzigen Kindertisch, und sie drückte sie auf den winzigen Stuhl und hockte sich vor sie, die Hände noch immer an ihren Schultern, und sagte: »Beruhigen Sie sich, der wird schon wieder auftauchen, der Raphael, um den müssen Sie sich doch keine Sorgen machen. So ein patentes Kind.« Sie schaute ihr fest in die Augen dabei. »Kommen Sie, beruhigen Sie sich. Wir gehen jetzt zu Ihnen nachhause. Sicher wird Raphael schon dort sein. Sie werden sehen, er wird an der Tür stehen und lachen und auf Sie warten. Und sich wundern, wo seine Mama steckt.« Und so machten sie es. Aber da war kein Raphael. Niemand stand an ihrer Tür. Ob er dagewesen war? Ob er dagewesen und wieder gegangen war, weil niemand ihm die Tür geöffnet, weil sie nicht auf ihn gewartet hatte? Die Lehrerin blieb bei ihr, und sie war es schließlich auch, die Max anrief, und der kam, ruhig, beherrscht, wie er eben war. Aber schließlich verständigten sie doch die Polizei, und als die gerade gekommen war, da klingelte es an der Tür, und Raphael stand davor, in der Hand ein Grabgebinde, das hatte er auf dem städtischen Friedhof gefunden, in den Containern, im Abfall. »Schau mal, Mama«, sagte er, »was ich dir mitgebracht habe. Ich habe es nicht geklaut, ich habe es gefunden, im Abfall, aber das ist doch noch schön. Schau mal, die Schleife mit der goldenen Schrift. Das sieht doch schön aus, Mama, oder?« Sie schloss ihn in die Arme, er war wieder da. Sie lachte, und Max lachte, die Polizisten und die Lehrerin, alle lachten. Und das sollte eine Geschichte werden, die Max oft erzählte, die er immer dann erzählte, wenn er jemandem zu erklären versuchte, was für ein seltsames Kind Raphael war. Und jetzt war Max selber weg. Und irgendwann würde aus diesem Verschwinden auch eine Geschichte geworden sein, da ist sie sich sicher, so wie alles, was in ihrem Leben passierte, sich in eine Geschichte verwandelte, die Max dann erzählen konnte. Und sie will nicht wissen, wie die Geschichte klingt, die Max über Raphaels Tod erzählt.

Ich gehe die Kellertreppe hinunter. Hier ist alles dunkel, da hilft es auch nichts, dass draußen die Sonne scheint. Wie soll ich mich da bloß zurechtfinden? Der Keller ist niedrig, ich habe mir schon auf der letzten Treppenstufe den Kopf gestoßen. Ich taste mich mit der unverletzten Hand vorwärts. Was kann hier schon sein? Eingelegtes aus dem Garten? Das müsste ja mindestens dreißig Jahre alt sein. Denn dass Schmeling Gemüse eingelegt und in den Keller gebracht hat, das kann ich mir beim besten Willen nicht vorstellen. Das muss schon die Ondra gemacht haben, aber die ist seit 1987 tot. Nein, hier werde ich nichts finden, und wenn ich etwas finde, dann werde ich das sicher nicht essen wollen. Was tue ich hier? Ich muss meine Gedanken zusammenhalten, ich muss raus, hier unten kriege ich Beklemmungen. Wie hat Schmeling das bloß ausgehalten. Oder hat das wirklich alles die Ondra erledigt? Hier runtergehen, die Vorräte aufstocken, ein Glas Gurken holen. Ich gehe die Treppe wieder rauf, gebückt und vorsichtig, ich will mich nicht noch einmal stoßen, mein Kopf hält das bald nicht mehr aus. Ich stehe oben im Flur, trete vor das Haus. Ich habe Hunger, wo bekomme ich jetzt etwas zu essen her? Ich schaue mich um. Um mich herum ist nur Wald, weit hinten ahne ich die Straße, waren hier nicht Ferienhäuser in der Nachbarschaft? Doch, ich erinnere mich, das habe ich irgendwo gelesen. Da gab es irgendwelche Probleme mit den Pächtern, deshalb konnten Teile des Grundstücks nicht verkauft werden, jetzt erinnere ich mich wieder. Und in einem solchen Ferienhaus, da gibt es sicher auch Vorräte, das kann gar nicht anders sein. Und um diese Zeit ist da bestimmt keiner. Wer fährt schon mitten im November in sein Ferienhaus. Ich gehe da jetzt hin, genau das mache ich. Ich gehe in eins dieser Ferienhäuser, da werde ich schon irgendwie reinkommen, wozu habe ich denn den Schürhaken, und dann besorge ich mir dort etwas zu essen. Das ist schließlich auch im Sinne der Ferienhausbesitzer, denn nur so kann ich den Bericht noch vor Montag fertigbekommen. Und das muss ich ja, wenn ich das alles hier retten will. Das Haus, den Wald und alles, was dazugehört. Denn der Dings, der hat ganz andere Pläne, das weiß ich schon, der träumt von einer Reihenhaussiedlung. Das hat er schon mehrfach zu mir gesagt. »Max«, hat er gesagt, »die Gemeinde soll das Grundstück verkaufen, das ist doch ein riesiges Gelände. Da kann man doch eine Reihenhaussiedlung drauf bauen, und wer weiß, vielleicht noch ein kleines Gewerbegebiet, einen Discounter, einen Baumarkt, was man so braucht halt.« Und was dann übrig bleibt, von dem Wald hier, das kann man sich lebhaft vorstellen. Deshalb ist das gar kein Unrecht, wenn ich mir aus einem dieser Ferienhäuser ein paar Lebensmittel hole. Das muss ich machen, damit ich die Pläne vom Dings verhindern kann. Und deshalb gehe ich jetzt los.

Und jetzt weiß er, womit er anfängt, das ist ja völlig klar. Und er hat es sogar hier, bei sich, unter seinem Bett liegt es. Sein Gewehr. Er stellt die Tasse beiseite, greift nach Stift und Papier, beginnt zu schreiben. *Mein Gewehr*, schreibt er. Doch so ist das eigentlich nicht richtig, denn er hat natürlich mehrere Gewehre, er ist ein Jäger, er braucht verschiedene Kaliber, ein einzelnes Gewehr reicht da gar nicht aus. Er hat halt dieses eine hier oben unter seinem Bett liegen, er weiß gar nicht mehr, wie lange schon. Seit Jahren liegt das hier, lange bevor er wusste, dass er hier die letzten Wochen seines Lebens verbringen würde, hat er dieses Gewehr im Bettkasten verstaut. Als es Anny so schlecht ging, damals, kurz vor ihrem Tod, da hat er manchmal hier drüben geschlafen. In manchen Nächten hat sie ihn fortgeschickt, hat ihn nicht bei sich haben wollen. Sie wollte nicht, dass er das sieht. Wie sie langsam zerfällt, wie sie langsam stirbt. Und jetzt versteht er das. Ich will ja auch nicht, dass mich irgendwer sieht, selbst bei der Schwester stört mich das, denkt er, obwohl das ihr Beruf ist und sie es sicher schon gut kennt, das Sterben. Und er denkt, dass es schade ist, dass er diese Erfahrung nicht mit Anny teilen konnte, dass sie nicht gemeinsam sterben konnten, Hand in Hand, sondern dass sie alleine starb, während er hier drüben lag, und dass er jetzt auch alleine sterben muss. Irgendwann in dieser Zeit muss er auch das Gewehr dahin gelegt haben. Er kann sich gar nicht mehr erinnern, warum eigentlich. Was ist das für eine seltsame Idee, ein Gewehr unter dem Bett zu deponieren. Wovor habe ich mich gefürchtet? Und wen wollte ich mit diesem Gewehr verjagen? Das, wovor ich mich hätte fürchten können, wovor ich mich hätte fürchten sollen, das kann ich auch mit einem Gewehr nicht vertreiben, denkt er. Und auch damit wollte Anny nie etwas zu tun haben, mit den Gewehren, mit der Jagd. Genauso wie mit dem Boxen. Sie hat ihn zwar machen lassen und hat es auch gutgeheißen, sie verstand schon, dass er das brauchte, dass es zu ihm gehörte. Aber für sie war das nichts. Selten kam sie mit auf den Hochsitz, und wenn, dann nur, um mir Vorhaltungen zu machen. Diesen und jenen Bock sollte ich nicht schießen, der sei so schön, so elegant. Aber was konnte man auch erwarten von einer Frau, die von einem Salatblatt und einem Apfel am Tag lebte, denkt er. Und er denkt, dass er es schließlich genossen hat, ganz allein auf dem Hochsitz, das Fernglas vor der Brust, das Gewehr zwischen den Knien. Dass er es auch so wollte. Und ja, das ist doch immer wieder ein besonderes Gefühl gewesen, den Bock zu sehen, das Gewehr anzulegen, ihn anzuvisieren und dann abzudrücken. Da war er Anny dankbar, dass sie ihn hat machen lassen und auch, dass sie nicht dabei sein wollte. Sie hätte ja keine fünf Minuten stillhalten können. Und wenn man dann neben diesem Tier stand, das noch warm war, das dampfte im Morgengrauen, da wusste man schon, was der Tod ist und was das Leben, und dass die Grenze dazwischen hauchdünn ist, dass es die eigentlich nicht gibt, dass das eine nahtlos an das andere anstößt. Das denkt er jetzt, und er denkt, dass dies ein guter Satz zum Aufschreiben ist und dass der auch direkt mit dem Gewehr zu tun hat. Er nimmt den Block auf. Schreibt. *Meine Sachen,* steht da, *Nr. 1: Mein Gewehr*, und darunter: *Der Tod stößt direkt ans Leben an.* Oder andersherum.

Sie schaut aus dem Fenster, schaut sich die Leute an, die draußen vorbeigehen, denkt, seltsam, die Leute, was die so machen den ganzen Tag. Und sie denkt, dass sie nicht so überheblich sein sollte, denn sie sitzt auch bloß in diesem Café herum, eine Tasse Kaffee vor sich, und niemand kann sehen, was in ihrem Inneren los ist. Nicht einmal sie selbst weiß das so genau. Sie schlägt sich mit der flachen Hand gegen die Stirn, ein paar Leute drehen sich um. Was wollt ihr denn, denkt sie, lieber noch wäre ich mit der Stirn auf der Tischplatte vor mir aufgeschlagen. Aber ich beherrsche mich, denkt sie, nur wegen euch beherrsche ich mich, und jetzt dreht ihr euch trotzdem nach mir um. Was ist eigentlich mit mir los, denkt sie, dass ich nur noch in solchen alten Hüten denken kann, und jetzt muss sie lachen. Sie denkt an Raphael, das hätte ihm gefallen, dieser Ausdruck, *in alten Hüten denken*. Sie sieht ihn vor sich, lachend, die Haare in der Stirn, wie er sich zu ihr beugt und ihr die Hand auf den Unterarm legt. Sie hört ihn: »Du bist gar nicht so ein alter Hut, Mama.« Mama. Das hat er immer zu ihr gesagt, noch als er schon längst erwachsen war, als er schon ausgezogen war und durch die Welt fuhr, hat er immer Mama zu ihr gesagt. Sie hat sich gewundert darüber, denn zu Max, da hat er immer Max gesagt, schon als Kind hat er nicht Papa gesagt, sondern Max, und das hat Max immer geärgert, und das verstand sie auch. Wenn sie beim Abendessen saßen und Raphael ihn anschaute, ein sechs- oder siebenjähriger Raphael, der seinen Vater anschaut und fragt: »Wie war es im Büro, Max?« Da konnte selbst Max die Beherrschung verlieren, da konnte es passieren, dass er mit der Hand auf den Tisch schlug und schrie: »Für dich bin ich nicht Max.« – »Wer bist du denn dann?« Dann war es, als hätte Raphael mit diesem *Max* die Distanz zwischen ihnen beiden manifestiert, hinter dieses *Max* konnte er, konnten sie beide nicht mehr zurück. Sie hat Raphael nie danach gefragt, warum er Max Max nannte und sie selbst Mama, sie wollte einfach nicht, dass er aufhörte, sie so zu nennen. Sie wollte ihn nicht sagen hören: »Wie war es in der Schule, Inge?« Auch wenn er ihr solche Fragen nie stellte und sie ihm auch nicht, damit hatte sie schon sehr bald aufgehört, auch wenn sie immer ganz anders und über ganz anderes miteinander redeten, so hatte sie doch Angst davor. Was würde er wohl sagen, wenn er jetzt hier neben ihr säße. Was würde er sagen zu alldem, wozu ihr Leben sich entwickelt hatte, seitdem er nicht mehr da war. Seitdem er tot war.

Ich gehe geradeaus durch den Wald, wenn die Richtung nicht stimmt, kehre ich eben um und schlage eine andere ein. Das Gewehr zerrt an meiner Schulter und auch der Schürhaken wird langsam schwer. Ich habe ihn mit dem gebogenen Griff in den Gewehrriemen eingehängt, damit ich die Hände frei habe. Das Unterholz ist ziemlich dicht hier, und ich gehe abseits der Wege, denn das fehlte mir gerade noch, dass ich hier irgendwen treffe. Es ist kalt, und ich bin müde. Ich habe Hunger, aber ich lasse jetzt nicht nach. Ich gehe einfach immer weiter, durch den Wald, durch Schmelings Revier. Ob hier Tiere sind? Mit Sicherheit. Aber ich habe ja das Gewehr, ich weiß mich schon zu verteidigen. Das wäre ja gelacht. Das ist ohnehin alles ein großer Witz, gut, dass mich keiner sieht. Dornen und Kletten hängen an meinem Pullover und der Hose, alles Mögliche verhakt sich da, mit jedem Schritt muss ich mich losreißen. Und dann schlägt mir auch noch der Schürhaken gegen das Schienbein. Ich nehme ihn jetzt doch in die Hand und haue mir den Weg damit frei. Das geht ganz gut, die Bewegung macht mir sogar Spaß. Ich hole jedes Mal ein bisschen weiter aus, als ich müsste, lasse den Arm mit dem schweren Schürhaken daran hinuntersausen und reiße ihn dann wieder hoch. Da kommt man richtig in Schwung. Und da hinten, da ist tatsächlich eine niedrige Holzhütte. Na bitte, wer sagt es denn. Ich ducke mich und mache zwei Schritte zurück in den Wald. Ich muss mir erst ein Bild von der Lage machen. Am Ende sitzt da doch jemand in seinem Häuschen. Trinkt eine Tasse Tee, schaut aus dem Fenster dabei. Und was wird er schon denken, wenn er mich sieht. Der wird nicht lange zögern, die Polizei zu rufen, der wird keine Lust auf Erklärungen haben. Das kann ich nicht riskieren. Dann fliegt diese Geschichte auf, und die ganze Angelegenheit fällt tatsächlich in die Hände vom Dings. Ich hocke im Unterholz, gestützt auf den Schürhaken, und beobachte das Häuschen. Alles dunkel, aus dem Schornstein steigt kein Rauch auf. Geduckt laufe ich auf das Häuschen zu, den Schürhaken in beiden Händen. Ich nähere mich von der rückwärtigen Seite, wie ich jetzt merke. Es gibt einen kleinen Anbau dort, eine Art Geräteschuppen, vermute ich. Ich kauere mich dahinter und schnaufe erst einmal durch. Ich bin nicht in allerbester Verfassung, aber das ist kein Wunder, ich habe mich ziemlich verausgabt auf dem

Weg hierher. Ich lausche. Nichts zu hören außer meinem eigenen Atem. Ich bleibe noch ein wenig hocken, dann schleiche ich einmal um das Haus herum. Ich ducke mich unter den Fenstern. Es gibt eine hölzerne Eingangstür und vorne zwei, nach hinten ein Fenster. Zur Not könnte ich dieses hintere Fenster einschlagen, aber am Ende verletze ich mir die andere Hand auch noch. Also schleiche ich zur Haustür, drücke die Klinke, die Tür ist natürlich verschlossen. Ich setze den Schürhaken auf der Höhe des Schlosses an, es kracht, aber nicht zu sehr, und wirklich, die Tür gibt nach. Ja, das könnte gehen. Ich setze den Haken noch einmal an und noch einmal. Die Tür springt auf, ich springe nach hinten. Ich hab's geschafft, es war ganz einfach, ich bin gerade dabei, in ein Haus einzubrechen. Ist das eigentlich noch Mundraub? Ich weiß es nicht, aber es ist auch egal. Ich schlüpfe in das Haus und drücke die Tür hinter mir zu, lehne mich dagegen. Das Schloss ist nicht stark beschädigt, nur etwas aus der Laibung gerissen. Das kann man leicht wieder reparieren. Ich schaue mich um, es gibt nur einen einzigen Raum, das habe ich schon erwartet. Es ist düster, die Gardinen sind zugezogen, aber ich kann mich schnell orientieren. Links der Eingangstür steht ein Gasherd, darüber zwei Borde, darauf Konserven, Knäckebrot, ein Marmeladenglas. Ich habe Durst. Ich drehe den Hahn auf, das Wasser ist natürlich abgestellt. Aber es muss ja einen Haupthahn geben, bei einem Ferienhaus stellt man nicht komplett das Wasser ab, nur weil man ein, zwei Monate nicht hinfährt, da dreht man nur den Haupthahn zu. Unter der Spüle ist er nicht, dafür stehen da zwei Flaschen Bier. Immerhin, kalt sind sie auch, das sollte doch reichen. Autofahren werde ich heute ohnehin nicht mehr. Aber wie bringe ich die ganzen Sachen bloß von hier weg, daran habe ich vorhin gar nicht gedacht. Hier bleiben und hier essen, das kann ich nicht, das ist mir zu unsicher. Im Schmeling-Haus, da bin ich offiziell, oder wie man das nennen will, jedenfalls bin ich dort kein Einbrecher. So viel steht fest. Ich schaue mich um. Am Haken neben der Tür hängt ein Rucksack, den werde ich mir leihen. Ich transportiere die Sachen hinüber, und dann bringe ich ihn gleich zurück. Oder ich bringe ihn am Montag wieder, zusammen mit einer Flasche Wein, die ich auf den Tisch stelle, ein Entschuldigungsschreiben und meine Karte daneben. Wie auch immer. Das ist eine wichtige Angelegenheit, die muss ich zu Ende bringen, und da kommt es auf einen Rucksack nun wirklich nicht mehr an. Ich packe also alles da hinein, auch die beiden Bierflaschen, dann hole ich den Schürhaken, den brauche ich ja noch, und schnalle ihn quer über den Rucksack. Ich schiebe die Tür ein paar Zentimeter auf und schaue vorsichtig hinaus. Nichts zu sehen, ich schlage mich in den Wald. Der Rucksack ist ganz schön schwer, das Gewehr hängt jetzt vorne und schlägt mir gegen die Oberschenkel. Ich laufe, und es ist mir egal, ob irgendwas an meinen Hosenbeinen oder am Pullover hängenbleibt, ein Loch da hineinreißt, ich will nur schnell zurück. Jetzt sehe ich das Schmeling-Haus. Doch was ist das, da läuft jemand an der Grundstücksgrenze entlang. Ich will mich ducken, doch zu spät, er hat mich gesehen. Er hebt die Hand, zum Gruß, und lässt sie wieder sinken. »Hallo!«, rufe ich und denke, verhalte dich ganz normal, und deshalb rufe ich noch einmal, jetzt etwas lauter: »Hallo!« und winke und laufe dabei weiter, laufe auf das Haus zu. Er bleibt stehen. Ich laufe immer weiter, pfriemele im Laufen den Schlüssel aus der Manteltasche. Nur nicht stolpern, denke ich, jetzt musst du dich konzentrieren, Max, sonst ist die ganze Sache im Eimer. Ich stürze die Treppe hinauf, der andere hat ein paar Schritte auf mich zu gemacht, ist aber doch am Zaun stehen geblieben. Ich werfe die Tür hinter mir zu und schließe ab. Meine Hände zittern, mein Herz rast. Ich lehne mich an die Haustür, sinke an ihr hinunter. Was für ein Abenteuer, denke ich, was für ein Abenteuer.

Die Tür geht auf, und die Schwester kommt herein, in der Hand einen Teller, darauf der Kuchen. Aha, der Kuchen, denkt er, endlich, er legt den Block zur Seite und richtet sich auf. »Schön«, sagt er, »der Kuchen. Ich freu mich.« Die Schwester lächelt ihn an. Schiebt ihm das Tablett auf den Schoß, klopft noch einmal die Kissen auf. »Lassen Sie es sich schmecken. Und wenn Sie mich brauchen, Sie wissen ja.« Jetzt sitzt er da, mit dem Kuchen auf dem Schoß. Anny hat nie Kuchen gegessen, obwohl sie es bestimmt gerne gewollt hätte, manchmal zumindest. Und obwohl sie sich auskannte damit, natürlich. Er weiß, wie sie bei Hitler saßen, da ging es um Jacobs und dass er ihn behalten wollte, als Manager, das war eine heikle Situation. Obwohl er Jude war und, ja, trotz dieser Sache mit der Zigarre, die er selbst auch nicht richtig verstanden hat. Was sollte das, der Hitlergruß von einem Juden mit einer Zigarre in der Hand. Aber er hat Jacobs nie danach gefragt, über solche Sachen redeten sie nicht. Was Jacobs so dachte über die Nazis, er wollte das nicht wissen, denn das machte es ihm leichter. Das Nichtwissen. Auch Jacobs zu behalten, denn er musste dann nicht über irgendwelche Zweifel hinwegsehen oder -reden, und letztlich hat es funktioniert, auch wenn er selbst nicht genau weiß wie. Wahrscheinlich hat er es Anny zu verdanken, wie überhaupt vieles. Denn es war der Gugelhupf, über den Hitler sich freute bei diesem unerfreulichen Treffen. Also nicht der Kuchen selbst, sondern das Wort, das Anny sagte. Und Hitler: »Ja, ja, der Gugelhupf«, aber über Jacobs verlor er kein Wort. Seltsam. Was ein Wort ausmacht, ein gesagtes, ein nicht gesagtes. Das denkt er, und er denkt, dass er und Anny auch nicht so viel gesprochen haben miteinander und dass es trotzdem Dinge gab, die klar waren zwischen ihnen, gerade weil sie ungesagt blieben. Und auch über Annys Essen haben sie nie gesprochen. Anny hat eben auf ihre Figur geachtet, und er hat sie nie gefragt, warum eigentlich. Sie hat ihm auch gefallen so. Und ja, sie haben einander oft in Ruhe gelassen, haben den anderen machen lassen, was er wollte. Nur deshalb hat das Ganze, hat ihre Ehe so gut funktioniert. Das wussten sie beide, dass es wichtig ist, einander in Ruhe zu lassen. Und Anny hat ihn angespornt und ihn die Dinge machen lassen, die ihm wichtig waren, erst das Boxen, dann das Jagen. Sie hat sein Leben mitgemacht, wie es war. Zuerst die gesellschaftlichen Verpflichtungen, das hat ihr gut gefallen, das weiß er, und es entsprach ja auch dem Leben, das sie früher geführt hatte, bevor sie zusammen waren. Ihrem Leben als Schauspielerin. Und es hat ihr geschmeichelt, die ganzen Berühmtheiten, Künstler und Politiker, dass die sich für ihn interessierten, für ihn und damit auch für sie. Das hat ihr gefallen, denkt er, auch wenn es mich manchmal gequält hat. Die Berliner Zeiten, das war nicht leicht, da habe ich mir manchmal schwer getan, reinzupassen und so zu reden, wie eben geredet wurde, in diesen Kreisen, überhaupt mich zu bewegen, zwischen den Künstlern, die so eine völlig andere Vorstellung hatten, auch vom Körperlichen. Und wie man sich gibt. Wie ich mit dem Kortner gekämpft habe, das war schon was, denkt er, dieser kleine Mann und wie er sich angestrengt hat, wie er so ganz ernst bei der Sache war. Und wie ich mich bemüht habe, auch ernst zu sein und ihn dabei trotzdem nicht umzuhauen, denn das hätte ihm nicht gefallen. Das ist ja seltsam, das mit dem Körper, denkt er, dass ich mein Leben lang mit diesem Körper herumgelaufen bin, und nicht nur das, sondern dass mein Körper einen wesentlichen Anteil daran hatte, wie mein Leben verlaufen ist. Es gibt ja Biografien, denkt er, die nicht so abhängen vom Körperlichen. Und dass das jetzt zu Ende sein soll, mit diesem Körper, das kann ich gar nicht glauben. Er schiebt das Tablett weg, was soll ich denn mit diesem Kuchen anfangen, fragt er sich, dieser Körper braucht doch keinen Kuchen mehr. Das Tablett gerät ins Rutschen und fällt auf den Boden, das ist ihm egal. Bloß, dass jetzt jeden Moment die Schwester kommen wird, besorgt, was denn passiert sei, das gefällt ihm nicht. Sie ist doch gerade erst nach unten gegangen, die ist er doch eben erst losgeworden. Er legt seine großen Hände auf die Oberschenkel, streicht darüber, so fest er kann, so wie er sich nach seinen Läufen durch den Wald immer über die Oberschenkel gestrichen hat, wie er darauf geklopft und mit festen Zügen darübergestrichen hat, wie er sie geschüttelt hat, um die Muskeln zu lockern. Diese Muskeln sind kaum noch da. Er schlägt mit den flachen Händen darauf. Ich habe nicht einmal mehr die Kraft, aufzustehen und hier im Zimmer herumzugehen, denkt er, ich kann nicht einmal mehr mit meinen eigenen Händen auf meine Oberschenkel hauen, so dass ich etwas anderes spüre als diese davon hervorgerufene Erschöpfung. Ich werde diesen Körper verlieren, denkt er, ich habe ihn schon verloren, und er denkt noch, dass man einen solchen Gedanken kaum aushalten kann.

Was er nur denken würde, könnte er mich hier sitzen sehen? Ob er denken würde, dass es seinen Tod gebraucht hatte? Er könnte das denken, und er würde diesen Gedanken auch aushalten, nur sie, sie erträgt einen solchen Gedanken nicht. Und deswegen steht sie jetzt auf und legt eine Handvoll Kleingeld auf die Theke. Ich will noch ein bisschen herumgehen, denkt sie, was soll ich in der Wohnung sitzen und auf die Möbelpacker warten. Sie geht die Straße entlang, nicht in die Richtung, in der die Wohnung liegt. Die alte Wohnung, denkt sie jetzt. Sie geht in zur S-Bahn. Hier ist sie nicht oft, die Schule liegt in der anderen Richtung. Und sie fährt ja immer mit dem Fahrrad, oder sie nimmt den Bus, im Winter. Und auch die Einkäufe erledigt sie unterwegs, auf dem Rückweg von der Schule. Obwohl unten, bei der S-Bahnhaltestelle, ein großer Supermarkt ist, geht sie da nie hin.

Nur jetzt eben. Sie steht am Fahrkartenautomaten und hat schon ein Ticket gelöst. Sie weiß, wo sie hin will. Die nächste Bahn kommt in einer Viertelstunde, doch das stört sie nicht. Die Fahrt dauert nicht lang, es sind nur fünf Stationen. Früher ist sie diesen Weg manchmal gefahren, aber jetzt schon lange nicht mehr. Seit Jahren nicht mehr. Aber es hat sich nicht viel verändert auf dem Weg. Erst die Stadt und dann, abrupt, die Felder, ein paar Hütten darauf, Fußgänger mit Hunden, Nebel. Jetzt kommen die ersten Häuser. Hier kennt sie sich aus. Noch eine Station, dann steigt sie aus. Sie geht durch die Unterführung und dann die lange Straße hinunter. Am Ende kommt diese enge Kurve, und dann ist es nicht mehr weit. Noch fühlt sie sich frei, sie schreitet weit aus, aber sie weiß, spätestens, wenn sie die Kurve erreicht hat, wird sich das ändern. So war das früher schon, und deshalb hat sie auch aufgehört hierherzukommen. Sie ist sich wie ein Einbrecher vorgekommen, wie ein Spion, einer, der sich irgendwo einschleicht, wohin er nicht gehört. Wohin er schon lange nicht mehr gehört. Aber das ist ewig her, denkt sie, es ist fast, als hätte es diese Zeit nicht gegeben. Niemand wird mich erkennen, und es ist Winter, ich habe eine Mütze auf, den Schal um, ich habe den langen Mantel an. Und selbst wenn ich keine Mütze hätte, die Haare sind kurz. Ich bin das gar nicht mehr, und also wird mich auch niemand erkennen. Sie stockt. Hier fließt ein Bach. Sie bleibt kurz stehen, bevor sie um die Kurve geht, sie schaut da hinunter. Hier hat sie oft gestanden, damals, bevor sie umgezogen sind, als sie schwanger war und später, mit Raphael im Kinderwagen. Der Bürgersteig ist schmal, der Kinderwagen stand halb auf der Straße, aber das machte nichts, fand sie, es war nie besonders viel Verkehr. Das ist eine Wohngegend, tagsüber kam da kaum jemand mit dem Auto. Morgens fuhren die Männer in die Stadt, und abends kamen sie wieder, aber dazwischen, den ganzen Tag über, war es ruhig. Und die größeren Kinder spielten ja auch auf der Straße. Wieso machte Max also so ein Theater, als die Nachbarin ihm erzählte, dass sie mit dem Kinderwagen hier oft stundenlang stand. Vor sich hin starrte, »das ist doch verrückt«, hatte die Nachbarin gesagt, und auch Max sagte das, »das ist doch verrückt, du kannst doch nicht den ganzen Tag mit dem Kind auf der Straße herumstehen, wozu haben wir denn einen Garten.« Sie verstand nicht, warum er sich so aufregte, er regte sich doch auch sonst nicht auf. Und, es konnte gar nichts passieren, sie war nicht verrückt. Das war sie ja gerade nicht. Und das bin ich immer noch nicht, denkt sie, wie sie da am Geländer steht und in den Bach schaut. Sie erinnert sich an dieses Gefühl damals, den Körper, den Bauch eng ans Geländer gepresst, sie spürt noch den Griff des Kinderwagens unter ihrer rechten Hand, und wie sie ihn schaukelte und schuckelte, damit Raphael endlich aufhörte zu schreien. Und sie spürt auch noch den Druck in der Hand, mit dem sie dem Wagen einen kleinen Schubs hätte geben können, und wie sie sich mit der anderen Hand am Geländer festhielt, um genau das zu verhindern, das spürt sie auch. Und den langen Zopf und wie er ihr über die Schulter hängt, wie er das Brückengeländer streift, während sie sich nach vorne beugt. Sie weiß noch, dass sie nie nach unten geschaut hat, in den Bach, sondern immer geradeaus, über die Felder. Und da schaut sie jetzt auch hin.

Ich muss mich erst einmal beruhigen, denn es ist ja nichts passiert. Im Gegenteil, es ist alles ganz wunderbar gelaufen, und ich habe jetzt Proviant hier und sogar etwas zu trinken. Und dieser Spaziergänger, der wird mich sicher vergessen, oder er wird vielleicht sogar denken, dass er sich mich nur eingebildet hat. Ja, er wird sich noch ein bisschen wundern, wird ein, zwei Mal den Kopf schütteln auf seinem Weg nachhause, und dann wird er mich vergessen. Was hat der überhaupt hier gewollt, in dieser Einöde, am frühen Morgen, in dieser Kälte, da stimmt doch was nicht, das geht doch nicht mit rechten Dingen zu. Der führt doch was im Schilde, der Mann. Wer weiß, vielleicht ist er das ja, der sich im Schuppen eingerichtet hat. Und jetzt hat er gesehen, dass noch jemand anders hier ist, und er hat auch gesehen, dass ich einen Schlüssel habe, mit dem ich die Haustür öffnen konnte, was er nicht gekonnt hat, und daran wird er erkennen, dass ich, im Unterschied zu ihm, völlig rechtmäßig hier bin. Das wird ihn einschüchtern oder ihm sogar Angst machen und ihn vertreiben. Denn er wird annehmen müssen, dass ich ihn verjage, wenn er dem Haus zu nahe kommt, und er hat ja auch gesehen, dass ich über die entsprechenden Mittel dazu verfüge. Also, natürlich würde ich ihn nicht erschießen, das natürlich nicht, aber das kann er nicht wissen, und ein Schuss in die Luft, ein Warnschuss, würde in diesem Fall sicher genügen.

Und wenn ich mir den Mann noch einmal in Erinnerung rufe, wie er da so entlanggeschlichen ist, am Waldrand, dann bin ich mir sicher, dass der ziemlich verlottert aussah, ja, verwildert sogar. Wer weiß, wie lange der schon hier haust. Gut, dass ich den vertrieben habe.

Sie löst sich vom Geländer, steckt die Hände in die Manteltaschen und geht die Straße hinauf. Gleich wird sie um die Ecke gebogen sein, und dann wird sie die Birke schon sehen können. Da ist sie. Sie geht weiter, geht auf das Haus zu, wagt nicht, stehen zu bleiben, geht weiter, geht daran vorbei. Was mache ich hier, fragt sie sich, hier hab ich doch schon längst nichts mehr verloren. Da hinten steht eine Bank, die ist neu, sie setzt sich darauf. Nun hat sie das Haus im Rücken. Wenn sie nach rechts unten schaut, dann sieht sie seine Kontur im Augenwinkel. Es ist ein Haus. Nicht klein, nicht groß, ein Haus für eine kleine Familie in einer Wohngegend voller kleiner Familien. So war das zumindest damals. Aber so ist es wohl gar nicht mehr, denn auch sie, wenn sie hiergeblieben wären, wären ja keine kleine Familie mehr. Sie wären bloß noch zu zweit, und auch den anderen würde das so gehen. Egal, ob deren Kinder noch lebten oder auch gestorben wären. Kinder gibt es wohl keine mehr hier, denkt sie. Höchstens Enkelkinder. Und jetzt muss sie sich das doch vorstellen. Jetzt muss sie daran denken, wie es wäre, wenn Raphael wenigstens ein Kind gehabt hätte. Wenn Raphael ein Kind gehabt hätte, dann würde ich hier nicht sitzen. Und dann wäre Max nicht fort. Und ich hätte nicht die

Wohnung ausräumen müssen. Denn dann würde es ja weitergehen. Aber Raphael wollte kein Kind, oder was weiß ich, denkt sie, der wollte niemanden, der wollte nur sich selbst. Eine Zeitlang hat sie sich gefragt, ob er schwul ist, ob es das ist, und das schien ihr eine gute Erklärung zu sein. Ja, das erklärte alles, wie sie fand. Die Probleme, die er mit seinem Vater hatte, und dass er immer fortgehen musste. Und ja, dass er eben nie eine Frau mitbrachte und auch von keiner sprach. Sie hat ihn irgendwann gefragt. Max war nicht da, die Gelegenheit war gut. Nicht dass sie befürchtet hätte, Max würde ein großes Theater darum machen, das nicht. Sie hatte eher Angst, dass er sie auslachen würde. »Ach, Ingelchen«, hätte er gesagt, »was hast du dir denn da schon wieder ausgedacht.« Und deshalb wollte sie allein mit Raphael darüber sprechen. Er lachte. Raphael lachte und legte seine Hand auf ihren Unterarm, wie er es immer getan hat, ein fester Griff. »Ach, Mama«, sagte er, »warum fragst du? Weil du Angst hast, dass du keine Enkelkinder bekommen wirst? Ich stelle mir mein Leben einfach anders vor. Und ich sehne mich auch nach nichts. Alles ist gut so. Mach dir keine Sorgen, Mama.« Der Griff wurde ein bisschen fester. Aber sie machte sich doch welche, und er hatte Recht: Sie wollte ein Enkelkind und fand auch, dass sie eines verdient hätte. Dass Raphael an der Reihe war, denn so funktionierte das eben. Aber sie sagte nichts. Kannte ihn ja. Und jetzt sitze ich hier, denkt sie, das Haus im Rücken, nach dem ich mich immer noch sehne. Und niemanden auf meinem Schoß. Nur meine eigenen Hände liegen da. Sie steht auf und geht zurück, geht an dem Haus vorbei.

Schaut es nicht mehr an, nicht einmal aus dem Augenwinkel. Und weiß, dass sie nicht noch einmal hierherkommen wird.

Jetzt ist sie schon wieder da. »Ist alles in Ordnung bei Ihnen?« Sie bückt sich nach dem Tablett, hebt den Teller auf, schiebt den Kuchen wieder darauf. »Soll ich Ihnen ein neues Stück bringen?« – »Nein, ich will nichts mehr. Nicht vom Kuchen und nicht sonst irgendwas. Können Sie mich nicht einfach in Ruhe lassen? Ich klingle schon, wenn ich Sie brauche.« Sie nickt, sie geht wieder. Er lässt sich in die Kissen fallen. Sein Atem geht flach. Er macht die Augen zu. Nur kurz, denkt er, ganz kurz mache ich die Augen zu. Ich schlafe ein Viertelstündchen, und dann geht es mir besser. Denn schlafen kann ich noch, und schlafen tut mir gut. Ich rolle mich auf die Seite, denkt er noch. Ach, das ist schwierig. Wenn die Schwester nur hier wäre, dann könnte sie die Decke unter mir hervorziehen, und sie könnte mir das Kissen in den Rücken stopfen, so wie ich das bei Anny gemacht habe, denkt er. Anny hat am Ende nur noch auf der Seite gelegen. Ein winziges Vögelchen. Anny, die schon immer klein gewesen war und zart, ist einfach verschwunden. Er hätte sie mit einer Hand hochnehmen können, das haben sie früher so gemacht. Er hat sie umfasst, in der Taille, und sie sich unter den Arm geklemmt und zum Pool getragen, aber das war ja gar nicht hier, das war in Saarow, da hatten wir den Pool. Und da habe ich sie dann hinübergetragen, unter meinem Arm, und sie hineingeschmissen. Sie hat gelacht und geschrien und sich gewehrt. Und beim Sterben, da war das auch so, da hat sie sich auch gewehrt. Ich habe die ganze Zeit gedacht, warum quälst du dich so, warum kämpfst du. Ich würde dich doch gehen lassen, das habe ich gedacht, denkt er, und jetzt kämpfe ich selber so und kann nicht gehen. Dabei gibt es niemanden, der mich hält oder an dem ich festhalten könnte. Und er denkt, dass es doch schön wäre, jemandes Hand zu halten, auch wenn es bloß die Hand der Schwester ist. Er klingelt, und schon ist sie da. Er streckt den Arm aus und sie setzt sich an die Bettkante und hält seine Hand und streicht ihm ein bisschen durchs Haar. Immerhin, denkt er im Einschlafen, immerhin habe ich noch ein paar Haare, durch die mir jemand fahren kann.

Jetzt habe ich aber wirklich Hunger. Ich öffne den Rucksack und nehme eine Konservendose heraus und eine Flasche Bier. Das ist mal ein abenteuerliches Frühstück, denke ich, doch wie bekomme ich das eigentlich auf? Der Schürhaken fällt mir ein. Ich hebele damit den Kronkorken von der Flasche, das geht leicht. Ich muss lächeln, so etwas verlernt man eben nicht, das ist ein Handgriff, der sitzt für immer. Etwas schwieriger wird es schon mit der Dose, da gibt es keinen Ring, an dem man ziehen könnte, und ich werde mich ganz bestimmt nicht auf die Suche nach einem Dosenöffner machen. Wer weiß, was ich da noch finden oder wem ich begegnen würde. Nein, mein Bedarf an Unvorhergesehenem ist gedeckt. Und was soll's, es sieht mich ja doch keiner. Ich schiebe die Dose also eine Armlänge von mir weg und richte mich auf. Ich stelle mich breitbeinig davor und schwinge den Schürhaken weit über meinen Kopf, lasse ihn auf die Dose runtersausen. Sie springt zur Seite. Gut, dafür muss man auch erst einmal ein Gefühl bekommen. Ich stelle die Dose wieder hin und hole erneut aus, diesmal mit etwas weniger Kraft, und tatsächlich, der Haken steckt in der Dose. Davon ist sie allerdings noch nicht offen. Ich ziehe den Haken also wieder heraus, das ist gar nicht so einfach, mit einer verbundenen Hand schon gar nicht, und hacke noch ein paar Mal auf die Dose ein. Tomatensauce spritzt an die Wände und auf den Fußboden. Das macht nichts, hier muss sowieso renoviert werden. So wie das hier ist, so will das heutzutage niemand mehr haben. Also ist es auch völlig egal, ob da ein paar Tomatensaucenspritzer an der Wand sind. Und jetzt ist da ein großes Loch in der Dose, ich bohre mit der Schürhakenspitze darin herum. So, jetzt muss es gehen. Ich stecke zwei Finger hinein, vorsichtig, damit ich mich nicht schneide, und angle nach einer Ravioli. Ja, das schmeckt, ich habe wirklich Hunger. Ein Schluck Bier dazu. Perfekt. Jetzt noch ein Lagerfeuer, denke ich, das wäre es, und mir fällt ein, dass wir so etwas nie gemacht haben. Nie haben wir nebeneinander am Lagerfeuer gesessen, mit Stockbrot oder Würstchen. Nicht als Raphael ein Kind war und später schon gar nicht. Ich sollte ein Lagerfeuer machen. Ich sollte den ganzen Plunder holen, aus dem Schuppen, den braucht kein Mensch mehr, und niemand erinnert sich überhaupt noch daran, dass es das alles gibt. Ich sollte das auftürmen zu einem großen Haufen, hinter dem Haus, und dann sollte ich das anzünden. Das würde ein schönes Feuer geben. Aber nein, ich bin ja nicht zu meinem Vergnügen hier. Andererseits, den Bericht kann ich auch später noch schreiben, oder morgen, und da, wo ich das Essen geholt habe, gibt es sicher auch ein Fläschchen Spiritus, eine Schachtel Streichhölzer. Das Zeug muss weg, so oder so, dann kann ich das auch gleich erledigen. Ich sehe mich da schon stehen, das Bier in der Hand. Das wäre ein schöner Anblick. Also los, denke ich, jetzt oder nie. Ich schiebe meinen Kopf zur Tür hinaus, schaue nach rechts und links, niemand zu sehen. Wahrscheinlich war das doch nur ein Spaziergänger. Ich greife mir noch den Schürhaken, sicher ist sicher, und dann laufe ich um das Haus herum und schlage mich in den Wald.

Vor dem Haus steht ein Kleinlaster. Sie wundert sich. War sie so lange fort, ist schon Mittag? Sie geht schneller, läuft um den Laster herum, liest, was darauf steht. Ja, das ist das Unternehmen, bei dem sie vorhin angerufen hat. »Entschuldigen Sie«, sagt sie, »warten Sie schon lange?« Nein, die Männer sind gerade erst gekommen. Sie geht vor ihnen her die Treppe hinauf, fragt sich, wie oft sie diese Treppe gegangen ist, und denkt, dass bald Schluss sein wird damit. »Hier«, sie stößt die Tür auf, »bitte. Das muss alles raus.« Die Männer schauen sich um, nicken, sind erleichtert. »Hier ist ja alles schon rausgeräumt.« – »Ja, es geht bloß noch um die Möbel, die müssen alle weg.« – »Sie könnten das auch verkaufen«, sagt einer, »die Sachen sind wirklich noch gut. Ich kenn mich da aus, dafür kriegen Sie noch was.« Sie schüttelt den Kopf, während sie hinter ihm durch die Wohnung geht. »Und das Klavier?« – »Nein«, sagt sie, »alles muss weg.

Aber, wenn es Ihnen gefällt, nehmen Sie es doch. Ich schenke es Ihnen.« Er zögert, wiegt den Kopf, ein Klavier, er kann gar nicht spielen. Andererseits, wieso nicht, ein Klavier, das wäre schon was. »Also ja, wenn Sie meinen. Ja, ich nehm's.« – »Gut, das freut mich. Und wie gesagt, alles andere muss weg.« Die Männer fangen an zu räumen, sie sind schnell, sehr professionell, ein, zwei Stunden, schätzt sie, und die Wohnung ist leer. Sie geht in die Küche, stellt sich ans Fenster, denkt, dass sie hier oft gestanden hat, nächtelang hat sie hier gestanden, während Max schlief, gar nicht mal schnarchte, einfach nur schlief und atmete, mit einer Selbstverständlichkeit dalag, das Gesicht ihr zugekehrt, und dass sie das nicht mehr hatte ertragen können, wie er so dalag, wie er einfach da war, in ihrem Leben, mit einer solchen Ruhe und Selbstverständlichkeit. Dass sie aufstehen musste, dass es nicht genügte, sich umzudrehen, die Decke übers Gesicht zu ziehen, nein, sie musste raus hier, dachte sie dann immer. Und dann stand sie auf, zog die Tür hinter sich zu, auch wenn nicht zu erwarten war, dass Max aufwachen würde, wollte sie doch sicher sein, dass er nicht plötzlich neben ihr stand. Sie ging durch den dunklen Flur in die Küche und ließ im Dunkeln Wasser in ein Glas laufen und stand dann hier, an diesem Fenster, an dem sie jetzt auch steht, das Glas in der Hand, aus dem sie nicht trank, das sie nur hielt, um es irgendwann aufs Fensterbrett zu stellen. Am nächsten Morgen, wenn sie das Wasser in die Spüle goss und das unbenutzte Glas trotzdem in die Spülmaschine räumte, erinnerte sie sich, wie sie in der Nacht hier gestanden und aus dem Fenster geschaut und sich gefragt hatte, wie lange sie das alles, wie lange sie dieses Leben wohl noch aushalten konnte. Und jetzt steht sie wieder hier und denkt, dass es vorbei ist, dass sie das selbst nicht verstehen kann und dass Max das sicher auch nicht verstehen würde, aber dass dieses Leben nun endgültig vorbei ist. Dass sie beide das herbeigeführt hatten, dass es irgendwie eine gemeinsame Entscheidung war, trotz allem. Dass Max das entschieden hat, weil er nicht zurückgekommen ist, und sie durch ihren Aufbruch. Und jetzt fragt sie sich doch, ob das nicht alles völlig verrückt ist, von ihr, ob sie die Situation nicht ganz falsch interpretiert hat. Ob sie überreagiert. Ob Max nicht doch einen Unfall hatte. Auch wenn das unwahrscheinlich ist, denkt sie doch, dass es ihre Aufgabe ist, herauszufinden, was passiert ist. Mit Max. Dass ihr das sonst keine Ruhe lassen würde. Ich werde ihn noch einmal anrufen, bevor ich die Wohnung endgültig verlasse, werde ich ihn anrufen und fragen, wie es ihm geht. Sie geht in den Flur, das Telefon ist noch da, es steht noch immer auf dem kleinen Tisch. Sie packt einen der Männer am Arm. »Das Telefon lassen Sie bitte stehen, ja? Das brauche ich noch. Und auch den Tisch.«

Ihre Hand liegt noch immer auf seinem Kopf, als er wieder aufwacht. Hat er überhaupt geschlafen? Es fällt ihm schwer, sich zu erinnern, einen Unterschied auszumachen zwischen den Träumen, durch die er sich bewegt, und seinen Gedanken. Es ist ein Pendeln zwischen Etwas und Nichts, und dieses Pendeln vollzieht sich im Rhythmus ihrer Hand, im Rhythmus, mit dem die kühle Hand der Krankenschwester über seine Haare und seine Stirn, über den Schädel darunter streicht. Er schlägt die Augen auf, er ist wieder da. »Ich müsste noch etwas aufschreiben«, sagt er, »sehen Sie den Block da liegen, können Sie mir den geben? Ja? Und ich muss mich hinsetzen dazu.« Er versucht, sich hochzustützen, kaum zu glauben, dass er heute Morgen noch allein im Bad war. Habe ich mich so sehr verausgabt dabei? Jetzt liegt er auf dem Rücken. Er schaut die Schwester an. »Können Sie mich nicht ein wenig hochziehen, nur ein kleines bisschen? Ich versinke ja in diesem Bett.« Sie greift ihm unter die Arme, und er umfasst ihren Nacken, und gemeinsam bugsieren sie diesen immer noch schweren Körper ein paar Zentimeter nach oben. »Ja«, sagt er, »danke, so wird es gehen.« Sie reicht ihm den Block, den Stift. Die Schrift verschwimmt vor seinen Augen. »Was steht denn da, können Sie mir sagen, was da steht?« Sie nimmt den Block, sie liest: »Meine Sachen, Nr. 1: Mein Gewehr. Der Tod stößt direkt ans Leben an.« Ja, denkt er, das stimmt, da hat sie Recht. Das kann man so lassen. Und wie soll es weitergehen, er kann ja nicht hier liegen, die ganze Zeit, und einfach abwarten, bis es vorbei ist, das ist nicht seine Art. »Geben Sie mal her«, er reißt den Block an sich. »Danke, Sie können jetzt gehen.« Er hält den Stift fest, er zwingt seine Hand auf das Papier, er schreibt: *Nr. 2: Meine Anny.* Er denkt, dass das nicht die richtige Reihenfolge ist, dass er das unbedingt ändern muss, dass natürlich Anny ganz oben stehen muss, auf dieser Liste. Auf jeder Liste. Doch jetzt hat er nicht die Kraft dazu. Wo sie wohl steckt, seine Anny, er könnte sie hier ganz gut gebrauchen, denkt er. Aber nein, sie muss die ganze

Zeit in der Küche herumtun, oder im Garten. Dabei könnte sie sich doch ruhig etwas zu ihm setzen. Sie könnte auf der Bettkante sitzen und ihre Hand auf seine Stirn legen, so wie seine Mutter das früher auch getan hat, wenn er krank war. Aber die ist ja auch weg, denkt er, alle sind weg.

Hier ist niemand, das Häuschen ist völlig verlassen. Jetzt ist es ganz leicht, da hineinzukommen. Ich schlüpfe durch die angelehnte Tür und suche ein bisschen herum. Da, auf dem Tisch, neben der Kerze, liegt ein Päckchen Streichhölzer, der Spiritus steht unter der Spüle. Mehr brauche ich nicht, ich stecke die Sachen in den Rucksack, schon bin ich wieder draußen und im Wald. Diesmal treffe ich niemanden. Ich gehe direkt zum Schuppen, ziehe die Tür auf. Vielleicht sollte ich doch so etwas wie ein Inventar anlegen, bevor ich das alles verbrenne. Ja, das ist eine gute Idee. Ich gewinne einen Überblick, und zugleich kann mir hinterher niemand einen Vorwurf machen, dass ich nicht sorgfältig vorgegangen wäre. Wo habe ich nur den Block? Ach ja, in meiner Manteltasche, da steckt er, gut. Ich greife hinein in dieses Chaos, nehme irgendwas, ein paar leere Kartons, einen Wäscheständer, trage alles hinters Haus. Lege es dort aus. Nehme Block und Stift und notiere, was da liegt. Ein Wäschekorb voller Papiere, die sollte ich vielleicht aufbewahren, wer weiß. Ich nehme ihn und bringe ihn ins Haus, leere die Papiere da auf dem Fußboden aus, den Korb kann ich gut gebrauchen. Ich gehe zurück zum Schuppen und packe alles hinein, was ich erwische, und denke, nein, das muss man nicht aufschreiben, das braucht kein Mensch mehr. Ich gehe mit dem schweren Korb ums Haus herum und kippe die Sachen aus, gehe zurück zum Schuppen und mache den Korb wieder voll. Das ist anstrengend, ich schwitze und überlege nach einer Weile, ob ich nicht wenigstens das Gewehr ablegen soll. Nein, das fühlt sich gut an über meiner Schulter, das brauche ich. Schließlich habe ich das ganze Zeug rübergebracht, alte Telefonbücher, ein Bügeleisen, Geschirr, das brennt natürlich alles nicht richtig, aber das ist mir egal. Hier sind ja auch noch größere Teile, ein Kleiderständer, ein Schuhschränkchen, Regalbretter, alles aus Holz, das wird schon irgendwie brennen. Ich schichte alles zu einem großen Haufen auf, reiße Seiten aus dem Telefonbuch, zerknülle sie, schütte die ganze Flasche Spiritus darüber und zünde den Berg von mehreren Seiten an. Die Sachen sind natürlich feucht, es stinkt und zischt, aber der Spiritus tut sein Übriges, der Haufen fängt tatsächlich an zu brennen. Ich hole mir das angebrochene Bier aus dem Haus, im Eingang liegen die Papiere, was soll's, denke ich, irgendwelche Zettel und Blöcke, alte Rechnungen, das braucht niemand mehr, ich raffe das alles zusammen und setze mich ans Feuer, reiße einzelne Seiten von dem Block. Das brennt gut. Jetzt sollte Raphael mich sehen, das würde ihm gefallen. Er würde sich neben mich setzen und mir den Arm um die Schultern legen. »Mensch, Papa«, höre ich ihn sagen, »Mensch, Papa, da steckt ganz schön was in dir.« Und damit hätte er Recht. Da steckt ganz schön was in mir, das merke ich. Und das will raus. Ich kann eigentlich nur zuschauen dabei, denn das passiert ganz von allein und ohne dass ich noch irgendwelche Entscheidungen treffen würde. Und das gefällt mir. Ich schiebe meine Füße näher ans Feuer und nehme einen großen Schluck Bier.

Alles ist weg. Die Wohnung ist leer, die Männer sind gegangen. Sie hat einem zum Abschied ein paar Scheine in die Hand gedrückt, er wird das schon zu verteilen wissen. Sie geht durch die Wohnung, wo gerade noch die Möbel standen, hängen jetzt bloß noch die Tapetenreste von den Wänden. Das stört sie nicht, darum soll sich jemand anders kümmern. Sie denkt an Max, was Max sagen würde, käme er jetzt zur Tür herein. Sie muss ihn noch einmal anrufen, es hilft nichts, sie kann das nicht ewig vor sich herschieben. Sie geht zum Telefon, wählt seine Nummer, hört das Tuten. Er geht nicht ran. Da muss doch was passiert sein, es muss einen Grund geben, warum er nicht abnimmt. Zumal er sehen kann, wer da gerade versucht, ihn zu erreichen. Und sie haben sich nicht gestritten. Bei allem, was schwierig war in der letzten Zeit, in den letzten Jahren und nicht erst seit Raphaels Tod, haben sie sich ja doch nicht gestritten. Ich kann mir nicht vorstellen, dass er einfach verschwinden würde, ohne ein Wort, ohne eine Erklärung, dass er sich davonmacht, aus diesem Leben, um, ja, um was eigentlich, denkt sie, um etwas Neues anzufangen? Das sieht ihm schon gar nicht ähnlich. Er war ja zufrieden, damit, wie es war. Und sicher, Raphaels Tod hat ihn getroffen, daran zweifelt sie nicht. Auch wenn er es nicht hat zeigen können, hat dieser Tod, hat ihn der Anblick seines toten Sohnes im Keller der Unfallklinik doch erschüttert, das hat sie gemerkt. Ich kenne dich gut, denkt sie, viel besser, als du vielleicht glaubst, kenne ich dich. Dein Körper und seine Regungen sind mir vertraut, vertrauter sogar als mein eigener Körper. Und als ich dich da habe stehen sehen, in diesem Keller, in dieser Kälte, da habe ich doch alle Gesten gesehen und alle Regungen, die du dir verboten hast, von denen du vielleicht selbst gar nichts wusstest. Alles, was in dir tobte, habe ich gesehen in deinem Rücken und an dem Zucken deiner Schulterblätter, einem Zucken, an dem ein anderer Gleichgültigkeit abgelesen hätte. Ja, ich kenne dich, und deshalb weiß ich nicht, wo du bist. Denn das hier, das passt nicht zu dir. Sie legt den Hörer auf und setzt sich. Sie sitzt auf dem schmalen Bänkchen neben dem Telefon. Was mache ich nur, was soll ich nur machen, denkt sie. Ich sitze hier völlig allein in dieser leeren Wohnung und weiß plötzlich nicht mehr weiter. Sie zupft ein Fetzchen Tapete von der Wand, faltet es ein, faltet es wieder aus, im Rhythmus ihrer Gedanken, sie streicht es glatt, legt es zusammen, streicht es wieder glatt. Sie denkt an Max, sie denkt an Raphael, sie faltet das Papier aus, sie faltet es wieder ein. Raphael, denkt sie, Max. Ein. Aus. Das könnte ich für immer so machen, hier sitzen, neben dem Telefon, im halbdunklen Flur, ein Fetzchen Tapete zusammenknüllen und wieder glattstreichen. Das könnte ich tun, so lange, bis ich Schritte auf der Treppe höre und dann den Schlüssel im Schloss. Bis du wieder da bist und das Kommando übernimmst.

Es kommt einfach niemand. Ich bin hier völlig allein, und selbst die Krankenschwester zeigt sich nur zu Unzeiten und nicht, wenn ich sie brauche, denkt er. Ich liege hier allein und habe nicht einmal mehr die Kraft, mich umzudrehen oder aufzurichten, denkt er, und es wird ihm klar, dass er sterben wird, und er weiß, dass er dieses Inventar nicht schreiben wird, dass er überhaupt nichts mehr schreiben wird. Dass er kaum noch ein paar Worte an jemanden richten wird. An wen auch? Ich werde keinen Kuchen mehr essen, denkt er, ich werde nicht mehr an dem kleinen Fenster stehen, das gar kein Fenster ist, mit einer Scheibe und einem hölzernen Rahmen und einem Griff daran, um es zu öffnen, sondern nur noch ein helles Quadrat am Rande seines Gesichtsfelds. Ich werde niemandes Hand mehr halten, denkt er, außer die der Krankenschwester vielleicht, und wenn ich hier sterbe, dann wird sie es sein, die an meinem Bett sitzt. Sie oder niemand. Und er denkt an einen anderen Tod, nicht an den von Anny, den er zwar miterlebt hat, aber auch wieder nicht, weil sie sich so geschämt hat, weil sie sich so sehr geschämt hat für dieses Aufscheinen ihres gebrechlichen Körpers, ihres menschlichen Körpers, eines Körpers, der trotz der großen Anstrengungen, die sie Tag für Tag unternommen hat, trotz aller Kasteiung und Disziplin, ein lebendiger geblieben ist. Ein lebendiger und damit ein sterblicher Körper. Und dass dieses Lebendige, das immer auch etwas Unkontrollierbares ist, etwas, das wächst, und sei es zum Tod hin, dass dieses Lebendige sich noch einmal zeigte, dass es hervorgekrochen kam aus ihrer immer noch glatten Haut, das konnte sie sich nicht verzeihen, sich selbst nicht und diesem Körper schon gar nicht. Und deshalb durfte das auch niemand bezeugen. Aber an diesen Tod denkt er nicht, und auch nicht an die vielen anderen Tode, die sein Leben bestimmt haben. An den Tod seiner Mutter denkt er nicht und auch nicht an den seiner Schwester, vor der Zeit, und auch nicht an die Tode seiner Weggefährten, die ja alle schon tot sind, die alle schon längst nicht mehr da sind. Nein, er denkt an ein winziges Leben, so winzig, dass man auch dessen Sterben kaum bemerken konnte. Dass es ein paar Tage dauerte, bis man diesen Tod feststellte. Er denkt an das Kind, das einmal, für kurze Zeit nur, in Annys Bauch war, er denkt an die Fehlgeburt nach diesem eigentlich relativ harmlosen Unfall. Er denkt an all das Blut und denkt, wie seltsam, dass sich das Leben kurz vor seinem Ende noch einmal so sprudelnd zeigt. Und das war's dann. Und was danach nicht kam und was danach nicht mehr passierte, das konnte er gar nicht benennen und das kann er immer noch nicht, und das versteht er auch nicht. Mit diesem Unvermögen werde ich sterben, denkt er, denn hier ist niemand mehr, der mir das erklären könnte. Wäre noch jemand da, wäre irgendjemand da, dann bräuchte es eine solche Erklärung nicht, denn dann könnte ich diese Frage weitergeben, und all die Sachen dazu, das Haus, den Wald, dann könnte ich das alles einfach weitergeben. Ich könnte sagen, hier, nimm es, das ist alles für dich, und der andere würde es mir abnehmen, und ich müsste mir keine Gedanken mehr darüber machen. Am Ende wäre es auch völlig egal, was er damit machen würde, denn das wäre ja seines und damit auch seine Verantwortung. Ja, denkt er, das wäre schön, wenn hier jemand wäre, der die Verantwortung für das alles übernimmt. Auch für mich. Jemand, der seine Hand auf meine Stirn legte, der mir zum Abschied auf die Schulter klopfte. Doch hier ist keiner, ich bin ganz allein. Was ist mit der Schwester, fragt er sich, die müsste doch langsam mal kommen und nach ihm schauen. Das müsste sie wirklich. Aber egal, denkt er, dann eben nicht.

Sie schiebt das Fetzchen Papier in ihre Rocktasche. Greift nach dem Hörer, wählt noch einmal. Wartet. Nichts. Gut, denkt sie, dann muss ich etwas unternehmen. Sie zieht die Schublade auf, da liegt das Adressbuch. Max braucht es schon lange nicht mehr, er hat jetzt das Handy. Er hat einen langen Nachmittag dagesessen und alle Nummern in sein Handy übertragen. Sie sieht ihn da sitzen, am Küchentisch, den Kopf tief über das ihm noch unvertraute Gerät gebeugt, einen Bleistift, mit dem er jeden Namen ausstrich, hinter dem Ohr. Als er fertig war, hat er das Büchlein zurück in die Schublade geräumt, da liegt es seitdem. Sie schlägt es auf. Wie hieß er nochmal, der Chef? Sie hat den Namen vergessen, das kann doch gar nicht sein, denkt sie. Jeden Abend redet Max von ihm, tausendmal hat sie diesen Namen schon gehört, und jetzt steht sie hier, das Adressbuch in Händen, und weiß ihn nicht mehr. Sie blättert darin herum, lässt die Seiten durch die Finger rutschen. Max' Schrift. Klar, scharf. Sie hat sich nicht verändert über die Jahre, in denen er das Buch führte, und er hat auch immer einen Bleistift benutzt, natürlich. Da, da steht es ja. Beier, so heißt er. Da steht die Nummer vom Büro und auch die private, danach hat sie gesucht. Bevor sie die Polizei informiert, will sie lieber selbst ein paar Nachforschungen anstellen. Wer weiß, sie will Max nicht unnötig in Schwierigkeiten bringen. Sie wählt die Nummer. Er meldet sich nach dem ersten Klingeln. Damit hat sie nicht gerechnet, sie hat eigentlich gar nicht damit gerechnet, dass sie jemanden erreichen würde. Dass da überhaupt jemand ist, außer ihr. »Hallo«, sagt sie, »hier ist Inge, die Frau von Max. Es ist, ja, wie soll ich sagen. Ich mache mir Sorgen um Max.« Er unterbricht sie. »Ja, wir auch. Wir machen uns alle Sorgen um ihn. Es ist gut, dass Sie anrufen. Dass wir, ja, jetzt einmal darüber sprechen.« Er macht eine Pause. »Mein herzliches Beileid, übrigens.« – »Wieso«, fragt sie, »also, wieso machen Sie sich Sorgen um Max?« – »Naja, er ist völlig abwesend. Er arbeitet eigentlich überhaupt nicht mehr. Kommt jeden Morgen pünktlich, das ist es nicht. Er ist ja immer da, bloß, er arbeitet eben nicht. Er setzt sich an seinen Schreibtisch. Schaut aus dem Fenster. Schiebt die Sachen von hier nach da. Räumt die Schublade aus, räumt sie wieder ein. Und das war's. So sitzt er da den ganzen Tag. Wenn alle anderen schon längst gegangen sind, sitzt er immer noch so. Starrt vor sich hin. Was soll ich noch sagen, Sie können sich das bestimmt vorstellen.« Er atmet ein, atmet aus. »Deshalb habe ich auch mit ihm gesprochen, gestern. Es hilft ja nichts, das kann nicht ewig so weitergehen. Das musste ich ihm sagen. Und vielleicht hilft ihm ein solches Ultimatum.« Wieder eine Pause. »Und deshalb rufen Sie jetzt an.« – »Nein«, sagt sie, »eigentlich nicht. Oder vielleicht doch, irgendwie. Die Sache ist: Max ist weg.« – »Wie weg?« – »Naja, er ist gestern nicht nachhause gekommen, am Abend nicht und die ganze Nacht nicht. Und jetzt ist er immer noch nicht da.« Er schweigt, der Chef. »Und da dachte ich, ja, weil ich weiß, wie wichtig die Arbeit für ihn ist, dass gestern vielleicht etwas vorgefallen ist oder, ja, dass Sie etwas wissen. Dass Sie eine Idee haben, wo er sein könnte.« Er schweigt, atmet. Denkt. Und dann: »Ja«, zögernd kommt das, nochmal: »Ja, in der Tat. Ja, ich habe eine Idee, wo er sein könnte. Ja«, das sagt er schon nur noch zu sich, »ja, das könnte wirklich sein. Das passt zu ihm.« Und dann, fester: »Wissen Sie was, Inge, ich überprüfe das, und dann melde ich mich bei Ihnen. Machen Sie sich keine Sorgen, in dieser Sache. Den treiben wir schon wieder auf. Ihren Max.« Dann legt er auf. Einmal mehr steht sie in diesem verdammten Flur, einen Telefonhörer in der Hand und am anderen Ende der Leitung niemand, der mit ihr sprechen will.

Das brennt schön, viel besser, als ich es erwartet hätte. Es knistert und knackt und stinkt auch gar nicht so sehr. Trotz des ganzen Plastikzeugs. Ich stehe auf und gehe einmal um das Feuer herum. Das habe ich gemacht, denke ich, ich habe das alles hierhergeschleppt, der Schuppen ist leer. Das ist ein tröstlicher Gedanke, wie überhaupt das Feuer etwas Tröstliches an sich hat. Und nicht nur weil es warm ist und hell. Nein, nicht nur deshalb, denke ich und nehme einen Schluck Bier. Jetzt ist die Flasche leer, und auch das ist schön. Es ist überhaupt schön hier, am Feuer zu stehen, dahinter der Wald, im Rücken ein Haus, in der Hand eine Bierflasche, die man gerade selbst leergetrunken hat. Und ich denke, dass Schmeling diese Empfindung wohl nie hatte, denn er hat ja nichts getrunken. Gar nichts, und das ist schon seltsam. Also ich verstehe das, wenn einer Sportler ist und fit sein muss, wenn einer in den Kampf muss, wenn es auf Schnelligkeit ankommt und Geistesgegenwart, da verstehe ich, dass der nichts trinkt. Aber das war er ja nicht lange, ein solcher Sportler. Die meiste Zeit seines Lebens war er das nicht, und ich denke, dass er sich doch ruhig ab und an ein Schlückchen hätte genehmigen können, dass es schon einen Grund geben muss, wenn einer sich dem Rausch so völlig entzieht. Denn der Rausch, also ein leichter Rausch, nicht so etwas Haltloses, Wildes, wo man völlig die Kontrolle verliert, nein, das meine ich nicht, ich meine so einen sanften Rausch, das ist doch schön. Das gehört zum Leben dazu, denke ich, dass man ab und an ein Bier trinkt oder ein Glas Wein. Mehr muss das gar nicht sein. Und jetzt: zurück zum Feuer. Denn das gefällt mir. Viel besser, als ich es erwartet hätte, gefällt mir dieses Feuer. Es wärmt, und, ja, es entmutigt den Besitz.

Aber das hier ist kein Kampf. Das denkt man nur, und so habe ich mir das auch vorgestellt, dass es ein Kampf wäre. Und man sagt das auch so, *Todeskampf*, das hört man immer wieder. Deshalb hatte ich auch nie Angst davor, selbst nachdem ich Annys Sterben miterlebt hatte, hatte ich keine Angst, denkt er, und Angst habe ich noch immer nicht, das ist es gar nicht. Es ist ja nur, dass ich nicht weiß, wohin ich gehen, wohin ich mich wenden soll. Es ist anders, als man immer sagt oder als man es sich vorstellt. Es ist doch anders, denkt er, oder er denkt es nicht eigentlich, er empfindet es. Und vor einem Kampf, vor einem solchen Kampf hatte ich keine Angst, denn das kenne ich, und ich kann es auch. Austeilen, einstecken. Nach vorne gehen und zurückweichen. Mich wegducken und im richtigen Moment wieder aus der Deckung kommen. Aber das hier, das ist gar kein Kampf, das ist bloß ein einziger Schritt. Und ich bin es, der diesen Schritt gehen muss. Das kann mir niemand abnehmen, und er kommt auch nicht einfach, der Tod. Also, ich sehe ihn schon, ich ahne ihn hinter diesem hellen Quadrat und zwischen den Decken, in denen ich liege, er ist hier, in der hohlen Hand, die ich mir unter den Kopf schiebe. Aber er kommt einfach nicht näher. Ich sehe ihn, aber er hilft mir nicht, er lässt mich hier liegen. Er wartet, geduldig, bis ich so weit bin, er blickt mich an, von überall her blickt er mich an, mein eigener Tod. Nicht dass er eine Gestalt hätte, nicht dass er ein Wesen wäre, nicht dass ich etwas wüsste über ihn. Nein, ich sehe nur von einem einzigen Punkt aus, bin aber in meiner Existenz von überall her angeblickt. Es sind die Sachen, die mich anschauen und in denen ich mich erkenne und mein Sterben. Es sind die Sachen, die mich hier noch halten und an etwas rühren, das ich gar nicht mehr halten kann. Dem ich nicht entgehen kann. Das weiß ich jetzt, dass das noch ewig dauern, dass ich noch wochenlang hier liegen kann. Ich werde zwar nicht mehr aufstehen können und mich vielleicht nicht einmal mehr umdrehen, ich werde meine Hand nicht mehr heben können, um mir die Haare aus dem Gesicht zu streichen, aber ich werde so lange hier liegen, bis ich bereit bin, diesen letzten Schritt zu tun. Ich weiß das und bin mir ganz sicher, denkt er, dass ich noch eine Weile hier sein und denken kann und empfinden. An Anny kann ich denken und dabei spüren, wie die Sonne durch das Fenster scheint, wie die kalte Wintersonne mir auf den Kopf scheint, auf einen Kopf, der immer noch da ist.

Es brennt und brennt, es hört gar nicht mehr auf zu brennen. Die Flammen schlagen hoch und immer höher, und ich bringe immer noch etwas herbei, schleppe Äste heran, das Feuer ist unersättlich. Ich bringe heran, was ich so finde, Dinge aus dem Haus, das ist nicht viel, aber alles, was lose ist und was ich erreichen kann, das schleppe ich nach draußen und schmeiße es auf diesen großen Scheiterhaufen. Es wird langsam dunkel, und das Feuer brennt noch immer, brennt immer heller und höher, eine riesige Flamme, ich wundere mich, dass noch niemand die Feuerwehr verständigt hat. Das kann gar nicht sein, man muss dieses Feuer kilometerweit sehen. Aber niemand kommt und fragt mich danach, nur ich bin hier, nur ich ganz allein. Es ist heiß, unglaublich heiß, ich schwitze, ich löse mich auf in dieser Hitze. In meinem Mantel, in diesem elenden Pullover. Der Gewehrriemen schneidet tief in meine Schulter, aber ich will das alles behalten. Diese Sachen will ich behalten und nicht ins Feuer werfen. Die gehören mir, die gehören zu mir. Komisch, jetzt ist es heiß, und gestern habe ich gefroren. Warum habe ich nicht da schon ein solches Feuer gemacht? Ich kann mir gar nicht vorstellen, jemals gefroren zu haben, jemals wieder zu frieren. In dieser Hitze schmilzt alles, da schmilzt das Plastik, und das Metall verformt sich, Kleiderbügel wellen sich,

Schuhkartons verbrennen zischend und schnalzend, Tonbänder, Kisten mit Papieren, alles brennt und verschwindet, verändert sich. In einem solchen Feuer, da bleibt nichts, wie es war. Warum habe ich das nicht früher schon gemacht? Raphael hätte seine Freude daran gehabt, mit Raphael hätte ich ein solches Feuer entzünden können, der hätte nicht gezögert. Der hätte es verstanden, ein solches Feuer, der hätte keine Angst davor gehabt. Der hätte auch immer noch etwas draufgeworfen, der hätte immer noch etwas gefunden, womit man dieses Feuer füttern kann. Denn das Feuer besteht ja in dieser Endlichkeit und aus der Zerstörung. Und wenn ich denke, es entmutigt den Besitz, dann ist das noch harmlos gedacht, denn da ist nichts, was man noch besitzen, und da ist auch niemand mehr, den man entmutigen könnte. Ich habe alles draufgeschafft auf diesen Haufen, jetzt kann ich mich hier hinsetzen. An den Rand dieses Feuers kann ich mich setzen, auf die Stufen vor dem Haus, und kann mein zweites Bier aufmachen. Ich halte es gegen die obere Stufe, schlage mit der flachen Hand auf den Kronkorken, schon ist es auf. Es ist heiß, und auch das Bier ist nicht mehr kühl, aber es tut mir doch gut. Und es beruhigt mich. Denn so ein Feuer, ein solches Feuer, das kann einen schon ein wenig aufregen. Und auch der Gedanke daran, was es verbrannt hat. Da tut ein lauwarmes Bier ganz gut.

Sie hat den Hörer längst auf die Gabel gelegt, sitzt noch immer im halbdunklen Flur und beobachtet, wie das Licht sich verändert und das Zimmer mit ihm. Wie sich alles verändert. Und sie denkt, dass eine solche Dämmerung wie ein Meer ist, wie ein Wasser, das ansteigt und auf einen zukommt, das einen umschließt und in dem man treiben kann. Das ist ja seltsam, denkt sie, dass etwas, das das Verstreichen der Zeit sichtbar macht, dass eine solche Dämmerung einen dann doch dieser Zeit so völlig entheben kann. Sie denkt, dass man verschwinden kann, völlig aufgehen darin, sich selbst vergessen. Und sie fragt sich, ob Sterben einer solchen Dämmerung gleichkommt. Aber Raphaels Tod, sein Sterben, das war mit Sicherheit nicht schleichend oder langsam, das war abrupt, ein Schlag, und sie fragt sich, ob er überhaupt darum wusste, ob er wusste, dass er sterben würde, in dem Moment, als er von der Straße abkam, ob er wusste oder es empfand, dass es nichts mehr festzuhalten oder aufzuhalten gab, und ob, als er gegen den Baum schlug und sein Genick krachend zerbrach, noch Platz war, in diesem Krachen und Splittern, für einen letzten Gedanken. Sie fragt sich, welcher Art dieser Gedanke gewesen sein könnte. Und sie denkt, dass es insgesamt erstaunlich ist, wofür der menschliche Kopf Platz hat, für welche Überlegungen oder Gedanken. Dass sie zum Beispiel jetzt an Raphael denkt und zugleich an Max und seinen Chef denken kann, dessen Stimme sie noch im Ohr hat. Was der wohl gerade tut, denkt sie, und wie er herausfinden will, wo Max ist. Und es ist überhaupt merkwürdig, dass Max irgendwo ist, dass er nicht gänzlich aus dieser Welt verschwunden ist, so wie Raphael, sondern dass er irgendwo herumläuft und Dinge tut und Gedanken denkt und Empfindungen hat, von denen sie rein gar nichts weiß. Es ist wohl ein

Irrtum, dass man überhaupt etwas über den anderen wissen kann, denkt sie, egal, wo der gerade ist, ob der einem gegenübersteht oder ob der am anderen Ende der Welt ist. Ob er tot ist. Das spielt alles überhaupt keine Rolle. Und darum geht es auch nicht. Es geht darum, dass man diesen anderen aushält, dass man den aushält und auf ihn zugeht und ihm die Hand auf die Schulter legt oder ihm über den Rücken fährt und erträgt, dass man rein gar nichts weiß über ihn, denkt sie. Und dass das auch nichts weiter ausmacht, denn sie ist sich selbst nicht mehr ähnlich und könnte auch niemandem eine Auskunft über sich geben. Sie ist aufgestanden und steht in der Tür zum Gästezimmer, auch das ist jetzt leer. Ein Lichtstreifen zieht sich vom Fenster her über die Wand und den Teppich, und sie sieht Raphael am Boden hocken, vor seiner Eisenbahn, und da bemerkt sie ein gewisses Aufspringen in ihrem Inneren.

Sie betritt das dunkle Zimmer, im ersten Moment denkt sie, dass er schon tot ist, dass er gestorben ist. Sie hört sein Atmen nicht mehr, und es rührt sich auch nichts unter den Laken. Er liegt auf der Seite, mit dem Rücken zu ihr, zur Tür, wie ein Kind. Sie kennt das, oft liegen Sterbende so auf der Seite, und für sie zeigt das immer eine Art Einverständnis an, dass man sich eingerichtet hat im Gedanken an den Tod, dass man das irgendwie selbst gestaltet, diesen Moment, dass man nicht auf dem Rücken liegt und auf das wartet, was da kommt. Viele liegen so auf der Seite, sie hat das schon oft gesehen. Und sie denkt, dass sie diesen Gedanken gerade schon einmal gedacht hat und dass es oftmals solche Gedanken sind, die einen zusammenhalten in so einem Moment. Denn da liegt einer und stirbt oder ist schon tot, und wie willst du dem begegnen. Du willst ihn halten, das ist ein menschlicher Impuls, aber dieser Mensch, der da liegt und stirbt, der ist ja allein dabei, der ist sowieso allein, und da ist es unter Umständen besser, wenn du ihn nicht hältst, sondern ein Stück beiseite trittst, dich an ein Fenster stellst oder in die Ecke, so dass du da bist, ihm aber nicht im Weg stehst. Doch sie weiß gar nicht, ob er noch lebt, ob er das überhaupt noch braucht, dass sie ihn in Ruhe lässt. Sie kann nichts sehen von ihm, deshalb geht sie zu ihm hin, legt ihre Hand auf diese Decken und auf seinen Rücken, der darunter ist, denn der Körper, der ist auf jeden Fall noch da. Jetzt spürt sie doch, dass er noch atmet, und sie spricht ihn an. »Herr Schmeling«, sagt sie, »Max, ich bin hier.« Er rührt sich nicht, und sie denkt, gut so und dass jetzt die Zeit anfängt, die man nicht mehr miteinander teilen kann. Sie geht hinüber ins Schlafzimmer und holt sich einen Stuhl. Sie stellt ihn ans Fenster, sagt noch einmal: »Ich bin da, ich sitze hier am Fenster«, und dann lehnt sie sich zurück, spürt die Kante der Fensterbank hart im Nacken. Das ist eine deutliche, aber nicht unangenehme Empfindung, denkt sie und schließt die Augen.

Sie lehnt sich an den Türrahmen und betrachtet dieses Bild vor sich, das gar kein Bild ist, denn da ist nur ein leerer Teppich mit einem Streifen Licht darauf. Dieses Bild besteht ausschließlich aus etwas, das nicht da ist. Dieses Bild ist das Bild einer Auslassung, eines

Verschwindens, oder nein, denkt sie, nur durch diese Auslassung ist das Bild überhaupt entstanden. Es ist in ihrem Inneren, und sie weiß darum und schaut es sich trotzdem an. Sie denkt, dass dieses Licht ein Riss ist, der sich auf der Fläche des Teppichs auftut, und dass in diesem Riss nun das Bild ihres toten Kindes erscheint. Und sie denkt, dass nichts daran verrückt ist oder falsch. Dass es überhaupt das einzig Richtige ist: hier zu stehen, in dieser vollkommen leeren Wohnung, die Augen auf einen Punkt gerichtet, von dem nichts ausgeht, in dem sie aber alles erkennt. Denn dieses Kind, das ist nicht tot, das war schon lange vor Raphaels Tod verschwunden. In ihm war es verschwunden, er hat es verschlungen, sich einverleibt, ist über dieses Kind gewachsen, auf das sich all ihr Glück und ihre Hoffnung gerichtet hatte. Sie fragt sich, ob es nicht besser gewesen wäre, wenn schon dieses Kind gestorben wäre. Dann hätte sie es nicht immer in diesem erwachsenen Mann, in seinen Zügen, in seinem langen Rücken, in einem Zucken seiner Hände, suchen müssen. Und mit nichts hätte sie dann ringen müssen oder hadern. Sie hätte die Augen schließen und den Mund öffnen können zu einem Schrei, in dem sie selbst schließlich verschwunden wäre. Der sie aufgehoben hätte. Sie kniet auf dem Teppich, im Licht, sie streicht mit der Hand über die harten Fasern. Ihre Finger werfen Schatten, sie streicht mit der anderen Hand darüber: Die Schatten verschwinden davon nicht. Aber sie lässt nicht nach. Sie streicht über diesen Teppich, über das Licht, über ihre eigenen Hände, und sie denkt, dass etwas Untergetauchtes doch wieder auftauchen kann, in einer solchen Bewegung, wie sie sie hier vollzieht. Dass sie das alles wieder aufbauen, dass sie es zurückholen kann. Bilder und Dinge, an die sie eine Erinnerung heften könnte. Sie hat das Gefühl, dass sie etwas vergessen hat. Einen Gedanken. Eine Handlung. Eine Geste, etwas, das sie getan hat oder unterlassen hat und das ihr nun schmerzlich bewusst wird. Oder nicht bewusst, denn es fällt ihr ja nicht ein. Was sie spürt, ist bloß, dass etwas nicht da ist. Ein Fehlen eben. Eine Lücke. Ein unaussprechlicher Verlust. So wie diese Gedanken hier eine Sprache ohne Sprechen sind.

Es ist dunkel, aber das Feuer glimmt noch, ein bisschen Glut ist da noch. Das Feuer hat den ganzen Nachmittag gebrannt, bis zum Abend hat es gebrannt, und ich habe hier gesessen, auf den Stufen vor dem Haus, und ihm zugeschaut, wie es heruntergebrannt ist. Und jetzt ist es fast aus, und viel Asche liegt herum und ein paar Dinge, ein Kleiderständer, ein Stuhlbein, eine Krücke, schwarz, angekohlt, die nicht verbrennen wollten, und in der Mitte die schwache Glut. Und Asche. Aber diese Asche, die ist eine Spur, die ist schon eine Spur, vielleicht ist sie sogar der Inbegriff einer Spur, aber einer, die nirgendwo hinführt und der man auch nicht folgen kann. Die kein Vorübergehen bezeugt und auch keine Abwesenheit, sondern ein Verschwundensein. Ein Verschwundensein, nach dem man nicht mehr auftauchen kann. Die Asche ist etwas, das bleibt, ohne zu bleiben. Alles, was vorher jahrelang in diesem Schuppen lag, ist nicht mehr da. Nicht im Schuppen und sonst auch nirgendwo. Nur die Asche ist noch da. Und die Reste, die geblieben sind, Gestelle, die nicht verbrannt sind. Ich ziehe ein solches Gestell zu mir heran, ich benutze den Schürhaken, dazu ist er schließlich da. Was das wohl war? Ich weiß es nicht, aber es ist auch egal. Ich bin froh, dass das alles weg ist. Jetzt kann man sich viel einfacher einen Überblick verschaffen. Vom Feuer ist nichts mehr übrig, nur noch die verkohlten Reste und die Glut. Und die Freude, die es in mir entfachte. Das sagt man doch so, dieses Wort wird ja oft gebraucht: *Freudenfeuer*. Ein solches Freudenfeuer habe ich entzündet und habe nur mir eine Freude damit gemacht, niemandem sonst. Und ich habe auch an niemanden gedacht. Ich habe es einfach so gemacht, der Freude halber, und das war gut so, und es war nicht gefährlich. Denn hier brannte kein Haus, und selbst wenn, da wäre niemand mehr gewesen, der sich daraus hätte in Sicherheit bringen müssen. Dieses Gestell, in dem ich nichts mehr erkennen kann, liegt immer noch neben mir. Es ist ausgekühlt, und eine dicke Schicht Ruß liegt über dem blind gewordenen Metall. Ich erwische mich, wie ich mit meinem nackten Finger Worte in den Ruß schreibe, die ich selbst kaum lesen kann. In einer Sprache, die geheim ist, vor mir, die ich nicht entziffern kann. Und das ergibt eine doppelte Spur: im Ruß, auf meinem Finger, mit dem ich wieder irgendetwas anfasse, mit dem ich mir durchs Gesicht fahre, wo ich dann eine Spur hinterlasse, durch ein Gesicht, das ich sicher nicht erkennen würde, sähe ich das jetzt in irgendeinem Spiegel. Aber hier draußen, da gibt es keinen Spiegel und auch sonst nichts, was mich in Frage stellt.

Mein Kopf liegt in meiner Hand, denkt er, und da ist nichts dazwischen, nicht die klebrige Feuchte, die ich noch kenne von meinen Kinderschläfen, kein Schweiß, nichts. Meine Hand ist kühl, und auch mein Kopf ist kühl in dieser kühlen Hand, und zu einer Hitze werde ich es nicht mehr bringen. Diese Hitze ist mir ja vertraut, denkt er, aus den Kämpfen, aus dem Training, und auch wenn ich auf dem Hochsitz saß oder durch das Unterholz lief, immer war eine Hitze in meinem Körper, die jetzt weg ist, denkt er. Wie ich geschwitzt habe, schon vor den Kämpfen habe ich geschwitzt. Mein Körper, der warm war und geschmeidig und glatt in dieser Wärme, dieser Körper ist schon gar nicht mehr da. Was von diesem Körper übrig ist, ist bloß ein Stück Papier. Mir ist kalt, ich brauche eine Decke, drüben im Schrank muss eine Wolldecke liegen, denkt er. Wo ist denn, verdammt nochmal, die Schwester. Soll ich erfrieren? Er will sich aufrichten, nach der Klingel greifen. Es gelingt ihm nicht, und trotzdem, da ist ja die Schwester, beugt sich über ihn: »Brauchen Sie etwas?« Ihre Hand umschließt seinen Handrücken, »Sie sind ja ganz kalt, Herr Schmeling, ich hole Ihnen eine Decke.« Schon ist sie fort. Ja, denkt er, ich brauche etwas. Mir ist kalt, und ich bin durstig. Hätte sie nicht noch kurz warten können, er hätte es ihr schon gesagt, dass er gern etwas trinken würde. Einen Schluck Tee. Aber sie hat keine Geduld, läuft einfach fort, auf ihren schnellen Beinen, und lässt ihn hier liegen. Und da ist sie schon wieder, eine Decke auf dem Arm und eine Tasse in der Hand. Sie stellt die Tasse ab, er sieht das aus dem Augenwinkel, er hat einen solchen

Durst. »Kommen Sie«, sagt sie und greift ihm von hinten unter die Arme, »drehen Sie sich mal zu mir um.« Sie zieht und reißt an ihm, jetzt liegt er auf dem Rücken. »Ja, so ist es gut.« Sie breitet die Decke über ihn, schlägt sie ein, sie steckt ihn fest in dieser Decke wie ein Kind. Er kann sich nicht mehr rühren. Sie hält ihm die Tasse an die Lippen, das ist eine Schnabeltasse, so hat ihm Machon auch immer zu trinken gegeben, bei einem Kampf, zwischen den Runden. Wenn er in die Ecke getaumelt kam, sich auf den Hocker fallen ließ und glaubte, nicht mehr davon hochzukommen. Dann stand Machon schon da, das Handtuch in der einen und so eine Schnabeltasse in der anderen Hand. »Komm«, sagte er dann, »trink mal was. Und dann geht es weiter.« Und während er trank, klopfte Machon auf seinen Armen herum, auf seinen Schultern und dem Rücken, mit schnellen Schlägen. Rieb ihn mit dem Handtuch ab, und dann kam wieder Leben in diesen Körper, der ihm in dem Moment, wo er sich auf den Hocker gesetzt hatte, gar nicht mehr wie sein Körper erschienen war, wie überhaupt kein menschlicher Körper, sondern wie eine feste Masse, die sich um ihn gelegt hatte und in der er sich keinen Millimeter mehr bewegen konnte. Und so kommt ihm sein Körper jetzt auch vor, eine feste Masse, Gips, Beton, in der er steckt und aus der er nicht mehr herauskommt. Denn da ist keiner, der auf ihn einschlägt und ihn wieder zum Leben erweckt. Und der Tee, der tatsächlich in dieser Tasse ist, der läuft viel zu heiß durch diesen kalten Körper, und er läuft jetzt sein Kinn hinunter. Er presst die Lippen zusammen, schüttelt den Kopf, und die Schwester nimmt endlich die Tasse weg und wischt mit einem Handtuch sein Kinn und den Hals trocken. Das reibt und zerrt an seiner Haut, er dreht den Kopf zur Seite. Sie nimmt die Hände von ihm, faltet das Handtuch. Sie legt es neben ihn auf das Kissen. »Gut«, sagt sie, »dann setze ich mich wieder ans Fenster.«

Langsam muss ich etwas unternehmen, ich muss mich vorbereiten für die Nacht, die kann ich nicht hier draußen neben den Resten des Feuers verbringen. Wieso bin ich überhaupt noch hier, ich sollte doch schon längst weg sein, ich sollte zuhause sein, bei Inge. Ich könnte dort am Computer sitzen, eine Tasse Tee neben mir, und an meinem Bericht schreiben. Aber mir ist etwas dazwischengekommen, das Feuer ist mir dazwischengekommen, und jetzt ist es wieder dunkel. Ich habe keine Chance, das Handy zu finden. Hat es eigentlich geklingelt vorhin, oder war das nur das Zischen und Knistern des Feuers? Es ist dunkel, und jetzt, wo das Feuer heruntergebrannt ist, ist es auch wieder kalt. Ich sollte reingehen, ins Haus, und sollte mich unter die Decke legen und auf morgen warten. Das war ein anstrengender Tag. Ich bin müde, und das ist nicht weiter verwunderlich: Ich habe zwei Flaschen Bier getrunken, bin zweimal in ein Haus eingebrochen und habe ein großes Feuer gemacht. Und was ich Inge bis jetzt nicht erklärt habe, das werde ich ihr auch morgen nicht erklären können. Da spielen zwölf Stunden mehr oder weniger überhaupt keine Rolle. Ich gehe ins Haus und lege mich oben ins Bett, und morgen wird es sich zeigen, wie ich von hier wegkomme. Die Glut wird von allein erlöschen, darum muss ich mich nicht kümmern. Ich stehe auf, und im Aufstehen merke ich deutlich die zwei Flaschen Bier. Mir ist schwindelig, das kann natürlich auch an meiner Kopfverletzung liegen, und ich stütze mich kurz auf dem Schürhaken ab. So geht es besser. Ich richte mich langsam auf und gewinne mein Gleichgewicht zurück. Ich höre etwas, das nicht das Knacken des erkaltenden Holzes ist, es raschelt da hinten im Gebüsch. Ich gehe ein paar Schritte darauf zu. Ich habe die Glut im Rücken und sehe nichts als meinen eigenen langen Schatten. Ob das der Spaziergänger von vorhin ist? Ob der wiedergekommen ist, um hier nach dem Rechten zu sehen? Oder es ist jemand anderer, ein Landstreicher, ein Nachbar, der Besitzer des Ferienhauses, der übers Wochenende hergekommen ist und zuerst den Einbruch und dann das Feuer bemerkt hat. Der sich bewaffnet hat. Schmeling wird hier in der Gegend nicht der Einzige gewesen sein mit einem Gewehr unter dem Bett. Der sich ausgerüstet hat und nun auf ein bisschen Selbstjustiz aus ist. Wenn er ein Jäger ist, ist das nicht unwahrscheinlich. Da, schon wieder, ein Rascheln, besser, ich gehe ins Haus, besser, ich mache ganz schnell die Tür hinter mir zu. Ich gehe rückwärts auf das Haus zu und höre ein Schnauben, eine Art wütendes Grunzen, und weiß plötzlich, das ist kein Mensch, der mir nachstellt und mit dem ich zur Not sprechen kann, nein, was da lauert im Gebüsch, was mir auflauert, das ist ein Tier. Irgendein wildes Tier, das Schmeling vergessen hat abzuknallen. Ich beginne zu rennen, auf das Haus zu, und höre, dass das Tier jetzt auch rennt. Es grunzt und schnauft hinter mir. Ich stolpere und raffe mich wieder auf. Der Schlüssel ist noch in meiner Tasche, und schon wieder verheddere ich mich in dem bescheuerten Pullover. Da, jetzt habe ich ihn. Ich stürze auf das Haus zu, den Schlüssel in der Hand.

Es ist dunkel, und sie sitzt immer noch auf dem Teppichboden, als das Telefon klingelt. Das ist sicher Max, denkt sie, das ist Max. Wie soll ich ihm bloß erklären, was ich hier gemacht habe, wo ich es doch selbst nicht mehr verstehen kann. Was soll ich sagen? Max, die Wohnung ist leer, ich habe alles verschenkt oder weggeschmissen, das kann er nicht verstehen, niemand kann das verstehen, denkt sie. Besser, ich erkläre ihm das von Angesicht zu Angesicht, dann kann ich seinen Arm, seine Schulter anfassen dabei, kann einen Kontakt mit ihm suchen, jenseits der Worte. Wenn er noch anrufen kann, denkt sie, dann kann er auch herkommen. Ich bleibe einfach noch ein wenig auf dem Teppichboden sitzen und warte, bis ich erst seine Schritte auf der Treppe höre und dann den Schlüssel im Schloss. Und so bleibt sie sitzen, streicht weiter mit der flachen Hand über den Boden, das Telefon hat längst zu klingeln aufgehört. Sie sitzt immer noch da, ihre Handfläche fühlt sich wund an, und sie denkt, dass das Raphael früher oft passiert ist, auf diesem Teppichboden, dass er sich die nackten Knie aufgescheuert hat beim Spielen, und dass er dann zu ihr gelaufen kam, weinend, aber nicht wegen der Schmerzen, sondern aus Empörung über die Unzulänglichkeit seines Körpers. Und sie denkt, dass sicher noch ein paar Hautschüppchen von Raphael zwischen den Fasern stecken. Das kennt man ja aus Krimis, dass man noch so oft saugen kann und putzen, dass man aber trotzdem nie alles erwischt, dass irgendeine Spur immer bleibt. Und sie stellt sich vor, wie ihre Hautschüppchen mit denen von Raphael sich gerade jetzt im Gewirk dieses Teppichs vermischen, und das ist ein tröstlicher Gedanke. Dass immer irgendetwas bleibt, auch wenn man es nicht sehen kann, wenn man es nicht anfassen kann und in die Arme schließen, bleibt dennoch immer etwas, sei es ein Bild im Kopf, sei es ein Hautschüppchen im Teppich. Und sie denkt weiter, dass das Bild in ihrem Kopf und der winzige Rest von Raphaels kindlichem Körper vielleicht jenen Kurzschluss ergeben haben, der sie ihn vorhin hat sehen lassen und sie dazu gebracht hat, sich hierherzusetzen. Zu diesem Bild, das es nur in ihrem Kopf gibt. Und sie denkt, dass dieser Gedanke töricht ist, dass das aber gar nichts macht, denn das hier ist schließlich ihr Kopf, und mit dem kann sie denken, was sie will.

Ich werde angeschaut, auch wenn die Schwester drüben am Fenster sitzt und die Augen halb geschlossen hat und die Hände im Schoß, weiß ich doch, dass sie mich anschaut, denkt er. Sie schaut mich an, und sie hört mir auch zu. Sie hört auf mich und zählt jeden meiner Atemzüge, ob es der letzte gewesen ist. Das war er schon oft in seinem Leben, angezählt, ja, das ist der Mensch von Anfang an, und es gab Momente in seinem Leben, da hat er ernsthaft geglaubt, dass es vorbei ist. Nach dem Fallschirmsprung hat er das gedacht oder als das Haus in Saarow abbrannte und auch nach dem zweiten Kampf mit Louis, wie er dalag und Machon das Handtuch warf, da hat er das geglaubt, und deshalb hat er wohl auch diese Handschuhe aufbewahrt, denkt er jetzt. Deshalb habe ich die Handschuhe immer behalten und da unten an die Wand gehängt, weil das so ein Moment war, in dem ich dem Tod noch einmal von der Schippe gesprungen bin. Wie man so sagt. Und daran wollte ich mich erinnern, und vielleicht den Tod auch. Aber der Tod, der lässt sich an nichts erinnern, der hat nämlich kein Gedächtnis, der hat auch keine Schippe über der Schulter, und eine Schulter hat er auch nicht. Er hat keine Füße und Beine, mit denen er auf mich zuläuft, und keine Hände, die nach mir greifen und die ich zur Seite schlagen könnte. Der Tod ist überhaupt kein Wesen, er ist nur ein Moment. Er ist der Moment, in dem sich die Zeit in alle Richtungen der Erinnerung zu strecken scheint und nach dem dann gar nichts mehr ist. Also, was mich betrifft, ist dann nichts mehr, denkt er. Es ist eine Veränderung, in die ich eintrete, die unumkehrbar ist. Die jetzt schon begonnen hat und gegen die auch keine Wolldecke und kein noch so heißer Tee etwas auszurichten vermögen. Und auch die Krankenschwester mit ihrem Schauen und Lauschen und Zählen kann sie nicht aufhalten, diese Veränderung, und sie will das wohl auch nicht. Er versucht sich umzudrehen, die Decken liegen schwer auf ihm, er kann sich kaum bewegen. Sein Herz schlägt wild, er will etwas rufen, doch da kommt nichts aus seinem Mund. Ein Alptraum, denkt er, das ist bloß ein Alptraum. Ich muss nur die Augen aufmachen. Er versucht, die Decken loszuwerden, da ist schon die Schwester. »Weg«, keucht er, »weg«, und sie versteht ihn sofort und zieht die Decken beiseite und schaut auf seinen mageren Körper. Und er sieht ihren

Blick und sieht in diesem Blick, was sie sieht. Ich werde angeschaut, denkt er, der Tod schaut mich von allen Seiten an.

Ich habe es geschafft, die Tür ist auf, nichts wie rein. Da ist es schon, das Tier, es ist mir dicht auf den Fersen, ich habe es aus dem Augenwinkel gesehen: Das ist ein Wildschwein, ein riesiges Wildschwein, das kann doch gar nicht sein. Ich versuche, die Tür zuzuschieben, aber das Schwein hat schon seinen Kopf drin, ich ziehe die Tür ein Stückchen auf und schlage noch einmal richtig dagegen, aber das bringt natürlich nichts, das ist eine Wildsau mit einem Kopf aus Stahl. Ich renne die Treppe hinauf, die Sau hinter mir her, was mach ich nur, was mach ich nur. Ich schaffe es in das kleine Zimmer, die Sau ist langsamer geworden, ich höre sie auf der Treppe. Die Tür ist zu, die Sau rennt dagegen. Das hält die Tür nicht lange aus, ich muss etwas davorschieben, aber, Scheiße, das sind ja alles Einbaumöbel hier. Was mach ich nur, was mach ich nur. Ich könnte in den Schrank kriechen, aber was hilft es, das hier ist ja kein betrogener Ehemann. Die wird mich riechen, die Sau, und dann wird sie mich finden, die zerreißt mich mit ihren Hauern, die frisst mich einfach auf. Jetzt knallt sie schon wieder gegen die Tür, es reißt und knirscht in den Angeln. Ich könnte aus dem Fenster springen, ja, das ist eine Idee, die wird wohl nicht hinterherspringen. Und ich renne einmal ums Haus und mache die Tür zu, dann ist die Sau gefangen, und ich bin in Sicherheit. Ja, so mache ich es, und dann gehe ich. Was soll's, dann gehe ich einfach von hier weg, das kann ich ja machen, ich muss hier gar nicht bleiben. Ist doch egal, das wird jeder verstehen. Das Fenster ist noch offen, und ich bin schon auf der Fensterbank, aber das Fenster ist ja winzig, und hier ist überall der Wein, hier komm ich gar nicht raus. Ich bin es, der in der Falle sitzt, und jetzt kracht es, und die Tür fliegt aus ihren Angeln, und da ist die Sau. Ich sehe sie nicht, aber ich kann sie hören, wie sie hier herumtrampelt, und ihr heißes Atmen höre ich, die ist panisch, wir sind beide völlig aufgelöst. Sie rennt hier drin herum, jetzt ist sie unter mir, sie schnappt nach mir, ich stehe schon auf der Fensterbank und halte mich noch fest. Aber das wird nicht lange gut gehen, mit dem Rucksack und dem blöden Gewehr. Das Gewehr, ich habe ja das Gewehr! Die ganze Zeit schon habe ich es um den Hals hängen, und die Munition in der Manteltasche, ich Idiot, ich kann mich ja verteidigen. Die Sau schnauft und wütet unter mir, und ich angle nach der Munition. Da ist sie, glatt und kühl liegt sie in meiner Hand. Wo kommen die denn hin, diese Scheißpatronen, wie geht das Gewehr nur auf. Ich fingere daran herum, ich zittere, und die Sau wütet. Da, da ist ein Riegel und ja, jetzt ist es offen, das Gewehr, und ich schiebe die Patronen hinein. Lass es funktionieren, lass dieses Scheißding funktionieren. Ich lege an, ich sehe die Sau nicht, weiß nur, dass sie hier irgendwo ist. Ich höre sie, und ich rieche sie auch und spüre ihre Hitze. Es ist still, seltsam, ich halte das Gewehr in Richtung ihres schweren Atmens und drücke ab. Die Sau kreischt. Ich rutsche von der Fensterbank, die Sau stürzt auf mich zu, sie beißt mich. Ich registriere das, aber es tut gar nicht weh. Sie erwischt meinen Oberschenkel, und jetzt denke ich nicht mehr nach, ich reiße mir den Schürhaken von der Brust und haue auf die Sau ein. Wie ich vorhin auf die Raviolidose eingehauen habe. Ich haue und haue, denn das ist meine einzige Chance. Entweder ich hau die Sau tot, oder sie frisst mich auf. Und plötzlich spüre ich etwas Schweres auf mir, das ist die Sau, aber etwas hat sich verändert. Überall ist Blut, meines, ihres, doch sie atmet noch. Sie liegt auf mir, atmet, in schweren und kurzen Stößen. Ich weiß nicht, ist das der Schuss gewesen, oder habe ich sie doch mit dem Schürhaken erwischt. Ich weiß es nicht. Sie stirbt, ich lege meine Arme um ihren Hals, stirb doch nicht, denke ich, das wollte ich nicht. Ich wollte doch bloß mein eigenes Leben retten, stirb doch bitte nicht. Und ich fange an zu weinen.

## 3

Das Telefon klingelt, es klingelt die ganze Zeit. Es hört nicht mehr auf zu klingeln. Sie denkt, dass sie doch einmal rangehen sollte, wer weiß, vielleicht braucht Max sie ja. Vielleicht ist er in einer Situation, aus der er selbst keinen Ausweg mehr findet. Vielleicht liegt er doch in einem Krankenhaus, oder es ist ihm sonst irgendetwas zugestoßen. Ja, denkt sie, jetzt stehe ich auf und gehe ans Telefon. Sie drückt sich vom Teppichboden hoch, gegen das Gewicht ihres Körpers, der noch sitzen bleiben will, der immer hier sitzen bleiben will und dessen Hände weiter über den Teppichboden streichen wollen, und jetzt reißt sie auch ihre Hände los von dieser rauen Stelle, an der sich doch nichts zeigt. Sie steht, ihr ist schwindlig, sie hat lange da gekauert. Sie stützt sich am Türrahmen ab, das Läuten hat aufgehört. Doch egal, jetzt steht sie, sie hat sich gelöst von da, und Max wird es sicher gleich noch einmal versuchen. Sie geht in den Flur, setzt sich neben das Telefon, auf das kleine Bänkchen, auf dem sie früher nie gesessen hat, das ihr früher wie ein völlig überflüssiges Möbelstück erschienen ist, und das war es auch, das aber das einzige ist, das sie behalten hat. Sie denkt, dass es gänzlich unvorhersehbar ist, was bleibt und was geht, dass das niemand wissen kann, in dem Moment, wenn er etwas anschafft oder aufnimmt, ob diese Sache, dieser Mensch meinetwegen, ob der bleibt oder geht. Wie lange der bleibt. Und ja, sie hat das natürlich selbst entschieden, dass ausgerechnet dieses Telefontischchen bleibt, das weiß sie, und doch ist es überraschend. Denn das Telefon, das könnte auch gut am Fußboden stehen, das braucht nicht ein solches Tischchen unter sich. Und sie weiß nicht einmal mehr, wo sie dieses Tischchen herhaben und wer es ausgesucht hat, ob es ein Geschenk war, zur Hochzeit vielleicht. Ja, es muss ein Geschenk gewesen sein, denkt sie, denn es passt so gar nicht zu den übrigen Möbeln, mit dieser bäuerlichen Bemalung, so etwas hätten sie beide niemals ausgewählt. Jetzt klingelt das Telefon, und da sie hier sitzt, hört sie das Klingeln nicht nur, sie spürt es auch, denn es ist ein altes Telefon. Natürlich haben sie noch dieses alte Telefon, mit einer Wählscheibe und einem mechanischen Läuten, und dieses Läuten überträgt sich durch das Holz des Tischchens auf ihren Körper. Das ist eine seltsame Empfindung, als wäre sie selbst das Telefon, als würde es in ihr läuten. Sie legt die Hand auf den Hörer und spürt die Vibration noch stärker. Es ist ihr angenehm, wie diese leichte Bewegung durch ihren Körper geht, eine Bewegung, die sie nicht selbst ausgelöst hat und die sie doch als ihre eigene, als die ihres Körpers wahrnimmt. Sie lässt die Hand noch ein bisschen liegen, wartet auf das nächste Läuten, dann hebe ich ab, denkt sie, doch es kommt nicht. Das Telefon ist stumm. Gleich, denkt sie, gleich versucht er es noch einmal, und dann nehme ich sofort ab, noch beim ersten Läuten, und sie lässt die Hand auf dem Hörer liegen, damit sie dieses Klingeln nicht verpasst.

Ihm ist kalt, er zittert, ein Zittern geht durch seinen Körper, das er gar nicht beherrschen kann. Da ist schon die Schwester und legt die Decken wieder über ihn, bis zum Kinn deckt sie ihn zu und schiebt noch eine Hand unter die Decken und reibt seine Arme. Aber das hilft alles nicht, denkt er, und er denkt, dass sich dieser Körper schon längst auf den Weg gemacht hat, dass den niemand mehr halten kann, auch die Schwester nicht mit ihren glatten Händen. Dass es nur noch darum geht, ihm hinterherzugehen, diesem Körper, ihm zu folgen. Aber dass das natürlich eine schwere Entscheidung ist, das denkt er auch noch, denn er weiß ja nur, dass dieser Weg ihn fortführt, weg von alldem, aus diesem Bett heraus und weg von der Schwester und raus aus dem kleinen Zimmer und aus dem Haus. Dagegen hat er gar nichts. Wenn er nur wüsste, wo es hingeht. Und er denkt, dass es schön wäre, wenn dieser Weg ihn noch einmal durch den Wald führen würde. Wenn er noch einmal weit ausschreiten könnte, ein Stückchen rennen, die Arme angewinkelt, wenn er noch einmal außer Atem geraten könnte, sich noch einmal mit dem Handrücken den Schweiß von der Stirn wischen, das wäre schön, und dann würde er ihm wohl gelingen, dieser letzte Schritt. Noch einmal diese feuchte und kalte Waldluft ein- und ausatmen und spüren, wie diese Luft die eigenen Lungen füllt. Hier drin ist keine Luft, das ist gar keine Luft, was er hier atmet. Man müsste das Fenster aufmachen, denkt er, man müsste einmal kräftig lüften. Wo ist eigentlich die Schwester? Er öffnet die Augen, da steht sie, und sie versteht ihn und geht gleich hinüber, da hin, wo früher das Fenster war und wo jetzt nichts mehr ist, nicht einmal ein helles Quadrat, denn es ist dunkel draußen, aber das weiß er schon nicht mehr. Die Schwester hantiert da herum, und jetzt kann er die eisige Luft riechen, aber er kriegt sie nicht mehr in seine Lungen. Ich habe nicht mehr genug Kraft, denkt er, da kann ich schnaufen, wie ich will, diese Luft werde ich nicht mehr atmen. Und er denkt noch, dass jemand ihm diese schweren Decken von der Brust nehmen sollte.

Es ist ein seltsamer Geruch. Ich presse mein Gesicht in die harten Borsten der Sau, es riecht scharf und fremd hier. Ich weine noch immer, die Tränen laufen aus meinen Augen heraus, alles ist nass, mein Hals, der Pulloverkragen, das Gesicht der Sau. Ich weine, und das ist auch richtig und das Einzige, was ich tun kann. Denn die Lage, in der ich mich befinde, die ist doch absurd und aussichtslos. Und wenn es mir schon früher nicht gelungen ist, meinen Kopf in die Hände zu stützen, eine Hand über den Augen und die andere an der Schläfe und halb über meinem rechten Ohr oder am Hinterkopf, und dann zu weinen, über mich, über mein Leben und wie es geworden ist, wenn mir das schon nicht gelungen ist, so ist es doch richtig und angemessen, dass ich jetzt weine, wo diese tote Sau auf mir liegt, die noch warm ist und deren Blut sich mit meinem vermischt. Es ist richtig, dass ich weine, um diese Sau, die von meiner Hand gestorben ist. Und diese Hand halte ich mir nicht vor die Augen, denn es ist völlig dunkel hier, und ich muss mich auch vor niemandem verbergen. Nein, diese Hand habe ich auf das Loch im Fell der Sau gelegt, aus dem eben noch das Blut herausgeschossen ist und aus dem jetzt nichts mehr kommt. Den Handballen presse ich gegen dieses Loch, und mit der anderen Hand streiche ich über ihren Rücken, der gar nicht so lang ist, wie ich mir das vorgestellt hätte, hätte ich mich jemals nach der Länge eines solchen Rückens gefragt. Ich streiche mit dem Strich und wieder dagegen, hin und her, das macht ein Geräusch. Ich kraule diese harten Borsten, ich kratze ihre dicke Haut, ich klopfe und haue auf der Sau herum, als könnte ich sie so dazu bewegen, noch einmal aufzustehen. Und ich rede auf sie ein dabei, zwischen meinen Tränen, die immer noch aus mir herausfließen, höre ich mich selbst reden: »Komm schon«, sage ich, »komm schon, steh doch wieder auf.« Ich versuche ein Lachen, es gerät mir zum Röcheln, so hat auch die Sau geröchelt, »du bist ganz schön schwer.« Dabei weiß ich genau, dass sie nicht mehr aufstehen wird, dass sie nur noch schwerer werden wird. Auf mir. Dass sie erst steif und schwer werden wird und dann wieder weich, und dann wird sie irgendwann ganz verschwunden sein. Und wenn ich hier sitzen bleibe, mit ihr auf dem Schoß, wird es mir nicht anders ergehen. Ich halte mein Gesicht nah an das der Sau, Nase und Mund dicht an ihrem weichen Ohr, »komm schon, komm schon«. Sie rührt sich nicht. Ich haue weiter auf sie ein und spüre die raue Oberfläche ihrer Hauer, wie sie gegen meine Wange stoßen und wie sie mir nichts mehr anhaben können, wie nichts mir jetzt noch etwas anhaben kann. Und anders, als man annehmen würde, als ich noch vor Kurzem angenommen hätte, in einer solchen Situation, beunruhigt mich dieses Gefühl. Mir kann nichts mehr geschehen, denn alles ist längst passiert, denke ich. Und dieser Gedanke macht mir Angst.

Ihre Hand wird langsam kühl, sie schläft ein, sie liegt noch immer auf dem Hörer, fremd, als wäre es nicht ihre Hand. Das Telefon rührt sich nicht mehr, sie weiß nicht, wie lange sie schon so sitzt und was sie hier eigentlich will. Worauf sie wartet. Sie denkt, dass es bestimmt schon Nacht ist. Dass es dunkel ist draußen, erkennt sie an der Dunkelheit hier drinnen. Es brennt kein Licht in dieser Wohnung, und sie denkt, dass sie auch schlafen könnte, dass auch morgen noch Zeit genug ist, über das hier nachzudenken. Sie will gerade ihre taube Hand vom Hörer nehmen, als es klingelt. Na bitte, denkt sie, und sie nimmt ab. Der Hörer schlägt ihr kalt gegen die Schläfe. »Max!«, sagt sie, ihre Stimme klingt fremd, rau und spitz zugleich, das hört sie, aber sie hört ihn nicht, und das ist auch gar nicht Max am Telefon, da ist niemand am Telefon, sie hört nur ein langes Tuten. Es klingelt wieder, das ist gar nicht das Telefon, es klingelt an der Tür. Aber Max hat doch sicher seinen Schlüssel dabei, warum klingelt der denn jetzt? Und wie um alles in der Welt soll sie ihm das hier erklären. Es klingelt wieder. Sie geht zur Tür, nimmt den Hörer der Gegensprechanlage ab, »Ja?« – »Hallo! Beier hier, Sie wissen schon.« – »Ja?« – »Kann ich mal hochkommen, bitte, ja, lassen Sie mich rein? Ich glaube, ich weiß jetzt, wo Max steckt.« Sie drückt auf den Summer, was soll sie auch machen, dann kommt er eben. Sie steht in der offenen Tür, seltsam sieht sie aus, denkt er, aber natürlich, wie soll sie schon aussehen: Ihr Mann ist weg, ihr Sohn ist tot, wie soll eine Frau da schon aussehen. Sie steht im Dunkeln, gut, dass ich da bin, denkt er auch noch, gut, dass ich ihr jetzt helfen kann, eine Frau ist in einer solchen Situation oftmals überfordert. Da braucht es einen klaren Kopf, gut, dass er jetzt da ist, denkt er noch einmal, gut, dass sie ihn verständigt hat. Er greift in die Wohnung hinein, tastet an der Wand entlang, macht das Licht an. Erst jetzt reicht er ihr die Hand, führt sie einfach weiter, vom Lichtschalter aus in ihre Richtung, sie nimmt sie, und dann deutet er eine Umarmung an. Es geht doch darum, ihr Sicherheit zu vermitteln, denn wenn Max wirklich da ist, wo er ihn vermutet, dann ist diese Situation vielleicht nicht ganz einfach zu lösen. Da muss man behutsam vorgehen. Und während er sie umarmt, schaut er an ihrem Kopf vorbei, der ihm gefällt, sie hat einen wohlgeformten Kopf, einen schönen Hinterkopf, der durch die kurzen Haare, die ihm gleich aufgefallen sind, besonders gut zur Geltung kommt. Aber das alles denkt er nur nebenbei, denn er schaut in den leeren Flur und auf die Wände mit den heruntergerissenen Tapeten und sieht gleich, dass hier etwas ganz und gar nicht in Ordnung ist. Und das sieht sie ihm an, dass er sich wundert, aber das geht den doch gar nichts an, das geht nur Max und mich etwas an, denkt sie. Was habe ich mir nur dabei gedacht, den anzurufen, denkt sie noch, während er sie links und rechts an den Armen fasst, in Schulterhöhe, sie ein Stückchen von sich wegschiebt, sie ernst anschaut. »Inge«, fragt er, »was ist denn hier passiert?« Sie zuckt mit den Schultern, sie weiß es doch selbst nicht. Das ist jetzt eben so, und fertig, da gibt es nichts zu reden oder zu erklären. Max wird ihr das nie verzeihen, dass sie ausgerechnet seinen Chef angerufen hat, dass sie ihn hereingelassen hat und ihn das hier hat sehen lassen. Dass sein Chef das gesehen hat, bevor er es selbst sah. Aber jetzt ist es zu spät. »Nichts«, sagt sie, »hier ist gar nichts los. Wir ziehen aus.« Und sie setzt nach: »Hat Max Ihnen das nicht erzählt?« Er ist nicht sicher, er glaubt ihr nicht, aber andererseits, er will es auch gar nicht wissen, er hat einen anderen Auftrag und den hat sie ihm erteilt. Er soll Max wiederfinden, und das wird ihm auch gelingen, deshalb ist er hier, wegen nichts sonst. Und deshalb fragt er nicht weiter und lässt die Sache auf sich beruhen. Sagt nur: »Ach so, ja.« Macht eine kleine Pause, was er sagt, soll auch eine Wirkung haben, und dann: »Ich glaube, ich habe ihn gefunden, ich glaube, ich weiß, wo Max sich aufhält.« Pause. »Ich habe versucht, Sie zu erreichen, ich habe immer wieder angerufen.« Sein Blick wandert zu dem Tischchen mit dem altmodischen grünen Telefon darauf. »Ja«, sagt sie, »Entschuldigung, das ist offenbar schon abgestellt.« Ist es nicht, denkt er, wir haben heute Nachmittag noch telefoniert. Aber egal, er will das wirklich nicht wissen. Schaut ihr bloß noch einmal prüfend ins Gesicht. Sie wirkt eigentlich ganz beherrscht, denkt er. Aber kann man in den Menschen reinschauen? Kann man nicht.

Er ist kalt, selbst unter den Decken und unter ihrer warmen Hand bleibt seine Haut kalt. Sie kann ihn jetzt nicht mehr erreichen. Er schläft, aber sein Atem geht flach und unregelmäßig. Sie steckt die Decke noch einmal fest um ihn, lässt die Hand kurz auf der Decke liegen. Lange wird es nicht mehr dauern, ein paar Stunden, einen Tag. Länger nicht, er ist schon gar nicht mehr da. Sie dreht sich um. »Ich bin hier«, sagt sie, »ich sitze drüben am Fenster.« Sie geht zum Schrank und holt eine Wolldecke, sie wickelt sich darin ein und stellt sich neben das Fenster. Es ist kalt, das Fenster steht noch immer offen, doch sie schließt es nicht. Alles soll herein: die kalte Luft, die Gerüche und Geräusche aus dem Wald, das Rauschen der Blätter und das Schreien eines Käuzchens. Ihr selbst tut das auch gut. Es tut mir gut, an diesem offenen Fenster zu stehen und in der Eiseskälte, die von draußen hereinzieht, ein bisschen zu zittern und zu frieren, denkt sie. Die Nacht da draußen ist voller Geräusche, die sie nicht kennt. Sie ist ein Stadtmensch, sie ist nur für diesen Job hierhergekommen. Sie ist wegen des Geldes gekommen und auch wegen der Natur, an eine solche Einsamkeit hat sie dabei nicht gedacht. Und ja, sie ist natürlich auch hierhergekommen, weil sie sich dafür interessiert hat, was für ein Mensch das ist, der Max Schmeling. Denn man weiß einiges über ihn, und sie hat manches gelesen, auch schon, bevor sie wusste, dass sie diese Stelle antreten würde, hat sie sich für ihn interessiert. Nicht sehr, eher so nebenbei, aber wenn etwas in der Zeitung stand oder in einem Magazin, dann hat sie das gelesen, und sie wusste, wer er war und wer seine Frau war. Und was er so getan hat in seinem Leben. Das wusste sie, und daran, an dieses Wissen und wie es sich verändert hat in den letzten Wochen, muss sie jetzt denken. Ein Rauschen und Knacken kommt aus dem Wald, Stimmen sind da zu hören, Schreie von Tieren, und sie denkt, dass sie das Fenster lieber schließen würde. Sie dreht sich um, die rechte Hand schon am Fenstergriff. Da liegt er, der Schmeling, im Schein der Nachttischlampe, klein ist er unter den Decken. Winzig. Er rührt sich kaum, sein stolpernder Atem vermischt sich mit den Geräuschen aus dem Wald.

Sie liegt auf mir wie eine zähe Decke, wie eine Decke aus Schlamm und hart gewordenem Matsch, die mich ganz überzieht, liegt sie auf mir. Ich kann mich kaum noch rühren unter ihr. Ich muss sie loswerden, ich kann doch nicht ewig hier sitzen, eine tote Sau auf meinem Schoß. Ich muss sie erst von mir schaffen und dann die Treppe hinunter und dann raus aus dem Haus. Ich muss sie in den Wald bringen, denn da gehört sie hin. Das werde ich schon hinkriegen, sie ist nicht sehr groß, nicht so, wie ich mir ein Wildschwein immer vorgestellt habe oder wie ich es beschrieben hätte, hätte mich jemand danach gefragt. Wie ich mich an ein solches Wildschwein erinnert hätte, das ich als Kind oft gesehen habe, in der Fasanerie, in die ich mit meinem Vater sonntags gegangen bin. Da gab es Wildschweine, ganze Horden waren da, und man konnte eine Tüte mit Futter kaufen, Mais war darin und irgendwelche Körner und Kraftfutter, auf das sich die Tiere stürzten, die mir damals riesig erschienen sind. Und unbegreiflich wild. Fremd.

Von woanders herkommend. Nicht nur, dass sie jenseits des Zauns waren, vor dem ich stand und über den ich das Futter warf, nein, sie kamen von weit dahinter, aus einer unbestimmten Tiefe, die jenseits des Waldes lag. Ich stand ihnen auf Augenhöhe gegenüber, die Papiertüte mit dem Futter in der Hand, stand ich diesen unbegreiflichen Tieren gegenüber, die nicht mich anschauten, die nur auf das Futter schauten und sich darauf stürzten und einander fortstießen. In die Seiten rammten und grunzten dabei. Aber so ist sie nicht, sie ist, auch wenn sie hier so ausgestreckt liegt, deutlich kleiner als in dieser Erinnerung. Sie ist kleiner, als ich das bin, und sie ist mit Sicherheit auch leichter. Ich spanne die Oberschenkel an und hebe die Beine etwas, um sie ein bisschen zu bewegen, die Sau, und auch, um eine Vorstellung von ihrem Gewicht zu bekommen. Sie schwankt auf mir. Ja, das wird schon gehen, aber ich muss sie doch bald loswerden, denn die Beine schlafen mir ein, und ich spüre erst jetzt, wo ich meine Beine zu bewegen beginne, auch die Verletzung an meinem linken Oberschenkel wieder. Das muss ich mir anschauen und irgendwie reinigen und verbinden, denn nach so einem Biss, nach dem Biss einer Sau, will ich mir gar nicht ausmalen, was sich alles tummelt in meinem Oberschenkel. Vielleicht geht das mit dem Spiritus, ein Rest ist sicher noch in der Flasche, das wird schon reichen. Aber die Flasche liegt unten, irgendwo neben dem heruntergebrannten Feuer. Es hilft nichts, ich muss die Sau loswerden. Ich versuche die Beine anzuziehen, damit ich sie seitlich von mir herunterkippen kann, aber das klappt nicht. Mein linkes Bein macht nicht mit, es zittert, ich habe gar keine Kraft darin. Und es tut weh. Ich muss etwas unternehmen, ich muss hier weg. Ich umfasse die Sau mit beiden Armen und stelle mein rechtes Bein auf, ja, so wird das was. Ich kippe mich und die Sau nach links, über das verletzte Bein, sie fällt schwer neben mich. Ich höre das Aufschlagen ihres toten Körpers, und dieser dumpfe Schlag berührt mich mehr als ihr Geschrei zuvor. Diesen Schlag werde ich nicht vergessen. Ich taste auf meinem Oberschenkel herum, die Hose ist zerrissen und nass von Blut, und da spüre ich eine tiefe Wunde. Ich muss die jetzt versorgen, ich muss hier weg, ich muss weg. Ich ziehe mich mit der rechten Hand am Bettrahmen hoch, zum Glück ist der Raum so klein, ich finde mich zurecht. Es geht ganz gut, ich sitze, das ist ein Anfang.

Er schaut sich um. »Ich würde mich gern setzen, können wir uns hier nicht irgendwo setzen?« Er folgt ihrem Blick und weiß es schon: Hier kann man nirgendwo mehr sitzen. Na gut, denkt er, was soll's, dann bleiben wir eben stehen. Er holt Luft, schiebt die Hände in die Manteltaschen. »Liebe Inge«, sagt er, »ich glaube, ich weiß, wo Max ist. Und ich finde, ja, das ist schon ungewöhnlich, aber irgendwie passt es auch zu ihm. Also, dass er da so einfach rausfährt. Das passt schon.« Seine Hände arbeiten in den Taschen. Er wedelt mit seinem Mantel herum, als wären es Flügel, denkt sie. »Und ich muss auch sagen, das hängt bestimmt mit dem zusammen, was ich ihm am Freitag gesagt habe. Also, dass das irgendetwas ausgelöst hat in ihm. Oder angestoßen. Dass ich also irgendwie auch eine Verantwortung trage dafür. Und das tut mir natürlich leid, aber, andererseits, so ist er halt. Sie kennen ihn besser, als ich das tue. Aber jetzt ist er eben dort, und wir müssen sehen, wie wir ihn da wieder wegbekommen.« Warum schaut sie mich so an, denkt er, als hätte ich nicht mehr alle Tassen im Schrank, so schaut sie mich an. Dabei ist doch ganz offensichtlich bei ihr etwas nicht in Ordnung, und nicht bei mir. Aber natürlich, das ist auch eine verstörende Information, denkt er, das muss sie erst einmal verarbeiten. »Ja«, sagt er deshalb, »mich hat das zunächst auch gewundert. Aber es gibt keine andere Erklärung. Ich bin mir sehr sicher, dass er dort ist. Wo soll er auch sonst sein. Das ist vollkommen klar, dass er da ist.« Sie schaut immer noch so. »Was ist denn?« Er wird langsam ungehalten. »Wo ist er denn nun?«, fragt sie, »das haben Sie mir noch gar nicht gesagt.« Was ist nur mit ihm los? Das alles bringt auch ihn ziemlich durcheinander. »Habe ich das denn nicht gesagt? Also, ja, dann habe ich das wohl vergessen. Ich glaube, dass er im Haus von Max Schmeling ist. Also in dessen ehemaligem Wohnhaus. Denn Schmeling selbst, der ist ja tot, der ist schon lange tot. Und das Haus, ja, das hat er der Gemeinde vererbt, und die haben den Fall an uns weitergegeben. Weil sie nicht wussten, was sie damit anfangen sollen. Und dann ist das Ganze auf Max' Schreibtisch gelandet, also, vor einer Weile schon, vor ein paar Jahren eigentlich. Ich habe gerade nochmal in die Akte geschaut. Es gab recht früh schon einen Ortstermin, und dann hat er sich da offensichtlich ziemlich reingegraben, denn das ist gar keine Akte mehr, das ist ein ganzer Karton mit Büchern und Filmen. Davon muss er doch etwas erzählt haben, zuhause. Damit hat er sich die ganzen

Jahre offenbar ziemlich intensiv beschäftigt. Aber irgendwie ist er trotzdem nicht vorangekommen. Also, es gibt keinen Bericht, nichts Schriftliches von ihm. Keinen Abschlussbericht, keinen Zwischenbericht, gar nichts. Er hat sich da bloß immer tiefer reingegraben.« Er atmet aus. Sie nickt und nickt, er hat Recht, auf seine komische Art hat er Recht, das kann wirklich gut möglich sein, dass Max in Schmelings Haus ist. Aber was soll man machen, sagt sie sich, dann ist er da eben, und irgendwann wird er schon zurückkommen, dann wird man sehen. »Danke«, sagt sie, und sie sagt »ja, da haben Sie sicher Recht. Er ist bestimmt dort. Danke, dass Sie extra deswegen gekommen sind.« Sie greift an ihm vorbei zur Tür, zieht sie auf. »Danke nochmal.« Sie schmeißt mich raus, denkt er, sie schmeißt mich wirklich raus, das ist doch nicht zu glauben. Aber bitte, dann halt nicht, dann soll sie sehen, wie sie allein zurechtkommt. Mit diesem Verrückten. Aber die ist ja selbst verrückt, denkt er, die passen schon ganz gut zusammen, die zwei. Er greift in seine Jackentasche, holt den Zettel hervor. »Hier«, er hält ihr den Zettel hin, sie greift danach, schiebt ihn in ihre Rocktasche zu dem Fetzchen Tapete, das da schon ist, »hier habe ich Ihnen die Adresse aufgeschrieben. Also, falls Sie da überhaupt hinwollen. Um sich zu vergewissern. Oder was auch immer.« Er stockt, was macht er hier eigentlich, er sollte jetzt wirklich gehen. Das ist doch alles völlig verrückt. Es ist spät, es ist Nacht, er drückt ihr den Zettel in die Hand und dreht sich um. Jetzt steht er schon vor der Tür, jetzt geht er die Treppe hinunter. »Ja«, hört er sie noch sagen, »danke. Ja, das mache ich. Das mache ich ganz bestimmt.«

Er verschwindet, und ich sehe ihm dabei zu, denkt sie, bald ist er ganz weg. Sie dreht sich um, sie zittert. Es ist kalt, aber sie will das Fenster nicht schließen. Sie will lieber noch eine Weile an diesem offenen Fenster stehen, hinausschauen ins Dunkel und horchen nach diesem Menschen, der da in ihrem Rücken liegt und stirbt und den sie gar nicht kennt, den sie aber doch erkennt, in seinem schwachen Schnaufen und in dem Geräusch, das seine Haare auf dem Kissen machen, denn was sie kennt, ist das Sterben, das kennt sie gut. Und in diesem Sterben unterscheidet er sich nicht von den Menschen, die vor ihm gestorben sind und bei denen sie genauso gestanden hat, wie sie jetzt bei ihm steht, denkt sie. Es macht überhaupt keinen Unterschied, ob sie beim sterbenden Max Schmeling im Zimmer steht oder bei irgendjemand anderem. Und das war es auch, was ihn ausgemacht hat, diese Normalität, zumindest von außen betrachtet. Dass man sich irgendwie wiederfinden konnte in ihm, dass er die Sachen richtig gemacht hat, die er richtig machen konnte. Und die anderen, nun gut, das waren eben die Umstände, denkt sie, und in Anbetracht der Umstände hat er sich gut geschlagen, selbst unter den Nazis. Er hat sich rausgehalten, und was hätte er auch sonst tun sollen? Vielleicht wollten die sogar, dass er sich raushält, denkt sie jetzt, und nur seinen Sport macht. Und vielleicht ist er genau deshalb da wieder rausgekommen. Angefangen hat das doch mit etwas anderem, denkt sie, angefangen hat das damit, dass er etwas Außergewöhnliches getan hat. Denn das ist ja der erste Gedanke, den man hat, wenn sein Name fällt, da denkt man Boxer, da denkt man Jahrhundertboxer, das habe ich auch gedacht, als die Pflegeagentur mich angerufen hat. Und dann sieht man diese Bilder vor sich, von blutigen, zugeschwollenen Gesichtern. Doch jetzt sehe ich das nicht mehr. Denn jetzt liegt er hier, hinter mir, in diesem winzigen Haus, in dem ich auch bin. Und dieses Haus hat ihn ganz verschluckt und auch das verschwinden lassen, was ihn überhaupt hierhergebracht hat, die Nazis und dieses Brutale. Sie denkt, dass das ein ungerechter Gedanke ist, aber sie wird diesen Gedanken trotzdem nicht los. Und sie denkt auch noch, dass dieses Haus gar nicht das ist, was für ihn wichtig war, sondern das Drumherum, der Wald, die Tiere. Die Jagd. Und deshalb will er bestimmt auch, dass das Fenster offen ist, denn da war etwas anderes in ihm, etwas, das gar nicht passte in dieses kleine Haus, das dieses Haus überstieg, etwas, das immer noch in ihm sitzt, ich sehe ihm das an, und das er auch so leicht nicht hinunterschlucken kann. Denn er will ja gar nicht hier sein, das spürt sie genau, er will draußen sein, in der Luft und im Wald. Und sie denkt, dass er hier vielleicht gar nicht sterben kann, selbst dann nicht, wenn das Fenster die ganze Nacht offen steht. Etwas muss heraus aus ihm, was nur draußen raus kann. Und sie fragt sich, wie sie das schaffen soll, ihn die Treppen hinunter und in den Wald zu bringen. Denn da muss er hin, da ist sie sich ganz sicher. Jetzt rührt er sich unter den Decken, und sie läuft zu ihm.

Zu meinen Füßen liegt die tote Sau. Ich sehe sie nicht, aber ich weiß, dass sie da ist, und ich spüre sie ja auch. Ich spüre diese tote Sau, dem kann ich nicht entgehen.

Ich würde gerne meine Schuhe ausziehen und die Socken auch, ich würde meine nackten Füße der Sau auf die Seite legen. Ich würde mich nicht auf sie stellen, das nicht, aber ich würde sie mit meinen Füßen ein bisschen massieren und hin und her rollen, sie in die Seite stoßen, und das würde vielleicht ihre Lebensgeister zurückbringen. Ich stelle mir das angenehm vor, meine nackten Füße auf dem borstigen Fell, aber ich mache das natürlich nicht, es würde auch gar nichts helfen, denn sie ist ja tot. Sie ist so tot, wie man nur sein kann. Ich muss mich um mich kümmern und um meine Verletzung. Denn es ist nicht nur der Sau etwas passiert, nein, mir ist ja auch etwas passiert. Ich lege meine Hand auf den verletzten Oberschenkel, es blutet, stärker als eben noch. Wahrscheinlich lag die Sau günstig auf dem Bein und hat mit ihrem Gewicht die Blutzufuhr unterbrochen, denke ich. Das Hosenbein ist nass, mir ist schlecht und schwindlig. Ich muss die Blutung stoppen, was soll ich machen, ich muss das Bein irgendwie abbinden. Denn wenn ich verblute, dann kommt keiner und rettet mich, dann finden sie mich, irgendwann, tot neben der toten Sau, im Gästezimmer des Schmeling-Hauses. Und auch wenn das eine amüsante Vorstellung ist, denn mit so einem Tod hätte ich nicht gerechnet, und ein überraschender Tod ist allemal besser als einer, auf den das Leben so zäh zuschleicht, und auch wenn mir der Gedanke gefällt, will ich das ja doch nicht. Denn ich habe immer noch diese Aufgabe zu erledigen. Ich muss den Bericht schreiben und mich darum kümmern, was mit diesem Haus passiert. Außer mir ist keiner hier, also muss ich das zu Ende bringen, und das beginnt eben damit, dass ich diese Blutung stoppe. Aber womit? Ich taste auf dem Bett herum, hier ist nichts, außer den schweren Decken. Aber halt, mein Mantel, der hat doch einen Gürtel, genau, den nehme ich, den muss ich nur da herauskriegen. Ich schiebe das Gewehr zur Seite, ziehe den Pullover hoch, der Rucksack hängt schwer auf mir, aber ich kann den nicht absetzen, ich brauche ihn noch. Ich taste auf dem Mantel herum, er ist ein bisschen nach oben gerutscht, jetzt habe ich es, hier, in den Taschen stecken die Enden des Gürtels. Ich ziehe an einem der Enden, der Schmerz schießt von dem verletzten Bein hinauf in meinen Kopf, und es ist geschafft, ich halte den Gürtel in Händen. Ich wickle ihn einmal und noch einmal um meinen Oberschenkel, ziehe ihn fest, ich ziehe so fest ich nur kann, als könnte ich damit auch den Schmerz abbinden, zurre ich den Gürtel um mein Bein und mache schließlich einen Knoten. Das müsste gehen. Ich lasse mich nach hinten fallen. Ich lande auf den Decken, und auch wenn ich noch das Gewehr über der Schulter habe und den Rucksack auf dem Rücken, liege ich angenehm, und ich denke, dass ich kurz die Augen schließen und mich ausruhen muss, bevor ich nach unten gehe.

Er ist weg. Sie hat die Hand in die Rocktasche geschoben und hält den Zettel zwischen ihren Fingern. Rollt ihn ein und aus. Dort ist Max also, im Haus von Schmeling, und wirklich, das hätte sie sich auch selbst denken können. Er hat ja von nichts anderem geredet in den letzten Jahren. Gut, am Anfang, als er den Fall übernommen hat, da war das noch intensiver, mittlerweile, insbesondere seit Raphaels Tod, denkt sie, hat es nachgelassen, und ja, in den letzten Wochen hat er eigentlich gar nicht mehr davon gesprochen. Und sie war froh darüber gewesen. Nicht, dass sie darüber nachgedacht hätte, nicht, dass sie gedacht hätte, was ist nur los, warum erzählt Max gar nichts mehr vom Schmeling, und sie hatte auch andere Sorgen, aber es war angenehm, dass diese Besessenheit offenbar aufgehört hatte. Denn man empfindet das ja, dass etwas fehlt oder da ist, auch ohne dass man darüber den ganzen Tag nachdenkt. Und so war es eben, diese Besessenheit war weg, oder Max hatte sie irgendwohin verbannt. Denn eine Besessenheit war das schon, das kann man gar nicht anders sagen, und die wird man nicht so leicht los. In der ganzen Wohnung konnte man die Spuren dieser Besessenheit finden: Sportzeitschriften, Bücher, DVDs, Spielfilme und Aufnahmen von den legendären Kämpfen. Und zunächst gefiel ihr das noch, und sie hat sich gern einmal dazugesetzt, wenn Max einen solchen Film schaute, denn sie hatte immer schon oder zumindest schon länger gedacht, dass Max so etwas fehlt, eine Beschäftigung, ein Hobby, das über die Arbeit hinausgeht. Das ihn an etwas bindet, das ihn berührt, und das tat die Schmeling-Sache eindeutig. Und ja, sie fand das auch nicht uninteressant, denn das Leben von Schmeling, das hatte schon etwas, in dem man sich wiederfinden konnte. In dem auch sie sich wiederfinden konnte, sie konnte gar nicht genau sagen, was. Doch dann nahm diese Beschäftigung Züge an, wie soll man sagen, das war nicht mehr normal. Er konnte von nichts anderem mehr reden. Immer noch etwas Neues fand er heraus, ein Detail, eine Kleinigkeit aus dem Leben von Schmeling, die ihm dessen gesamte Person dann in einem völlig anderen Licht erscheinen ließ. Als wäre er ein guter Freund, der sich verändert und dessen Veränderung man irgendwie nicht begreifen kann, redeten sie bei jedem Abendessen über Schmeling und warum er dies oder jenes getan oder gesagt hatte. Warum er sich so oder so verhalten hatte. Warum er sich zum Beispiel in seiner ersten Autobiographie, als er von seiner Arbeit in einer Glasfabrik erzählte, wo er eines Tages als Einziger in der Werkhalle saß, erst als ahnungslos darstellte und sich dann, beinahe vierzig Jahre später, augenzwinkernd zum Streikbrecher stilisierte. Das verstand Max nicht, und er bezweifelte, dass beide Bücher wirklich aus Schmelings Feder stammten, denn wer würde so etwas machen, wer würde sich denn derartig über sich selbst irren. Sie hört ihn noch, wie er sagt: »Man täuscht sich doch nicht derartig in der eigenen Vergangenheit, man weiß doch, wie es war, und eine solche Situation steht einem doch vor Augen. Wie kann das sein, dass er sich in seiner eigenen Geschichte so vertut?« Dass das auch eine Inszenierung sein konnte, daran dachte Max gar nicht, und sie gerieten in Streit, als sie diese Idee auf den Tisch brachte. Und auch die ganze Nazi-Sache, die quälte Max natürlich, und das wollte er lieber nicht so genau durchdenken. Aber reden musste er schon davon. Und dann, dann war einfach Schluss. Er sagte gar nichts mehr, über Schmeling nicht und auch sonst nicht viel. Und sie dachte, ja, das liegt an Raphaels Tod, dass der ihn zum Verstummen gebracht hatte, dieser vollkommen überraschende Tod, der in einem krassen Gegensatz stand zu dem Leben von Schmeling, das so breit vor ihm lag, in dem er herumsuchen und herumstochern, in dem er alles Mögliche finden konnte. Und dass das verständlich ist, eine normale Reaktion, dass der Tod des eigenen Kindes einen zum Verstummen bringt, das dachte sie auch noch.

Sie setzt sich an den Bettrand und denkt, dass sie lieber unter diesen warmen Decken liegen würde, es ist so kalt hier drin, und dass sie gerne einen anderen Körper darunter wüsste, an den sie sich schmiegen könnte, als diesen alten. Als den sterbenden Körper eines Menschen, mit dem sie nichts verbindet und der auch mit ihr nichts zu tun hat. Denn das nimmt man nur an, denkt sie jetzt, wenn man einen solchen Menschen von außen betrachtet, durch Bücher hindurch oder Zeitungsartikel, dass der mit dem eigenen Leben etwas zu tun hat, dass dessen Leben irgendwie stellvertretend ist für das eigene und dass man das eigene erkennen kann in diesem fremden Leben. So ist es ja nicht, das merkt sie deutlich. Denn was sie gesehen hat von diesem Leben, das war gar kein Leben mehr, das war bloß ein Herumlaufen und schließlich nur noch ein Herumliegen zwischen alten Sachen, zwischen Bildern und Erinnerungen, die schon längst mit keinem Leben mehr etwas zu tun hatten. Und sie selbst fühlte sich auch fremd zwischen diesen fremden Dingen, und zugleich, ja, kannte sie die doch, denn es ist leicht, in ein solches fremdes Leben hineinzuschlüpfen, und das hat sie oft getan, das bringt ihr Beruf mit sich. Es ist ganz einfach, eine Tasse an den Mund zu führen und dabei zu denken, dass man schon immer aus dieser Tasse getrunken hat. Dass es die Lieblingstasse ist, die man gerade in der Hand hält, und dass man untröstlich wäre, fiele sie jetzt hinunter und zerbräche. Es fällt ihr leicht, an einem Fenster zu stehen, den Blick in eine fremde Landschaft gerichtet, und zu denken, dass man hier schon immer gestanden hat, und sich an die Gedanken zu erinnern, die man dabei hatte und die den Gedanken von eben ähneln. Das denkt sie, während sie ihre kalte Hand unter die Decken schiebt und leicht Schmelings Schulter streichelt, die spitz ist und knochig. Sie hört ihn atmen, und sie weiß, dass es jetzt nicht mehr lange dauert. Er schläft, aber auch wenn er aufwacht, wird er nichts Vertrautes mehr sehen, und der Traum, aus dem er erwacht, wird ihm klarer gewesen sein als diese Realität, die ihn umgibt und aus der er verschwindet. Er schlägt die Augen auf, ihre Berührung hat ihn geweckt, sie schaut in ein gelbliches Wasser, das nicht trüb ist, nein, es ist klar, und würde sie sich noch ein bisschen weiter nach unten, zu ihm hin beugen, könnte sie sich selbst erkennen darin. Aber das tut sie nicht. Denn es verstellt doch den Blick, dieses Wasser, denkt sie, und dass da auch mehr nicht ist, kein Abgrund und keine Tiefe, und dass alles, was noch da ist, von Schmeling, sich in diesen wässrigen Augen spiegelt.

Ich muss geschlafen haben, ich kann mich kaum bewegen. Das Gewehr liegt schwer auf meinem Brustkorb, die Wunde im Oberschenkel pocht. Wie spät es wohl ist, wie lange ich hier gelegen habe? Was wollte ich machen, wo wollte ich hin? Ich habe es vergessen. Ich richte mich auf, stoße mit dem Fuß an die Sau.

Ich muss hier raus, ich kann nicht länger mit der toten Sau in einem Zimmer sein. Und ich werde es nicht schaffen, sie die Treppe runter und hinaus zu schleppen, also muss ich gehen. Ich muss gehen und sie liegen lassen. Und ich habe hier auch gar nichts mehr verloren, hier habe ich alles erledigt. Es gibt nichts mehr zu tun für mich, und ich muss mich auch nicht verabschieden. Ich verlasse jetzt dieses Zimmer und das Haus. Ich gehe vor, an die Straße stelle ich mich und warte einfach ab. Irgendwann wird selbst hier, in dieser Einöde, jemand vorbeikommen, und der soll mich dann mitnehmen in die Stadt und mich in ein Krankenhaus bringen, und von dort aus rufe ich dann Inge an. Ich rufe Inge an, und sie kommt gleich und setzt sich an mein Bett. Sie wird sich an mein Bett setzen und ihre Hand auf die Decke legen, an die Stelle, unter der sie meine Hand vermutet. Sie wird über diese Bettdecke streichen, sie wird da sitzen, am Bettrand, und wir werden uns anschauen, wir werden das Geräusch hören, das ihre raue Hand auf der Krankenhausbettwäsche macht. Wir werden uns nichts fragen und werden einander nichts erklären müssen, das alles wird keine Rolle mehr spielen. So wird es sein, doch dazu muss ich erst einmal von hier weg. Denn hier habe ich nichts mehr verloren. Ich stütze mich an der Wand ab und stehe auf, das Pochen verstärkt sich. Ich habe Angst, dass die Wunde wieder zu bluten beginnt. Ich habe Angst, dass ich hier verbluten könnte, ganz allein. Ich muss hier raus. Ich drücke mich am Bettrand entlang an der Sau vorbei. Es tut mir leid, sie hier so liegen zu lassen. Lieber würde ich sie mitnehmen, lieber würde ich sie mir über die Schulter legen und sie nach draußen bringen. Lieber würde ich sie im Wald vergraben, die Stelle mit einem Stöckchen markieren. Lieber wäre es mir, ich hätte sie nicht getötet. Aber daran kann ich jetzt nichts mehr ändern, und ich kann nichts dafür, dass alles so passiert ist, das kam einfach so auf mich zu. Ich habe das nicht entschieden, ich habe mir ja nicht das Gewehr umgehängt, den Jägerhut aufgesetzt, mich ins Gebüsch gekauert und mir gedacht, heute ist ein guter Tag, eine Sau zu erschießen. Nein, das kam alles einfach so auf mich zu, das Gewehr, die Sau, und dann kam eins zum anderen.

Es ist ja normal, dass man so verstummt und dass man alles liegen lässt, die Arbeit, die Hände im Schoß, weil man denkt, dass man nun nichts mehr zu Wege bringen kann. Deshalb habe ich mich auch nicht gewundert, dass er gar nichts mehr erzählte, von Schmeling nicht und auch sonst nichts, denkt sie. Doch jetzt, wo sie annehmen muss, dass er sich in diesem Haus befindet, dass er sich dort verkrochen hat, denkt sie, dass das alles doch in ihm gearbeitet hat, die ganze Zeit über, dass da nichts vorbei war oder abgeschlossen, dass er nur einfach nicht mehr darüber gesprochen hat. Und dass sich das miteinander vermischt, das denkt sie jetzt, die Schmeling-Sache und Raphaels Tod, und dass daraus etwas entstanden ist, das ihm unaussprechlich erschienen sein muss. Und dieses Gefühl kennt sie gut, dass etwas geschieht, was einen selbst übersteigt, was einen mitreißt, weshalb einem nichts übrig bleibt, als dem zu folgen. Ich rufe ihn jetzt an, denkt sie. Sie greift zum Hörer, wählt die vertraute Nummer, ich muss wissen, was da los ist, denn es geht mich doch etwas an, was Max tut, und ich kann dem nicht entkommen. Das Freizeichen ertönt, aber er geht nicht ran, und sie denkt zum ersten Mal, dass sie da hinfahren sollte, dass sie in ein Taxi steigen, dem Fahrer die Adresse geben und dann einfach zu diesem verdammten Haus fahren sollte. Ja, das wäre das Richtige. Aber noch so ein altes Haus, voll mit Erinnerungen, seien es die eigenen, seien es fremde, das kann sie heute nicht mehr ertragen. Denn sie weiß schon, was Max da sucht. Denn sie sucht das ja auch. Nur, dass sie es hier sucht und er woanders. Aber die Bewegung ist die gleiche. Sie beide suchen eine Vergangenheit, in der sie sich selbst oder wenigstens ein Stückchen von diesem Selbst finden. Wir beide versuchen etwas loszuwerden, um etwas anderes dafür zu bekommen. Wir beide versuchen einen Tauschhandel. Und Max geht weg dafür, und ich bleib hier. Max geht weg, und ich bleib hier. Weg und hier. Ihr Atmen hat sich dem Rhythmus des Tutens angeglichen, ihre Gedanken folgen dem eigenen Atem. Sie verliert sich in der Stille dazwischen. Ich komme gleich, denkt sie, gleich bin ich da. Und dann. Und dann. Was machen wir dann?

Mein Handy klingelt, ich erkenne das sofort, auch wenn das Läuten von unten kommt und gedämpft ist, erkenne ich sofort den Ton dieses Klingelns, und was sonst soll hier klingeln. Mein Handy klingelt, Inge ruft mich an. Wer anders soll das sein, mitten in der Nacht. Ich stürze die Treppe hinunter und in den dunklen Flur, nehme keine Rücksicht auf mein verletztes Bein, ich benutze das gesunde und ziehe das andere nach. Ich komme, denke ich, ich komme, warte noch kurz, gleich bin ich da. Ich taste mich an der Wand entlang, ich humple, ich kann kaum auftreten mit dem linken Bein, es brennt und pocht, aber das ist mir egal, ich muss zu diesem Telefon, ich muss die Stimme eines Menschen, ich muss jetzt Inges Stimme hören. Ich bin im Kaminzimmer, ich knie schon am Boden, ich stürze hinein in diesen Schrank, das Handy klingelt noch immer, sie lässt nicht nach. Ich krieche nach vorn, noch weiter in den Schrank hinein, ich kralle meine Finger in den schmalen Spalt, irgendwie muss sich dieser Mechanismus doch lösen lassen. Ich reiße und zerre daran, das Handy klingelt und klingelt, gib nicht auf, denke ich. Meine ich Inge, meine ich mich? Ich weiß es nicht, und dann gebe ich doch auf, während ich das noch denke, spüre ich schon, wie sich mein Griff lockert. Es ist unmöglich, dieses Handy zu erreichen, und dann lege ich meinen Kopf in dieses Fach, ich presse mein rechtes Ohr auf den Regalboden, das Klingeln sitzt jetzt in meinem Kopf, Inge, denke ich, Inge. Meine Stimme hallt seltsam nach in diesem leeren Schrank, vermischt sich mit dem Klingeln, ist mein Kopf dieser Schrank, werde ich langsam verrückt hier? Wie hat Schmeling das nur ertragen, all die Jahre in dieser Einsamkeit. Ich halte das nicht aus, ich halte das ja nicht einmal zwei Tage lang aus, und natürlich, denke ich, und die Tränen laufen schon wieder aus mir heraus, aber gut, was soll's, darum kümmere ich mich schon gar nicht mehr, natürlich war das sein Leben, in dem er Tag für Tag steckte wie ich jetzt in diesem Wandschrank, und wie es jetzt ist, wie es jetzt gerade ist, das ist ja nicht mein Leben, denke ich. Das ist ein seltsamer Ausflug, ein Ausrutscher auf der Strecke, auf die ich unbedingt zurückkehren will. Und es interessiert mich überhaupt nicht mehr, was der Schmeling gedacht oder getan hat, wie er sich verhalten hätte in einer Situation wie dieser, denn das hier ist meine Situation, und es ist mein Leben, auch wenn es sich gerade zufällig im Haus von Max Schmeling abspielt. Oder nicht ganz zufällig, denke ich, denn ich habe das herbeigeführt, ich bin selbst hierhergefahren, ich habe den Schlüssel aus der Schublade genommen und ihn in meine Manteltasche gesteckt, und ich bin ins Auto gestiegen und hierhergefahren. Das war niemand sonst, und niemand hat mich dazu angetrieben, ich allein bin hierhergekommen. Aber umso mehr: Das ist mein Leben, und ich will das zurück. Ich will das zurückhaben, dieses Leben, ich will dahin zurück. Ich liege immer noch mit dem Kopf im Schrank, ich liege auf der rechten Seite, das kranke Bein über dem gesunden, den rechten Arm habe ich ausgestreckt, der linke liegt locker darüber. Ich ziehe den Kopf aus dem Wandschrank und lasse ihn auf den Boden fallen. Das Klingeln hat schon lange aufgehört.

Es ist düster, nur ein schwacher Lichtschein kommt von irgendwoher, der eigene Atem schlägt ihm warm entgegen, die Decke liegt auf seinem Gesicht, er hat sich darin vergraben. Er liegt unter dieser warmen Decke und kennt sich selbst nicht mehr, er ist ein Teil dieser Decke geworden. Ein Gesicht beugt sich über mich, denkt er, aber er denkt es nicht, er registriert es bloß, Augen tauchen aus einem Dunkel auf und sind da, ein Mund, Haar außen herum, es kommt ihm bekannt vor, dieses Gesicht, aber er weiß nicht, wem es gehört, er weiß nicht, ob er es überhaupt schon einmal gesehen hat. Er weiß nicht mehr, was ein Gesicht ist. Wo bin ich, denkt er, wessen Hand liegt da unter meiner Decke, ist es meine eigene. Könnte ich mir meine Hand überhaupt so auf die eigene Schulter legen, fragt er sich. Es käme auf einen Versuch an, denkt er, aber er denkt ja nicht, er denkt nicht das Wort *Hand*, und er denkt nicht *Versuch*, er zieht einfach daran, an diesem Stück seines Körpers, an dem ein letzter Rest Bewusstsein hängt. Er zieht daran und rührt sich dabei, er spürt noch etwas in sich, ein Wollen, und jetzt findet er auch seine Hände wieder. Da sind sie, er hat sie, die eine auf der anderen unter seinen Kopf geschoben, dass es sein Kopf ist oder dass das, was man Kopf nennen könnte, zu ihm gehört, das merkt er daran, wie schwer es ihm fällt, ihn anzuheben, in dem Versuch, die Hände da herauszubekommen. Ja, denkt er, das ist mein Körper, eine Decke liegt darauf, das bin ich, jemandes Hand liegt auf meiner Schulter. Es ist nicht meine Hand, die da liegt, es ist eine fremde. Er versucht sie abzuschütteln, es gelingt ihm nicht. Und doch, jetzt verschwindet die Hand, und er nimmt an, dass diese Hand zu dem Gesicht gehört, zu diesen Augen, die immer noch über ihm sind. Und so wie er die Hand abgeschüttelt hat, möchte er auch diese Augen loswerden, wer auch immer ihn da anschaut, was auch immer ihn da anschaut, es soll sie zumachen, seine Augen, es soll damit aufhören, ihn so anzustarren. Das macht ihm Angst, dieses Angestarrtwerden. Er will nicht mehr gesehen werden. Er versucht, seine Rechte unter seinem Kopf und dem Kissen hervorzuziehen, er will einen gezielten Schlag setzen in dieses Gesicht, das ihn nicht in Ruhe lässt. Hau ab, denkt er, verzieh dich, lass mich in Ruhe. Sie hört ihn stöhnen, sie greift nach seinen Händen, die nach vorne gerutscht sind, die über die Bettkante hängen. Die Finger zucken und schlagen mit einem leisen Klacken gegen das Holz. »Max«, sagt sie, und sie legt ihre ganze Erfahrung da hinein, »Max, ich bin bei Ihnen, Sie sind nicht allein.« Sie greift nach seinen Händen, sie hält seine Hände, sie kniet vor dem Bett und hält seine Hände und reibt und knetet sie. »Ich bin da«, sagt sie, »keine Sorge, Sie sind nicht allein.« Die Augen sind ihm längst zugefallen, er atmet mühsam, in kurzen Stößen, lange Pausen liegen zwischen dem Ein und Aus seines Atmens. Ich will hier raus, denkt er. Ich muss hier raus.

Das Tuten ist schneller geworden, es geht im Rhythmus ihres Herzschlags, und daran erkennt sie, dass sie schon lange hier sitzt. Sie hat das Zeitgefühl verloren, ist es schon Nacht, graut schon der Morgen, sie weiß es nicht. Sie legt den Hörer auf und denkt, dass Schluss sein muss mit diesem ewigen Denken und Warten und Zögern. Dass sie etwas unternehmen muss. Dass sie jetzt rausfahren muss zu Max. Dass er sie braucht, da, wo er ist, und dass sie sich dem nicht länger entziehen kann. Dass es eine Verpflichtung gibt, die erwächst aus Nähe und aus gemeinsam verbrachter Zeit, und dass man nicht einfach aufstehen kann und die Tür hinter sich zuschlagen. Und selbst wenn der andere das tut, wenn der aufsteht und die Tür hinter sich zuschlägt, dann muss man ihm nachgehen und ihn wenigstens einmal fragen, warum er das tut. Man kann nicht einfach so loslassen, sitzen bleiben, die Arme sinken und den anderen ziehen lassen und ihm noch nachschauen dabei. Das kann man nicht, denkt sie. Denn selbst wenn Raphael nicht mehr da ist und auch sonst niemand, für den sie eine Verantwortung empfinden könnte, so ist doch Max noch da. Auch wenn er gerade weg ist, wenn er woanders ist, ist er noch da, vielleicht umso mehr, denkt sie jetzt, vielleicht erscheint er gerade in diesem Wegsein umso deutlicher vor ihr. In dem, wie er ist, in dem, was er braucht. Und es ist nicht Mitleid, was sie empfindet, das nicht, denn er ist ja selbst für das verantwortlich, was er tut, aber es ist doch Verbundenheit. Und im Gefühl dieser Verbundenheit geht sie ihm nach. Sie holt sein Telefonbuch, das war ihr heute schon einmal nützlich, und sie denkt, dass alles immer schon irgendwo steht und aufgeschrieben ist und dass man nur auf den Zeitpunkt warten muss, an dem man diese Schrift endlich entziffern und dann auch verstehen und mit ein paar Wörtern in Verbindung bringen kann, die weiter vorne, die irgendwo anders gestanden haben, denn natürlich steht da die Nummer eines Taxiunternehmens. Sie ruft da an. Es dauert lange, bis jemand abnimmt. Es ist mitten in der Nacht, aber trotzdem, denkt sie, das hier ist eine große Stadt, und man muss auch in der Nacht ein Taxi bekommen können. Ob die Nummer noch stimmt? Wer weiß, wie alt dieser Eintrag ist. Doch jetzt nimmt jemand ab, und ja, das ist ein Taxiunternehmen.

Ich bin müde, ich könnte hier noch eine Weile liegen bleiben, es ist nicht unbequem, aber ich bin unsicher, woher diese Müdigkeit kommt, vom Schlafmangel oder vom Blutverlust. Und wenn das ein Anzeichen von Schwäche ist, dann sollte ich unter keinen Umständen liegen bleiben. Dann sollte ich, koste es, was es wolle, aufstehen und nach draußen gehen und mich an die Straße stellen oder mich dorthin setzen und warten und hoffen, dass bald jemand vorbeikommt, der mir hilft. Der mich von hier wegbringt. Ich setze mich auf und halte mich dabei an der offenen Schranktür fest. Ich ziehe mich daran hoch, und jetzt stehe ich, immer noch im Dunkeln, im Kaminzimmer von Max Schmeling, und ich denke, dass ich schon seit zwei Tagen hier bin, das ist unvorstellbar, und ich stelle fest, dass es mir schwerfällt, von hier wegzugehen. Denn selbst wenn ich hier heil wieder herauskomme und wenn es mir gelingen sollte, diesen Bericht zu schreiben, und wenn der so ausfällt, dass ich den Chef umstimmen kann, dass ich ihn überzeugen kann, dass ich der Richtige für diesen Fall bin, selbst wenn das alles glücklich ausgeht, so dass ich bei Tag und besser ausgerüstet noch einmal hierherkommen kann, werde ich doch nie mehr vorfinden, was ich hier in den letzten beiden Tagen vorgefunden habe. Nicht, weil ich alles verbrannt habe und vieles von dem, was mir vielleicht gefallen hätte und was ich hätte behalten oder bewahren wollen, wenn ich es in einer anderen Verfassung, wenn ich es ruhig und klar betrachtet hätte, nun nicht mehr da ist, nicht deshalb werde ich hierher nie mehr zurückkommen können. Diese Unmöglichkeit, hierher zurückzukehren, liegt nicht daran, dass die Dinge nicht mehr da sein werden, denn sie sind es ja jetzt schon nicht mehr, nein, es liegt daran, dass ich dann selbst nicht mehr hier sein werde. Dass ich mich hier nicht mehr vorfinden werde. Das ist ein verrückter und beunruhigender Gedanke, denke ich, und das Ausmaß seiner Verrücktheit kratzt irgendwo am Rand meines Bewusstseins, aber das stört mich nicht, ich denke einfach weiter. Ich werde vor dieser Tür stehen, vor diesem Haus, in dem ich jetzt bin, und ich werde da nicht mehr hineinkommen, selbst wenn ich die Tür aufstoße und kräftigen Schritts geradeaus gehe, an der Küche vorbei und durch den Flur, selbst wenn ich in dieses Zimmer gehe und ich mich auf genau den Fleck stelle, auf dem ich gerade stehe, werde ich doch nicht mehr hineinkommen in diesen Raum. Wenn ich jetzt gehe, selbst wenn ich die Haustür offen stehen ließe und einen Stein auf die Schwelle legte, fällt eine Tür hinter mir zu, und etwas verschließt sich für immer. Und deshalb will ich hier noch eine Weile stehen, die Hand auf dem Türflügel des Einbauschranks im Haus von Max Schmeling, mitten in einem Dunkel, in dem ich mir selbst unwirklich vorkomme und in dem ich doch auf eine Art bin, wie ich es sonst nicht bin und wie ich es auch nicht mehr sein werde.

Und er denkt schon gar nichts mehr, die Augen sind zu und seine Hände hängen schlaff aus dem Bett heraus. Jetzt stirbt er, denkt die Schwester, gleich hat er es geschafft, und dann ist er weg. Und dann kann ich auch hier weg, aus dem engen Zimmer, aus diesem engen Haus. Sie setzt sich mit dem Rücken zum Bett auf den kleinen Vorleger, sie lehnt ihren Kopf gegen die Bettkante. Das ist schon anders hier, denkt sie, normalerweise ist sie nicht allein mit dem Sterbenden, normalerweise gibt es immer noch irgendwelche Angehörige, und auch wenn sie die ganze Situation nicht ertragen, so kommen sie doch meistens im Moment des Sterbens dazu, oder sie ruft sie, wenn der Patient schon tot ist, und dem entzieht sich dann eigentlich keiner. Dann kann sie sich zurückziehen, sich in die Zimmerecke stellen oder in die offene Tür, die Hände in den Taschen ihres Kittels. Doch jetzt ist sie ganz allein mit ihm, denn es gibt ja niemanden mehr, und deshalb lässt sie sich auch ein wenig gehen. Normalerweise würde sie so nicht sitzen, so nah und offen, auf dem Boden. Sie würde etwas zu tun haben, sie würde sich um die Angehörigen kümmern, ein paar beruhigende, sichere Worte sagen. Aber hier ist niemand, der diese Worte hören will. Sie ist ganz allein mit dem sterbenden Schmeling, und es gibt nichts mehr zu tun für sie. Sie kann einfach sitzen bleiben und abwarten. Erst wenn er tot ist, wird sie ein paar Anrufe machen, und dann wird sie den Kittel ausziehen und in ihre Tasche packen und von hier fortgehen. Sie reibt den Hinterkopf an der Bettkante, das ergibt ein feines Knirschen. Seine Hand liegt auf ihrer Schulter, und sie lässt sie da liegen. Sie neigt sogar den Kopf ein bisschen in Richtung dieser Hand.

Da ist jemand, sie hört eine Stimme. »Hallo?« Und noch einmal: »Hallo?« – »Ich hätte gern ein Taxi«, sagt sie und kommt sich lächerlich dabei vor. Was soll sie auch sonst wollen. »Für wann?« – »Für jetzt.« – »Gut«, sagt die andere, »wo soll es denn hingehen?« Sie zieht den Zettel aus der Tasche, das Tapetenfetzchen fällt auf den Boden, sie lässt es da liegen, denkt kurz daran, dass der Teppich auch noch raus muss, denkt, dass sie darüber jetzt nicht nachdenken kann, liest die Adresse vor, die Max' Chef mit klaren, kräftigen Zügen aufs Papier gebracht hat. Ein Zögern auf der anderen Seite. »Moment, ich schau mal nach.« Und dann: »Aha, hier. Das ist ganz schön weit. Wissen Sie das? Das gehört eigentlich gar nicht mehr in unser Tarifgebiet.« Nein, das wusste sie nicht. Aber das ist egal, sie muss da hin. Sie muss jetzt zu Max. Jetzt, und nicht erst morgen früh. »Ich muss aber dahin«, sagt sie, und die andere scheint das zu verstehen. »Bleiben Sie denn länger, oder fahren Sie gleich wieder zurück?« – »Das weiß ich nicht. Das kann ich noch gar nicht wissen. Wie soll ich das denn wissen?« – »Ich spreche mal mit dem Fahrer. Bleiben Sie kurz dran, ja?« Natürlich bleibt sie dran, was soll sie auch machen. Wieder sitzt sie da, mit dem Hörer in der Hand und einer albernen Melodie im Kopf. Was ist denn los, kann niemand geradeheraus mit ihr sprechen? Immer dieses Zögern und Zaudern, das erträgt sie nicht gut. Sie möchte sich beschweren, möchte mit der Faust auf den Tisch hauen. Aber diese Frau hier, die kann nichts dafür, die bemüht sich sogar, das merkt sie schon. Sie beherrscht sich, denn jetzt ist die andere wieder da. »Hören Sie, wir machen es. Aber nur, wenn wir einen Festpreis vereinbaren, der Fahrer muss schließlich auch wieder zurück.« – »Gut«, sagt sie, »wann kann er denn da sein?« – »Hm, warten Sie, in einer Stunde, so gegen halb, viertel vor sechs. Passt Ihnen das?« So spät ist es schon, denkt sie. Sie nickt, ja, das passt, soll er nur kommen, sie ist hier, und sie ist bereit. Sie nickt wieder, hört das Schaben ihrer Ohrmuschel am Telefonhörer. »Hallo, sind Sie noch da?« – »Ja«, sagt sie, »ja, das passt. Er soll nicht klingeln, ihr Fahrer, ich komme runter. Ich stehe dann schon unten, vor dem Haus.«

Ich gehe jetzt raus, ich gehe vor zur Straße. Ich kann nicht ewig hier stehen bleiben, ich habe eine Verantwortung, diesem Haus gegenüber, der muss ich gerecht werden, und das kann ich nur, wenn ich das hier überstehe. Ich hinke in Richtung Flur, ich spüre das Bein wieder, wie es reißt und pocht, und ich habe keine Kraft in diesem Bein. Die Sau hat mir sicher irgendetwas durchgebissen, einen Muskel, eine Sehne, was weiß ich, ich bin kein Arzt. Aber das hier ist sicher nicht nur eine Fleischwunde. Ich schleppe mich vorwärts, durch den Flur, in Richtung Haustür, stütze mich links und rechts an den Wänden ab, das geht ganz gut. Mehr Sorgen macht mir der Weg draußen, über das weite, dunkle Grundstück, da gibt es nichts, an dem ich mich festhalten, auf das ich mich stützen könnte. Ich würde gerne etwas in der Hand halten, das ich umschließen und an dem ich mich festhalten könnte. Einen Stock, eine Krücke. Wo ist eigentlich der Schürhaken, auf dem könnte ich mich doch abstützen. Der liegt sicher oben, aber da gehe ich nicht noch einmal hin, denn da liegt ja die Sau, und wenn ich da noch einmal hingehe und im Dunkeln dort herumtaste, auf dem Boden, auf der Sau, dann komme ich nicht mehr weg, das weiß ich genau, dann lege ich mich da hin, nah an die Sau, und lege ihr meinen Arm um die Schulter, ziehe mich an die Sau und die Sau an mich heran und bleibe einfach da liegen. Aber das will ich ja nicht, also muss es ohne Schürhaken gehen, und das tut es auch. Die Haustür ist angelehnt, und ich lehne mich auch kurz an, lehne mich an die Türlaibung und schaue geradeaus, in ein Dunkel, in dem auch das Feuer nicht mehr glimmt, in dem gar nichts mehr glimmt. Und ich denke, dass meine Aufgabe hier erledigt ist, ich will jetzt gehen. Ich schiebe das verletzte Bein ein Stückchen nach vorne, verlagere mein Gewicht und versuche so, die Treppe hinunterzukommen. Ich stürze, mit dem Gesicht voran, schlage mit den Fäusten auf die kalten, glitschigen Steinplatten, Moosfetzen bleiben an meinen Händen kleben. Ich schreie und tobe, ich schlage mit dem Kopf auf den Boden, ich presse mein Gesicht gegen die Platten, ich schmiere mit meiner Backe auf den feuchten Platten herum und merke gleich, wie der ganze Dreck in meinem Gesicht hängen bleibt. Ich bin im Krieg, und das soll meine Tarnung sein. Ich versuche, meine Beine unter meinen Körper zu bekommen, damit ich mich aufsetzen kann. Es ist kalt, ich bin nass, mir tut alles weh. Aber ich reiße mich zusammen, ich beiße die Zähne zusammen und gehe durch das hier hindurch. Jetzt sitze ich, jetzt stütze ich mich an der Treppe hoch, ich gebe mein ganzes Gewicht auf das gesunde Bein. Jetzt stehe ich. Und ich hüpfe vorwärts. Ich denke an den Spiritus, an meine Wunde, und verwerfe den Gedanken wieder. Ich stehe, und ich werde jetzt sicher nicht auf allen Vieren nach dem Spiritusfläschchen suchen. Und so wie das geblutet hat, da ist bestimmt nichts mehr in der Wunde. Ich hüpfe vorwärts, es funktioniert, man braucht nur ein Bein, wenn man es geschickt anstellt, dann reicht ein Bein. Ich hüpfe und schleife das andere Bein nach, ich bin außer Atem, ich schwitze, mein Bein brennt. Blätter und Zweige sammeln sich um meinen Fuß, hoffentlich kommt nicht gleich eine Wurzel. Aber ich gebe nicht auf. Hier sind Bäume, und ich stütze mich daran ab, lehne mich gegen einen solchen Baum, versuche, wieder zu Kräften zu kommen, und denke daran, wie ich vorhin gerannt bin, durch diesen Wald, wie ich gerannt bin, den Schürhaken in beiden Händen, wie ich mir den Weg freigeschlagen habe und mich fragte: Was mag noch kommen? Und wie stark ich mich gefühlt habe, wie frei und wie sicher ich mir war, in diesem Moment, dass ich alles würde meistern können. Und jetzt lehne ich hier an diesem Baum und weiß nicht weiter, bin ich in die falsche Richtung gelaufen, habe ich die Orientierung verloren? Waren da wirklich so viele Bäume zwischen Straße und Haus? Ich kann mich nicht erinnern, und ich sehe auch nichts.

Sie streift ihren Mantel über und löscht das Licht, sie zieht behutsam die Tür hinter sich zu, ein Klicken, das leise Einrasten des Schlosses und wie das Türblatt gegen die Rahmung schlägt, dieses Geräusch behält sie noch eine Weile im Kopf. Den Schlüssel hat sie drinnen gelassen, er liegt neben dem Telefon. Sie braucht ihn nicht mehr, hierhin wird sie nicht zurückkommen. Sie geht die Treppe hinunter, ihre Hand streift über das Geländer, und sie denkt noch einmal an Raphael und wie er immer diese Treppe hinuntergegangen ist, nicht gegangen, gestürzt und gesprungen ist er, und er hat sich dabei mit der rechten Hand am Treppengeländer festgehalten. Oder nicht gehalten, er hat sie locker mitlaufen lassen, ganz so, wie sie das jetzt auch macht, und dann, auf halber Höhe, ist er von einem Bein abgesprungen und weit über den Treppenabsatz hinaus geflogen, sein Körper hat einen Halbkreis in die Luft geschrieben, und dann ist er auf der nächsten Treppe gelandet. Und gleich weitergerannt. Das hat er nicht nur als Kind gemacht, nein, das hat er immer gemacht, auch als er schon längst erwachsen war, ist er auf diese Art eine Treppe heruntergekommen. Und sie denkt, dass sie das jetzt auch einmal probieren könnte, dass es die letzte Gelegenheit ist. Schon läuft sie los und wirbelt um das Geländer, und denkt, dass das ganz einfach ist, und ihr fällt auf, dass sie das doch schon einmal gemacht hat, dass sie als Kind, genauso wie Raphael, jede Treppe so genommen hat. Sie hat das vergessen, aber ihr Körper erinnert sich noch. Und schon fliegt sie um die nächste Kurve, und noch eine Kurve nimmt sie, und das war schon die letzte. Jetzt steht sie unten im Hausflur, hier hängen die Briefkästen, und sie ist nicht sicher, ob sie schon hinausgehen soll, auf die Straße, oder ob sie noch warten soll. Denn es dauert bestimmt noch eine Stunde, bis das Taxi kommt, und es ist kalt heute. Es ist eine kalte Nacht.

Sie sitzt noch immer in der gleichen Position, den Kopf im Nacken gegen die Bettkante gelehnt, Schmelings Hand auf der Schulter. Eine Zeitlang hat sie ihre eigene noch auf diese andere Hand gelegt, sie gehalten und gedrückt, doch es ist ihr zu anstrengend geworden, und sie hatte auch nicht den Eindruck, dass es Schmeling etwas nutzen, dass er es überhaupt wollen würde. Er lag noch immer unverändert, sein Atem fuhr stoßweise in ihre Haare, und an diesem schwachen Kitzeln auf ihrem Hinterkopf erkannte sie, dass er noch lebte. Aber er brauchte jetzt nichts mehr. Kein Trinken, Essen schon gar nicht und auch keinen Zuspruch. Sie warteten beide darauf, dass er den richtigen Moment finden würde. Den einen Moment, nach dem er nicht mehr Luft holen würde und nicht mehr ausatmen, nach dem keine Bilder mehr durch seinen Kopf jagen würden und nach dem sein Körper eine Veränderung beginnen würde, die sie lieber nicht bezeugen wollte. Und das durfte sie auch gar nicht, dazu musste sie einen Arzt rufen, damit der den Totenschein ausstellte, und ihre Aufgabe wäre dann sowieso beendet. Sie hatte nichts dagegen, wenn es noch eine Weile dauerte, lieber würde sie im Morgengrauen mit dem toten Schmeling hier sitzen und auf den Arzt warten als mitten in dieser dunklen Nacht. Sie hatte Geduld, und sie wusste auch, dass es so lange nicht mehr dauern würde, und natürlich hatte sie den Menschen, die sie begleitete, schon manchmal geholfen auf diesem Weg, hatte ein Kissen zur Hand gehabt oder eine schwere Wolldecke. Sie war in der Lage zu erkennen, wann ein Mensch diese Hilfe brauchte und wann er seinen Weg allein zu Ende gehen konnte, und es hatte sie nie jemand danach gefragt. Die Ärzte nicht und die Angehörigen sowieso nicht. Denn es waren immer nur alte Menschen, bei denen sie saß und denen sie half, und da rechnete jeder mit diesem

Sterben, und diese Tode kamen nie überraschend, im Gegenteil, es waren immer lang herbeigesehnte Tode. So lange sehnte man sich schon nach diesen Toden, dass den Beteiligten oft die Geduld ausging, und das konnte sie gut verstehen, deshalb half sie ja mit ihren sicheren Handgriffen nicht nur dem Sterbenden, der den Weg heraus aus diesem Leben nicht fand, sondern auch dessen Angehörigen, die den Mut oder das Herz nicht hatten, die Sache zu beenden. Doch jetzt war das nicht nötig. Sie hat Zeit und Geduld, und sonst ist hier niemand, der sie drängt, nein, sie beide sind hier völlig allein und können abwarten, bis Herr Schmeling so weit ist, dieses Leben zu verlassen. Und während sie das denkt, greift sie doch noch einmal nach oben und tätschelt diese alte Hand, die da so schwach und müde auf ihrer Schulter liegt und deren Gewicht sie trotzdem deutlich spürt.

Ich schleppe mich vorwärts, es kann nicht mehr weit sein bis zur Straße. Ich stürze von Baum zu Baum, die stehen dicht hier, und meine Augen haben sich an die Dunkelheit gewöhnt. Ich sehe etwas, ich sehe, wie die Stämme sich schwarz vor dieser Schwärze abzeichnen, und ich stürze darauf zu, stürze von Baum zu Baum, halte mich kurz, komme zu Kräften und stürze weiter. Ich bin ein Nachttier geworden in dieser Nacht. Ich finde mich zurecht in diesem Dunkel, zwischen den Bäumen und den Schreien der anderen Tiere. Ich habe keine Angst mehr, dass hier noch eine Sau auftauchen könnte, ich habe das alles hinter mir. Die Angst und das Zaudern und das Hadern mit mir. Ich bin stark genug für diesen Weg, und ob ich zur

Straße komme oder woanders hin, tiefer in den Wald, weg von allem hier, das spielt keine Rolle. Wichtig ist nur, dass ich nicht stehen bleibe. Und ich denke an Schmeling jetzt, und denke, dass er das genau so gemacht hat, dass er das in so einer Situation auch gemacht hätte. Dass er immer weitergegangen ist, vom Einen zum Nächsten, dass er nicht stehen geblieben ist und nicht gezögert hat. Und ich stelle mir vor, dass er oft in diesem Wald gewesen sein muss, dass er die Wege, die ich zum ersten Mal gehe, dass er diese Wege gut kannte, wie wahrscheinlich jeden Baum hier. Dass er hier sicher oft gegangen ist auf dem Weg zur Jagd. Das Jagen ist ja auch eine körperliche Anstrengung für den Jäger, das Rufen und Rennen durchs Unterholz, das Stehenbleiben und Lauschen, das Schwitzen, das ganze Adrenalin, das nimmt den Körper doch mit. Und auch das Stillsitzen, stundenlang in der Hocke, so stelle ich mir das vor, das geht in die Beine, und wenn man dann aufsteht und dem Tier nachgeht, dann spürt man sicher seine Beine nicht mehr, so wie ich meine Beine auch nicht mehr spüre, das kranke nicht und das gesunde nicht. Und wie man weiter diesem Ziel nachgeht, daran muss ich jetzt denken, einem Ziel, das sich bewegt und das keine Sache ist, kein Band, durch das man rennt, keine Stoppuhr, die gedrückt wird, kein Fähnchen, irgendwo in den Boden gerammt, sondern dass das ein Tier ist, dem man da nachgeht. Und dass man deshalb gar nicht wissen kann, wo und unter welchen Umständen diese Jagd enden wird, daran muss ich denken, während ich durch diesen dunklen Wald stürze. Deshalb kann man auch nicht auf die Uhr schauen und wissen, dann und dann, in einer halben Stunde, in einer Stunde, ist das hier vorbei. Nein, man muss die ganz Zeit bereit sein und doch haushalten mit seinen Kräften. Denn man muss ja bis zum Ende durchhalten. Und das werde ich, auch wenn ich dieses Ende nicht absehen kann.

Sie steht an der Straße, ihr ist kalt, sie hat nur den dünnen Mantel an. Sie hat die Arme verschränkt und geht auf und ab. Ihre Absätze schlagen laut auf den Asphalt. Was wohl einer dächte, der jetzt aus dem Fenster schaute, was er wohl dächte, über sie, wie sie hier so herumsteht und auf und ab geht. Sie streift diesen Gedanken nur, denn es spielt keine Rolle, was irgendwer über sie denken könnte, der sowieso nicht aus dem Fenster schaut, gegen halb sechs am Sonntagmorgen, und wenn er doch herausschaut, dann ist es einer so verloren wie sie und dann macht es sowieso nichts aus. Dann kann er sich freuen an dem Gedanken, dass er nicht allein so verloren ist. Oder er ist aufgewacht von ihrem lauten Hin- und Hergehen, und dann freut er sich sicher nicht, nein, dann wird er sich aufregen über sie und mit der flachen Hand gegen die Stirn schlagen. Vielleicht kennt er sie, vielleicht ist es jemand aus dem Haus, den sie mit ihren Sprüngen im Treppenhaus schon geweckt hat, der jetzt zu ihr herunterschaut und Gedanken über sie hat, die sie lieber nicht kennen will. Sie schüttelt sich, am Ende der Straße sieht sie Scheinwerfer, und sie sieht das Taxischild auf sich zukommen und denkt, dass jetzt endlich Schluss ist mit dem Warten. Sie löst die Arme, hebt die rechte Hand, das Taxi hält schon an. Sie steigt vorne ein, zieht die Tür zu und reicht dem Fahrer den Zettel mit der Anschrift. Er nickt, weiß schon Bescheid. Sie lehnt sich zurück, streckt die Beine aus. Sie genießt die Wärme im Taxi, den fremden Geruch, das Radio läuft, irgendwelche Musik, das ist egal, und er stellt es zum Glück auch nicht leiser. So können sie schweigend fahren, das gefällt ihr. Er fährt sicher durch die dunkle Stadt, jetzt kommen sie zur Autobahn. Sie stellt sich vor, wie Max, am Freitag wahrscheinlich schon, denselben Weg gefahren ist, denn sein Büro liegt ganz in der Nähe der Wohnung, und er wird auch hier auf die Autobahn gefahren sein. Sie denkt, dass es da bestimmt schon dunkel war, dass er durch die Dunkelheit gefahren ist, wie sie jetzt, nur dass es eine andere Dunkelheit war.

Die Dämmerung kommt langsam, die Bäume heben sich klarer voneinander ab. Hier ist keine Straße zu sehen, ich bin die ganze Zeit in die falsche Richtung gegangen. Ich schwitze, aber mir ist kalt, mein Hemd klebt mir am Rücken, der Pullover kratzt im Nacken und vorne am Kehlkopf. Ich schleppe mich zum nächsten Baum, am liebsten würde ich das Gewehr dalassen, ich brauche es nicht mehr, es behindert mich nur. Aber ich bringe es nicht über mich, es liegen zu lassen, also trage ich es weiter. Ich stürze vorwärts, und plötzlich bricht der Wald ab, ein Feld ist da, eine weite Ebene, ich kann es nicht genau erkennen. Ich lehne mit dem Rücken an einem Baumstamm, ich lasse mich hinuntergleiten auf den weichen Waldboden, ich lege den Kopf in den Nacken und schaue nach oben in die dunklen Wipfel, dahinter zeigt sich langsam der Himmel. Ich ruhe mich nur ein bisschen aus, bevor ich weitergehe. Bald ist es hell, und dann wird es auch leichter, einen Überblick zu gewinnen. Ich schließe die Augen, mein Kopf ist schwer, alles an mir ist schwer, der Rucksack zieht hinten an mir, das Gewehr hängt halb auf dem Boden, der Pullover klebt an mir wie ein nasser Fellmantel. Die Beine habe ich ausgestreckt, ich spüre sie nicht mehr, ich spüre nur diese Schwere in mir, eine Schwere, die überall an mir zieht, die mich nach unten zieht und der ich kaum noch etwas entgegenzusetzen habe. Und sie ist gar nicht so düster, diese Schwere, sie summt ganz hell durch meinen Kopf, durch meinen Körper. Ich bin ein sterbendes Tier, ich stecke in meiner Haut und komme da nicht heraus. Ich habe keine Hände mehr, nach etwas zu greifen, da sind mir Hufe gewachsen, sie schlagen hart gegeneinander, auch an den Beinen habe ich Hufe. Sie sind lahm, diese Beine, jemand hat auf mich geschossen. Mein Kopf ist riesig, mit langen Hauern daran, ich versuche ihn anzuheben, ich kann ihn kaum halten, diesen schweren Kopf, jetzt sinkt er nach vorne, ich reiße die Augen auf: Es ist hell. Ich muss eine Weile geschlafen haben. Ich schaue mich um, ich sitze am Waldrand, vor mir die Weite eines Feldes. Ich muss einen Überblick gewinnen und dann eine Entscheidung treffen. Ich greife hinter mich und stütze mich hoch. Ich atme. Es ist kalt. Ein paar Schritte links von mir ist ein Hochsitz, dahin gehe ich jetzt. Ich klettere da hinauf. Von dort aus werde ich sehen können, wo ich bin und wohin ich gehen muss.

Sie sind schon ein paar Mal die Straße rauf und runter gefahren, ein Haus ist nicht zu sehen. Der Taxifahrer wird langsam ungeduldig. »So, gute Frau, was machen wir denn jetzt? Ich kann nicht den ganzen Tag hier auf und ab fahren.« – »Ja«, sagt sie, »ja, das verstehe ich. Wissen Sie was, lassen Sie mich einfach hier raus. Ich werde das Haus schon finden.« Sie holt ihr Portemonnaie hervor und legt ihm einen Fünfzig-Euro-Schein auf das Armaturenbrett. Sie steigt aus. Er zögert, lässt das Fenster herunter, fragt: »Sind Sie sich sicher? Das ist die absolute Einöde hier.« – »Ja«, sagt sie »ja, ich bin mir sicher. Fahren Sie ruhig.« Sie steht am Straßenrand und knöpft den Mantel zu, schaut den verschwindenden Rücklichtern nach. Ich werde dich schon finden, denkt sie, ich werde dich finden und dieses verdammte Haus auch. Sie geht los, geradeaus in den Wald hinein. Sie geht immer weiter. Sie ist zuversichtlich, und tatsächlich, da ist ein Haus, ja, das muss es sein, sie hat schon Fotos davon gesehen. Ein Hexenhaus ist das, hat sie immer gedacht, und das denkt sie jetzt auch. Sie nähert sich dem Haus, »Max«, ruft sie, »Max! Ich bin es, Inge. Wo steckst du?« Sie sieht die Reste des Feuers, die Tür steht offen, sie geht hinein. Sie ruft die ganze Zeit seinen Namen. Es ist still, sie merkt gleich, dass hier niemand mehr ist, aber sie hört nicht auf, nach ihm zu rufen. Sie sieht die Blutspuren, überall ist Blut, am Boden, an den Wänden, sie geht die Treppe nach oben. Ein blutiger Handabdruck ist an der Wand, sie geht daran vorbei, geht einfach immer weiter, der Blutspur nach. Sie kommt ins Gästezimmer, sie erschrickt nicht, als sie die tote Sau da liegen sieht, eine Kälte hat sich in ihr ausgebreitet. Es geht darum, Max zu finden. Hier ist er nicht. Sie geht die Treppe wieder hinunter und raus aus dem Haus. Sie bleibt kurz stehen, schaut sich um, die Blutspur führt hinter das Haus. Sie kommt in ein Waldstück, sie geht da durch, jetzt steht sie am Feldrand. Ein paar Schritte links von ihr ist ein Hochsitz.

Er sieht einen kühlen Nebel, wie er über einem Feld liegt, und er sieht Bäume daraus wachsen, Gräser. Dichtes Gestrüpp umgibt dieses Feld. Etwas bricht hervor aus diesem Gebüsch, er hört erst das Knacken und Brechen der Zweige, er hört ein Atmen, ein schwerer Körper taucht auf und rennt auf ihn zu. Hufe graben sich in den feuchten Boden, Erdklumpen spritzen, er sieht Dampf aufsteigen aus den Nüstern des Tieres. Das Tier hält auf ihn zu. Er hat nichts in den Händen, mit dem er sich verteidigen könnte, und er denkt auch gar nicht daran, sich zu verteidigen. Er denkt nur an dieses Tier und wie kräftig es ist, er denkt an das Spiel seiner Muskeln, wie es rennt und atmet dabei, wie es nicht zögert. Wie es auf ihn zukommt. Näher und immer näher kommt es. Und es bleibt nicht stehen.